ZUI

Zestful Unique Ideal

最世文化

Shanghai ZUI co.,Ltd

林培源————

著

In the Name
of
the Father

以父
之 名

湖南文艺出版社
HUNAN LITERATURE AND ART PUBLISHING HOUSE　博集天卷
CS·BOOKY

目录

第一部　　阴翳年纪事

景都宾馆

那时阿喜的手指还是完好的。他汗涔涔地从秋蓝身上退下来，秋蓝背靠枕头躺在床上，被单裹住半个身子，灯光下，她胸前露出一片雪白肌肤，远远看去像撒了层糖霜。

房间有股霉气，阿喜低头，嗅到了南风天潺热的味道。

他走进浴室冲澡，热蓬蓬的水浇下来，冲刷掉他身上的汗味。每次都是他先到浴室冲澡，秋蓝就会趁他不注意，像尾小鱼那样溜进来。透过浴室玻璃迷蒙的水汽，阿喜瞧见她在房间走动的身影。阿喜移开了视线。他熟悉秋蓝，熟悉她皮肤的质感，她窄窄的盆骨和光滑的脖颈。那是黑暗中的熟悉。他害怕撞见明亮光照下赤裸的她，他让秋蓝等一下再进来。秋蓝不听，反倒撩开浴帘挨进来。空间缩挤了，阿喜转身背对她，拎起莲蓬头，迅速冲洗下身。

秋蓝从背后抱住他，靠过去，胸脯贴在他的肩胛骨上。

水声哗哗，像瀑布，像湍急潜流掩住了呼吸。

他们约会，都是秋蓝开好房等他。她问他为什么选这么一家旧宾馆。阿喜解释："怕你被人撞见。"秋蓝笑起来："我看是你怕吧？"

阿喜不语。他像赶赴一场隐秘盛宴那样：他推开宾馆的玻璃门，经过前台，再穿过长长的幽暗走廊，朝秋蓝所在的房间走去。宾馆铺了厚厚的地毯，减轻了踩踏的声响。阿喜沾了雨水的球鞋蹭过地毯，留下一摊水渍。这一切引发了他对凶杀案的联想：血迹，尸体裹在被单里，房门关上了，凶手戴口罩，步伐被厚实的地毯消了音，躲开监控器迅捷离开。接着便是发现、警报、混乱和惊恐，以及报纸上的凶案报道（死亡廉价了，关于死亡的讯息更甚）。阿喜敲了敲房门，不自觉瞥了眼监控器，他很好奇，他的身影经常闯进监控视频，他们一定记得他。

秋蓝打开门，露出半个头，朝他眨眼睛。这情景，与一段遥远的记忆重叠起来。

那时阿喜在县城一家餐厅打工。深夜落班，他跟工友在街边吃烧烤，喝啤酒。

有人打趣问他："喜弟啊，你还是处男吗？"阿喜的脸一阵发热，尴尬地笑起来。他们看阿喜，表情带着戏谑。阿喜记得后半夜，他满身酒气，手里攥紧工友们塞给他的"破处钱"，朝着汽车站附近的旧宾馆，摇摇晃晃地走去。他把三张红色纸币塞进他的后裤兜。敲房门时，他心跳得快要蹦出来。听到褡扣拔开时的"咔嗒"声，他几乎就要转身逃开——但身体的欲望使他立住了。

房门打开，那女人躲在门背后。

一股热流从阿喜身上涌起，他来不及犹豫就推门进去。门在身后关上，天花板吊灯的红色灯光照落下来，阿喜转头，看到女人靠墙站着。只一眼，阿喜的胃部便泛起恶心。他想走。这个女人与想象中太不一样了，甚至和他臆想中注定会发生关系的女人都不一样。

阿喜结结实实地被她骇到了。她少说也三十好几了，化了粗糙的妆容，戴了双银色的大耳环，短发，腹部的赘肉长满了褶子，看上去就像一头等着被宰割的母猪。

阿喜坐在床头，胸腔起伏不定，如同被困在监牢，无处遁逃。

女人开腔道："帅哥，喝了酒呀？"她的声音略带沙哑，身上散着日夜颠倒、长期饮食不规律的气息。阿喜抬头，并不说话。他因害怕而吞咽口水，喉结止不住地上下滑动。

女人嘴角带着虚假的笑，随后她恢复了她应有的"职业操守"，瞬间成了一匹经验老到的母马。她迅速剥落衣物，朝阿喜挨过来。阿喜想起身，被她按住了。阿喜穿了条黑色的休闲裤。被她的手碰到，随即缴械了。他浑身血液逆流，沸腾起来。他从未想过会是这样，衰老的女人啊，而他竟然贪婪得像个婴孩，被她拥入怀。

女人身上有股难闻的香水味，呛得阿喜几欲干呕。

后来，阿喜也不知那一晚是如何结束的。所有既定的步骤都被缩短并简化了。他顾不上冲洗就穿好了衣服，带着惊颤和悔恨看着那个女人。

在这场交易中，他失掉了童贞；而她，则慵懒地躺在床上，沾着口水数阿喜递给她的钱。

阿喜什么话也没说，带着满身的羞耻，匆忙离开了宾馆。

夏夜有风，阿喜望了望路灯下荒芜的汽车站。

这个夜晚与过往的任何一个都不同。阿喜完成了属于他自身的成人仪式。

几年过去了，阿喜在生活的丛林中拔足狂奔。他蓄起胡子，为了看起来成熟些，他还给头发喷定型啫喱，喷止汗剂。他努力模仿着城市里年轻人的装扮，然而这一切都掩饰不住他天生的孩子气。他对世界的恐惧，通过他那对眼睛，暴露无遗。

这些年，阿喜换过几份工。他在麦当劳做过服务生，在超市干过搬运工，在KTV也待过一段时间，所有的工作都没能够做长久。几年间，他由这一处地方徙往另一处，他就像害怕随时被风浪掀翻的小舢板。

旧年他在车行上班。那是他做的时间最长的一份工。来车行的女人不少，从未有人拿正眼看他。有天，车行里来了个陌生女人，化淡妆。一进来，她就阴沉着脸把车钥匙交给阿喜，叫阿喜帮她洗车。阿喜开车进洗车房，瞥见她拿着手机走到外面，说话的嘴型和表情都像在和谁争吵。阿喜猜想女人争吵的原因，同时忍不住闻起了她车里好闻的香水味。

第二次见面，女人的车在半路抛锚了，一个电话打到车行，老板派阿喜去救援。阿喜开车赶过去，女人撑着把阳伞站在街边抽烟。见到阿喜，她紧皱的眉头松开来。

阿喜下了车，帮她查看出了什么问题。

天气很热，地上投落一小块阴影。阿喜又闻到了那款熟悉的香水味。她抬头看了看，开玩笑说："谢谢，最高待遇啊！"女人低头笑，逆光剪出一个柔美的轮廓。女人说："小哥，把你电话给我呗。"他们就这样认识了，她跟阿喜说："我叫秋蓝。"阿喜顶着满头大汗说："我叫阿喜。"

后来秋蓝到车行洗车、维护，找的都是阿喜。车行的伙计调侃道："你小子也有今天，这富婆看上你啦！"阿喜尴尬地笑一笑。大约过了一个月，有一天阿喜落班，在盥洗室洗手、换衣服时，搁在工装口袋的手机突然响了。他拿起手机，看到秋蓝的名字，心口便扑通扑通跳起来。这是留了联系方式后，秋蓝第一次打给阿喜。他擦净手，手机贴住耳边，听见秋蓝在哭。他的心倏地缩紧了。秋蓝带着哭腔哀求说："阿喜，你能不能过来陪我？"

挂了电话，阿喜反复搓洗沾满油污的手。他低头闻了闻腋下，又喷好止汗剂。

从车行去秋蓝家，要经过一段长长的林荫路。阿喜坐上的士在城中心兜转，的士师傅问他去哪里，他报出小区的名字。不知怎的，他想起当年那一趟宾馆之行，然而这次到底是不同的。

他让司机在小区外边再转一圈，转足一圈之后他才蓄足了勇气，下车朝小区走去。

日后在景都宾馆，阿喜不止一次问："为什么当时你会找我？"明知这个问题很愚蠢，情事之后，谁都可以编出个冠冕堂皇的理由，但阿喜仍然相信，秋蓝找他，是出于某种需要。他的出现符合一个既定的命题：对她残破生活的缝补，是的，偷欢本身就接近某种缝补行为。

他躺在床上抽烟，秋蓝挨着他，手伸出来，搭在他的胸口。秋蓝在床上很温驯，始终带着女人该有的柔情。阿喜说："是你教我怎么做的，我该不该谢谢你？"

秋蓝伸出手在他面前晃了晃，开玩笑说："那我呢，是不是要向你收费？"

开始时阿喜就抵挡不住诱惑。在第一次"偷情"之后，他就沦陷了，迷上了此种背德的关系。

那天秋蓝找他，阿喜进门时见她哭红了眼，脸色惨白，没化妆（他第一次见着素颜的她，竟也无损她的好看）。秋蓝搂住阿喜。他面目张皇，身体僵直，目光止不住四处逡巡。花瓶掉落地板摔碎了，她的衣物也散在地上，他凭直觉判断，女人的丈夫（或情夫？）一定刚摔门出去不久。之后他们发生了关系。阿喜带着献祭的心，任凭秋蓝在他背部和手臂上咬，将他当作报复和发泄的对象。事后阿喜才知道，在他来之前，秋蓝灌了自己不少酒。他丝毫没有觉察到秋蓝的迷醉，只觉得，她的身体像一口干渴的井，他掘进去时，她疼得夹紧双腿，指甲抠住他背上的肉。他低头看时，只见她双目紧闭，淌着泪。

在乡下

自有记忆的时候起，"世界"对阿喜而言，就是一栋老旧的平房，院子内种了几株桑树，靠墙立有一个鸡埘。没有夯实的土壤，一到雨天便湿漉一片。鸡屎的味道趁机混入空气，像糜烂的鸡蛋花的味道，像回南天晒不干的衣物所散发的酸臭。他低矮的视线无法触及高空，在隔了一扇木板门的房间内，他低头拉扯布条，布条扭成麻花的形状，一端系紧麻将桌的腿，一端捆住他瘦小的脚踝，苍蝇四处嗡嗡飞，在他额头、脸上烙下密实的瘙痒。

他从麻将桌底下钻过去，由于布条太短，好几次将麻将桌绊得晃起来，那个他本该叫她"阿嬷"的老女人，用尽诸多刻薄言语骂他，"野种""死狗""害人精"……时而会有巴掌不经意间伴着牌运低落和随时发作的脾气掴下来，厚实的巴掌将他扇得耳郭嗡鸣，在声嚣静止的几秒内，他的眼泪、鼻涕混淆着从脸颊滑落。麻将桌上响起另外三个高低不一的声音，周遭重新恢复原貌时，他听见责备、善意的劝诫以及戏谑的调侃自上方落下。

——要放伊出去耍一阵啦，整日锁紧紧，像只猴仔。

——要不是伊阿母走了，你老人家不会这么凄惨。

——你不怕孪仔长大记仇？你一把老骨头会给拆散的！

阿喜的意识隔离在外，并没有陷入她们谈话的泥淖。他对弥散在屋里的烟味着迷，烟味夹着烧焦的气味渗进鼻腔，他贪婪地吸起来，抬头看到有个老女人嘴角叼着烟。

阿嫲的嗓门大，动作粗野，打牌时会高声骂人。他瞧着陌生人娴熟地弹敲烟灰，烟灰飘落到脏兮兮的地板上，它们灰白、轻盈，像从天而降的雪花。他以手指摁压，沾了点烟灰在指尖，搁到鼻孔底下用力吸嗅，烟灰进去了，他止不住咳嗽起来。

待到牌局结束，牌友散去，阿嫲才蹲下来："我去市场买菜，你勿乱走，小心食竹仔鱼！"

阿喜不敢直视阿嫲的目光。老人家挎了只编织袋出门，木板门"啪嗒"一声锁上了。阿喜蜷腿坐着，望着空空的屋子。他扶着牌桌站起来（自从母亲离去，他的世界就被裁剪得只剩这一块窄仄的天地），踮脚看着麻将四散在牌桌上。这些立方体令他着迷。很快，他把难过都抛在脑后，恢复了贪玩的天性。他伸手捡起一块麻将牌，用牙啃咬，又在牌桌边沿敲一敲。麻将牌和桌子碰撞，响起短暂的、有节奏的回音。

阿喜咧嘴笑笑，又仰头看了看屋顶。天花板的白炽灯开着，光柱照在牌桌上，绿的地方发白，白的地方发亮。他在这片小天地玩耍着，丝毫没有察觉到，这样的囚禁生活还会持续下去，直到那个他喊作"爸"的男人在赌场赢了钱，大发慈悲送他进了幼儿园。

紧缩的世界如同橡皮球那样被撑开了。

阿喜立在祠堂侧门，悠长的走廊阴冷晦暗。以前祠堂被乡里辟作私塾，现在改了相貌，两间厢房改造成教室，整齐地放着漆成草绿色的课桌，成了乡里最早的一家幼儿园。

阿喜的个子比别人高，老师安排他坐后排。他上课时脖子抻长，看起来像只营养不良的狮头鹅。

教室与祠堂的正厅隔着道木门。初一十五，课间别的孩子叽叽喳喳耍成一团，只有他会趴在门上，透过缝隙偷看来祠堂祭拜的人。

烟雾缭绕，人头攒动。他想起自己的母亲。如果她还在这个镇上，应该也是这群诚心妇人中的一个吧。他喊了母亲几年"妈"，有天她却抛下这个家跑掉了。那时阿喜还小，不明白个中缘由，他午睡醒来，眠床上只有他一个人。他害怕地爬下床。

他听到大人们说话的声音，他趴在房门口，看到客厅挤满了人。有他认识的邻居和姑姑们，也有他不认识的。

父亲拍着茶几激动喊道："她×的！"

他双颊塌陷，身形瘦削，从未这样愤怒过。即使牌桌上输了钱，最多也是急红眼而已。然而那天，他像丢了魂似的在屋内来回踱步。

众人散尽之后，父亲翻箱倒柜，试图揪出母亲逃跑的蛛丝马迹。

等到父亲冷静下来，阿喜躲在房间不敢出来。

父亲问他母亲跑哪里去了。阿喜摇摇头。事实上，谁也不知道她是什么时候跑掉的。自她嫁过来，她就无时无刻不想着逃跑。

那时阿喜还太小，不懂得这个家庭的秘密。母亲伺候他吃，照顾他穿，晚上搂着他睡觉，她怀里有股淡淡的花露水的气味。和母亲躺在眠床上，就像躺在安稳的摇篮里。然而更多时候，母亲会在半夜被父亲拖起来，他当着阿喜的面扒落她的衣衫。

阿喜看在眼里，在黑暗中，他缩在床角用被单蒙住脸。他听见厮打、啜泣和咒骂。

母亲走后，阿喜成了这个家里彻彻底底的"外人"。

他被推挤着长大，被骂，被憎恶，像只被遗弃在暗巷里的幼鼠。

后来在乡里的祠堂里，阿喜看到母亲的形象和别的人叠合起来。

她的头发梳得整整齐齐，身上穿了件白色的确良衬衣。她的身影从门缝的间隙一闪而过，如此遥远而缥缈。

阿喜喊了一声"姨"，声音被祭台上袅袅的烟雾带走。

读小学和初中，阿喜跟别人打架，有时只是因为一个眼神，有时因为别人嚼舌根。打了架，他被老师罚站，背靠墙立着。教室只有两层楼，隔着栏杆，阿喜的目光投向很远的地方。那里有菜地、林檎地、连绵一片的庄稼。他望见成排的水杉沿河而立，再远的地方，就是海了。

阿喜的目光收不回来了。那个纠缠了他很久的问题再一次席卷而来。为什么不带我走啊？这个问题，敲着他的胸腔，额头，他身体的每个缺口。想着想着，阿喜就哭了。他的疑惑成了掉进深渊的石块，扑通过后什么也没有。

阿喜猜想了无数次母亲留下的谜题。如果她趁阿喜还在褓褓中就抱走他，也许，之后所有的敌对、打骂、忌恨便不会发生。可是假设始终是假设。母亲做出这个抉择，一定伴着痛苦的权衡。在血肉至亲和自由之间，她选了后者。谁也不知，在跑掉之后，她会不会也陷进另一摊泥淖里。长大之后，阿喜想明白了，他也必须做出自己的决定，像十多年前母亲那样。

他终于知晓了个中缘由，他花了这么多年，才揭开了母亲抛下的谜题：凭什么要我给他送终呢？

他们养阿喜，对他好，给他吃喝供他上学，都是有条件的。

但如今，一切都不一样了。

随着年月的增长，随着他们日渐衰老，"养儿防老"的观念牢牢地，像夯土的重物，落在他们心底。现在轮到他们害怕了，轮到那个他喊"爸"的男人害怕了。他们想要阿喜明白，没有这个家，他只能像只丧家犬。是的，阿喜终于想通了，只有重蹈母亲覆辙，才能报复那个不是他父亲的男人。想通了这点，他感觉自己晦暗的人生透亮一片。

他意识到，"逃跑"是他握在手里的筹码。他忽然觉得，之前所受的那些屈辱都不值一提，他这个深陷囹圄的囚徒，发现了一条密道，只要静待时机，终有一天会逃出去。

这是入学那天，年少的他站在祠堂前怎么也想不到的。他想不到，有天他会独自行过一段幽暗旅程，独自走向那片邈远的未知之地。

蛛网

秋蓝开车载阿喜去"鱼美人"美容会所，她是那里的会员。美容、按摩、做护理，像在固定的节日里，要更衣沐浴，焕然一新。似乎只有借助这些，才能抵挡那日渐逼近的衰老。阿喜年轻着呢，不理解。他觉得，他和秋蓝之间始终垂挂着一道布帘，厚厚实实的，遮蔽了秋蓝原本应该袒露的面目。在阿喜看来，三十出头的秋蓝一点也不老，除了眼角细微的纹路，她脸上没有任何老的迹象。

从美容会所回来的路上，阿喜的目光从秋蓝身上扫过，此刻她像是刚剥落了身上的那层保鲜膜，更光鲜了，也因此更诱人了。

和秋蓝认识这么久，阿喜摸熟了她的脾性，就像知悉一头高贵的麋鹿。

秋蓝出手阔绰，爱逛街买衣服，衣柜鞋柜总是塞得满满的。有时她懒得出门，就窝在沙发里看书。阿喜知道，秋蓝从前不是这样的，她也有过落魄、狼狈的时光。从前的她和现在截然不同。阿喜只是想知道，秋蓝怎么会看上他呢？

秋蓝问："你知道我最怕什么吗？"

阿喜疑惑地看她一眼："怕死？"

秋蓝摇摇头："不，我才不怕死呢，我什么都不怕，就怕老。"

阿喜说："是人都怕老啊。"

秋蓝沉默一阵，目光直视前方。

顷刻后，她的视线拉回来，同时慢吞吞讲起来："我从老家出来才十七岁，比你现在还小，那时出去过的姐妹都说广东遍地是钱，我就来了，坐火车来。谁知道第一份工就给人骗了，招工的人说是五星级酒店，当服务员，其实是拉我们去做'小姐'……"

秋蓝话还没说完，阿喜皱了皱眉头。

秋蓝笑着说："我还没讲完呢，看把你吓的！"

阿喜不说话，嘴角堆起一丝怪笑。

秋蓝于是接着说："开头那几天我来月经，就请假待在房里。其他人上钟去了，我就琢磨着怎么跑。走廊有监控，门口有保安，身份证又给扣着，跑出去抓回来，会被打个半死。熬到晚上，领班的进来说有个大老板，口味很刁，喜欢处女，问我做不做。我咬紧牙，摇摇头。领班说，一晚一千呢，伺候舒服了还有小费呀。我就说，我来那了。领班说，哦，我不管，他们说你是处女，只要是处女就行，客人来头挺大呀，我们开罪不起。我当时还想，来月经了，那个大老板不敢对我怎样，咬咬牙，就去了。"

阿喜饶有兴致地听着。

他们在一起快一年了，他没想到秋蓝会和他说这些。

马路在眼皮底下延伸开去，日头毒辣，阿喜眯起眼，沉浸在秋蓝软绵绵的声音里。

秋蓝边开车边讲，他越听越觉得，比起她的经历，他自己的那点经历不值一提。

"所以你的第一次，给了他？"

"呀，你先听我说。"

"好，你说，你说。"

他们去了景都宾馆，两人躺到床上，秋蓝的故事还没讲完。她今天是怎么了？阿喜觉得有点怪。秋蓝看着天花板，阿喜看着她。想象比现在年轻十几岁的她，是怎么样的一个人。天气燥热，宾馆空调发出沉闷的嗡嗡声。阿喜满头大汗，脱掉上衣，躺在床上，露出壮实的胸肌。秋蓝的声音在房间里形成一个小小的旋涡。阿喜喜欢听秋蓝说话，她的声音让人听着很舒服。他拉起秋蓝的手放在小腹上。秋蓝抽开手，拍他一下，疼得他跷起脚，叫起来。

秋蓝说："大老板其实没有想象中吓人啦，穿件花衬衣，腰上别了部呼机，胳肢窝还夹个黑皮包，梳着大背头，油腻腻的，走进房间就一直看着我。"

阿喜在头脑中迅速勾勒出一副财大气粗的中年男人形象，想着想着，扑哧笑出来。

秋蓝骂他："别笑，严肃点。"阿喜抑制不住，捂起嘴，笑得肚子都疼了。

"我站在床边，也不坐，就瞪着他看。他拍拍大腿，要我坐过去。我说，我来月经了。他皱眉，很快又舒展开，笑着说，坐，坐床上。我就坐下来。床单很白，我怕弄脏了，坐着别扭。他把皮包搁下，脱裤子，花衬衫几下剥光。我很怕，不知道接下来会发生什么。他抽出一沓钱，晃一晃递过来。我没有接，就坐着，不说话。他顺势搂过来（阿喜的手也搂过来）要亲我，我嘴巴紧闭，他有口臭（阿喜偏过头，也在她脸上亲了一口）。"

"后来呢？"

"我说，大哥我是被骗来的，大哥你救救我，救救我……

"他根本就不信，还以为我骗他的，他一边脱我衣服，一边在我身上蹭，还捏我。

"我越说哭得越厉害，他反而来劲了，趴在我身上，想脱我内裤，我用手死命拉住了。"

事实上，他对秋蓝怎么失掉了第一次不感兴趣。丢失了就永远丢失了，并不属于自己，他想。

秋蓝轻描淡写地讲着，好像讲的是别人的故事。

阿喜翻过身压住她，她低低叫唤起来，身体配合着起伏、伸动。

阿喜好像躺在一片甲板上，喘着气，沉溺在情欲的满足中。

秋蓝搂住他汗津津的背，扯过被子盖上，把那些还没说完的情节补充完整。

"我后来能离开那家酒店，也多亏了他，第二次，第三次……后来也不怎么疼了，就是那次床单脏了，衬着白色像朵黑玫瑰。"

阿喜听完，始终无法将"堕落""情妇"这样的字眼套在秋蓝身上。

当他真的卷进秋蓝的人生，并成为其中的一部分时，他自动站在了她的立场。或许现在他们是平等的，又或许，在两人的关系中，他比她还要轻贱。秋蓝被情人抛下了，阿喜充当了某种替补品。这种感觉，像站在球场外候了很久的球员，等到真正在场上狂奔时，早已忘记了等待的漫长。

这一切都令阿喜觉得，他深陷在一张蛛网之中。他和秋蓝，他们互为猎物，也互为捕手。

秋蓝转过头看阿喜，说："下次别戴套了。"

阿喜疑惑："为什么？"

秋蓝沉默了片刻，苦笑着说："我打过几次胎，最后那次，医生说我以后再也怀不上了……"

阿喜想知道秋蓝说的"几次"是多少次。话到了嘴边，还是咽下去了。

秋蓝的话把他原有的快感压了下去，他感到一阵怅惘，接着，油然生出负罪感来。

秋蓝说："现在你知道了吧，反正我就剩这张脸了，怕老，跟怕死一样。"

出逃

阿喜将蓄谋已久的离家出走称为"出逃"，以此赋予它悲壮的仪式感。

在这之前，阿喜曾把客厅里挂着的中国地图取下来，放在地板上。地图蒙了灰，粉红和绿色显得很淡，他的指尖落在地图上的某个点，接着画出一条弧线。灰尘沾在指尖，好像在告诫他：顺着这个方向走，就会走向一片洁净之地，他身上背负的苦痛将被洗涤。

片刻后阿喜犹豫了，地图上密密麻麻的地名、河流、道路，犹如盘错的网，令他晕眩。

他揣摩，想象出走之后会遭遇的种种磨难。他没有独自出过远门，而这一次，他决定了，就没有退路。出逃意味着要斩断和这里的关联，所有他认识的人，熟悉的，不熟悉的，都要在出逃之日起，断了关系。

若干年后留在乡里的人也许会记起他，谈论他，就像谈论一桩逸闻或一个死人。想到这里，阿喜情绪激动。长到十几岁，他逐渐意识到，每个人从一出生便开始了逃亡，由岁月的起点，逃至时间的末日。他那个越南母亲逃了，现在终于轮到他。

那天镇上出了件大事。

阿喜骑车路过镇道，看到大人小孩自家中鱼贯而出。阿喜抬眼看过去，才发现公路对面的泡沫厂着火了，火势冲天。风一吹，浓黑的烟柱像是海面掀起了风浪。有好戏看了，阿喜想。

父亲说不定就混迹在扑火或围观的人群中。你们绑不住我的，阿喜想。阿嬷不在家，她在桥头独眼佬家摸麻将。这些无疑是好兆头。阿喜使劲蹬自行车赶回家。这天很多东西笼上别样的光晕。阿喜回家时，看到街对面的粮油店，绾着灰白发髻的老姆坐在塑料椅上择菜，她脸上还挂着那副淡漠的表情，好像周围人事皆与她无关。阿喜知道她经常去莲花寺，为她深陷牢狱的小儿子添灯祈福。他们家的猫伏在铺头上眯眼，阿喜以前常逗它玩。粮油店斜对面，是阿城叔开的游戏厅。以前阿喜手头有零花钱，会叫上几个朋友去打游戏。他在那里学会了抽烟，学会了地道的脏话，学会了打人和被打。紧挨着游戏厅，是块荒废已久的地，厝主七八十岁了，在马来西亚"过番"。那块地买了几十年，一直没盖房子。天长日久，长了杂草，堆满了垃圾。

这些年乡里变化并不大。年轻人，有的外出打工，更多的留在镇上。

阿喜想过，他成绩差，不可能外出读书，父亲也不会供他继续读下去。日后他会循着别人的轨迹过活，再过几年，父亲就要他娶老婆生孩子，要他养老送终。想到这些，阿喜一阵心酸，对往昔的怀恋和对未来的恐惧同时在心底翻搅。十几年来，厝边头尾早就将阿喜当同乡人了。他喝这里的水，吃这里的饭，讲这里的话。邻居们待他不错，偶尔还替他惋惜，说他没了母亲，怪可怜的。

母亲逃走后，乡里人曾给父亲张罗过对象，然而一个又一个，看到他那副"姿娘相"，还带个拖油瓶，都摆摆手拒绝了。阿喜何尝不知道这些，只是记忆顽固盘踞，像栽在心底的种子，年月久了，发芽、抽枝，争着往更高处伸展开去。

想起这些，阿喜禁不住心酸。他取来铁锤和螺丝刀，凿开父亲存钱的抽屉，取出一个装了钱的信封，也不管有多少，拿起就往裤兜塞。做完这些，他把收拾好的衣物和身份证塞进包里。不知十几年前，母亲是否也是这样？他无暇想这些了，匆匆关好门，上锁，钥匙丢进臭水沟，然后跨上车，往公路边骑去。

坐上大巴，阿喜的心狂跳不已。他旁边坐了个五十来岁的阿伯，满脸褶皱，穿黑色的短袖衫，双目无光。从阿喜上车，他就盯着阿喜看。阿伯的肩膀处撒了好些头皮屑，衬着黑显得很。大巴拥挤混乱，编织袋、装着水果的竹篮、扁担、捆成一团的被子把过道堆得满满的。有个女人在座位上嗑瓜子，瓜子壳丢得满地都是。车厢空气污浊，脚臭、汗味、家禽的屎尿味混淆着，一阵一阵冲向鼻腔。阿喜捂住鼻子，还是难受得要干呕。车开出一段距离，阿喜还在担心，如果半路有人把车截停，然后把他押下去，要怎么办？他的思绪混乱不堪，想起电视新闻播报失踪案件，电线杆上贴满有他照片的寻人启事。他们不会的，阿喜想，就当我死了吧，不要再找我了。

大巴终点站是市区，再远的地方，司机就不去了。

在被父亲发现"失踪"之前，阿喜能逃多远是多远。利用这段时间，他可以在市区换乘，逃往下一站，至于下一站是哪里，他还没想好。他读小学，有一年父亲带他到市区，父子俩坐了很久的公交车来到小公园一带。他第一次看到那么多的老建筑，骑楼、百货商店和隐在巷子里的食肆，当然，还有乡镇上没有的的士和三轮车。

现在，大巴停稳了，阿喜背着包下车。

天擦黑，风减弱了南方热月的潮湿。阿喜下车时被人推挤了一下，险些跌倒。待他站定，才发现这地方如此陌生，既不是车站，也不是他去过的小公园。他听着喧嚣的说话声，望着不远处闪烁的霓虹。大街上人来人往，再过去，是几栋高大的建筑。阿喜迷路了。他像老鼠那样冲到马路对面，招手拦下辆的士。司机问他去哪里，他结结巴巴说："车……车站，汽车总站。"

的士开了二十来分钟，经过一段公路桥，停下了。司机伸手要五十块。阿喜说："怎么要这么多钱？"司机吼了他一声："嫌贵别坐啊！"阿喜意识到他被骗了，懊悔上车前没问清车费。市区的的士从来不打表，他不知情，最后只好硬着头皮交了钱。下了车，阿喜直奔向车站。

烧烤摊

  阿喜举起啤酒瓶，仰头灌了一大口，沁凉的啤酒滑过喉头，咕噜咕噜进入肠胃。他打了个响亮的饱嗝，说："像我这样一个乡下孩子，出外多年，时间久了就觉得自己是个怪人，你说我有家吗？有，家就在那里，闭着眼也能走回去……可那个地方是我家吗？回不去了。为什么？你问我为什么，哪儿有那么多为什么啊？逃走的那天我就没想过回去，回去有什么意思？不，你别打断我，我不是冷血，我是人，我对我老家也有感情的，但我就是不爽他，看见他就恶心。你知道乡里人怎么叫他的吗？他们喊他'姿娘细'，姿娘什么意思？你们那边叫婆娘叫姑娘，我们就叫姿娘，字面上你可以理解为有姿色的姑娘。对，这么说你就明白了。至于'细'，细就是小，他排行最小，我上头还有三个姑姑呢。说白了，他就是一个娘娘腔，你看他留了胡子，其实跟女的没什么差别，他年轻时还会'钩花'啊，这玩意是女人做的，哪儿有男人成天没事就往女人堆里扎啊！我小时候最怕他拉我的手，捏我脸，尤其怕他帮我洗澡。我真是怕啊……他还喜欢赌钱、打扑克，不是说笑，我读幼儿园的学费还是他赌钱赢的。"

  秋蓝伸手拉住阿喜的手臂。她也喝了不少，脸颊绯红，路边烧烤摊烟雾弥漫，她生怕裙子被油污弄脏，坐在矮凳上，脸色紧绷，身体扭捏着，看起来颇不自在。她说："过去那么久，还说这些做什么？我跟你说，每个人都有过去，我有，你也有。说白了，有些事天注定，你只有让自己强大了，才能摆脱过去的包袱。你看我，三十几岁，也没结婚，没小孩，不也过得挺自在吗？我和他闹翻了，我也郁闷啊,我去酒吧喝酒,跟闺密们玩,又有什么用呢?男人都是一个样的,贪图享乐,完事了甩甩手,受伤的还是我们。越是这样,我越不开心。伤心的事只会加剧,不会翻过去。每次酒醒了,我就哭。我觉得耻辱,我这辈子不用再指望生小孩了。我不是针对你,别用这种眼神看我。后来啊,我想通了,生不了就生不了,要是生出一个来讨债的,倒不如不要。"

阿喜的眼里布满血丝,他咬着唇,活像一头饥饿的狮子,盯着闯入视线的无辜野兔,时刻准备扑上去啃咬:"没错,你说的都对。小孩生来就是来报仇的。当年我妈要是不生我,把胎打了,清清爽爽跑掉,现在不会是这样。他们作的孽,要我来承受,凭什么呢?"说到这里,阿喜捏住一串烤鸡胗,用牙齿咬住,嚼起来。"我小的时候,乡里经常来乞丐,有次一个老乞丐推着手推车,就是那种学步车,里面坐着一个小孩,看不清是男是女,头歪着,眼珠凸出,像鱼眼,半截腿没了,跟个怪物差不多。老头用麻绳绑住车,另一头捆在自己腰上,走一步,小孩的头就晃一下。那天他们停在我家门口,老头讨饭吃,阿嬷舀了碗米饭,把吃剩的菜倒在上面,叫我端过去给老乞丐。等他们走了,阿嬷蹲下来,捧住我的脸说,要是走丢了,就会跟那个小孩一样,被人砍断手脚。她说的我现在都记得清楚。呵,别以为他们是好心,他们只是怕我跑了,我跑了,这个家就断后了。我和他们没有血缘关系啊,太可笑了你说是不是?"

秋蓝招招手,叫烧烤摊的老板娘结账,老板娘走过来,秋蓝打开钱包,不料被阿喜抢过去:"还没喝完呢,着什么急!"秋蓝说,"哎呀,你看你,都这样了还想喝?""喝,怎么不喝?""行,别说了,你要喝我陪你,但别在这里,等下发酒疯还像话吗?把钱包给我,等下我们回宾馆去，你想喝多少喝多少，喝死了我不管！"

阿喜的眼都快睁不开了，手哆嗦着，打开钱包，掏出一沓钱。他的右脚踢倒了堆在折叠桌下的酒瓶，酒瓶"哐当哐当"滚落在地，惊动了弯腰坐在摊档前穿烤串的老板娘。"有钱很了不起是不是？别以为我不知道，你的钱是那个男人给的，车是他买的，化妆品是用他的钱买的，你浑身上下哪件衣服是自己挣钱买的？你别以为他会包你一辈子，醒醒吧！你别用这种眼神看我，我不稀罕你的钱！"说着，阿喜朝地上啐一口，将钱包拍在折叠桌上，站起来，他的身体晃了晃，终于站稳了。他从裤兜摸出钱，走过去埋单。

秋蓝望着阿喜离去的背影，昏黄的灯光照在她的妆容上，她长长的假睫毛上挂着泪。她吸吸鼻子，举起酒杯，喝完剩下的酒。秋蓝从未被人这样羞辱过，即便她当了别人的小三，被别的女人指着鼻子骂她婊子，她也从不当回事。可是此刻，阿喜的话像针一样扎进她肉里。阿喜将她裹在身上的硬壳剥落了，倏忽间，她那些不堪的过往，滔天洪水般涌过来，迅速将她淹没。

"搵食"

记忆顽固，总以另一种方式重来，像倒流的水，像重燃的死灰。阿喜现在还会想起以前的苦日子。那时他在服装行打工。夜里睡在楼梯底，行军床和楼梯形成一个夹角，看起来像副畸形的棺材。他刚来时，身上没钱，租不起房，老板看他可怜，找了关系给他行了方便。楼梯底下，门帘一挂，就成了他的宿舍。

阿喜知道老板的厉害，这个粤西人讲一口难听的白话，口头禅是"揾食艰难",前鼻音总是发成后鼻音。阿喜本来可以睡仓库的，那间仓库是租的自建房，民改仓，虽然阴暗潮湿，但好歹能住人，不像楼梯间，和老鼠窝差不多。

阿喜不敢跟老板申请住仓库，老板精得很，他怕阿喜半夜偷拿衣服卖。

后来住久了，阿喜也就习惯了，反正一个人，凑合着过。

那个冬天，广州遭遇了一场寒流。阿喜晚上睡觉，把棉被裹紧。寒气从门缝渗进来，南方的湿气重，早上睡醒，阿喜都感到颈椎酸痛，加上平时搬货爬楼梯，腿脚总是僵硬的。门缝透射的天光照在他脸上，他从枕头底下摸出诺基亚看了看，才六点。再过半小时，外头就热闹起来了。卖早餐的小贩沿街排开，都是推车，下雨天就撑起大伞。食客们都是在附近服装城上班的，人来人往，撑起了早餐档的生意。阿喜来这里不久，就把这一带摸清了，早餐卖得最便宜的是那家潮州人，他们家卖粥，白粥五角钱，配咸鸭蛋、咸菜或榨菜，他们也卖热豆浆和油条，两三块包你吃撑。阿喜每次去，卖粥的阿伯都会用家乡话亲切招呼："小老乡，来食哩！"挨着卖粥的还有其他摊档：煎饼果子、糕点、酸辣粉、麻辣烫、茶叶蛋……背靠护栏，一眼望去，腾起的热气把人脸都模糊了。地上丢满了纸巾、塑料袋、纸杯和食物的残渣，一到雨天，污水横流。天南地北的方言混成一锅粥。

只要有钱赚，再狭长拥挤的街，也会挤满摊贩。

这天清早阿喜醒来，喉咙干渴，提不起任何食欲。他发烧了，额头摸起来很烫。不上工是要扣钱的，阿喜想，扣就扣吧，也没多少，反正档口还有人帮忙。他每天都干些重复的活，跑仓库、拿货、换货、搬运、清点、登记。有时客人要打包，量多，又急着要，他就要推着手推车送去货运部快递。服装行干搬运的人很多，阿喜学他们，将推车倒过来拖，双手向后抠住车把，遇到下坡路，一屁股坐上去，凭借推车驮的重物保持平衡，风呼呼吹过耳边，过瘾得很。

那个冬天特别冷，双脚伸出被窝时，阿喜冷得倒抽口气。这种破天气还有几个月才结束，他勉强起身，穿上羽绒服，踩着拖鞋到厕所洗漱。头很晕，用力擤，乳白色的鼻涕黏在掌心，阿喜厌恶地看一眼，打开水龙头冲掉。

晨间寒气袭人，阿喜绕过热闹的早餐摊，折往大马路，走了几步，发现对面骑楼底下的药房还没开，又逛回来。肯德基倒是开了，二十四小时营业嘛。阿喜推门进去，口袋有些散钱，阿喜要了杯豆浆和老北京鸡肉卷，都是热的。坐下来，吃这个的钱够他买一周的早餐了，他不管，呼呼吃起来，边吃边拿纸巾擦鼻涕。

那天阿喜没去上班。"大参林"开门后，阿喜买了一盒感康、一袋感冒冲剂，回他的楼梯间，到开水房倒热水，泡了冲剂，吃了药，躺到行军床上休息。

楼梯底对着小门，打扫卫生的、送外卖的，进进出出。

阿喜迷迷糊糊睡着了，盖着棉被出汗。醒来时是中午，衣服湿了，汗酸臭熏得他干呕。

迷迷糊糊过了一天，除了老板的电话，再也无人找他。我要是死在这里，也没人理吧，阿喜想着，抹了抹脸，也不知道是汗是泪。出外好多个年头了，春节还没到，服装行的人忙着抢车票，有时还不惜花高价买黄牛票。只有阿喜从来不抢票。他不知过年要去哪里。来服装行的头一年春节，他坐地铁去逛花市。花市热闹，红的绿的，逛花市的人很多，一家老小，边走边笑，拍照的人也不少。阿喜也想拍照，但诺基亚拿不出手。就用眼睛看吧，琳琅满目的花，年轻的女孩子，三三两两，打扮入时，她们手挽手，走几步停一下，拍个不停。

阿喜在广州没什么朋友，他也不想交朋友。在外这几年，他避免和老乡接触。他认识的几个老乡，一个个喜欢拉帮结派，动不动就搂着人家肩膀说："自己人，有事相扶！"阿喜知道，他们喜欢问你家在哪里，兄弟姐妹几个，父母做什么的。这些问题都很正常，但对阿喜来说可不是这样。他练就了一身撒谎不心虚的功夫。对他信任的人是一套，对不信任的人又是另一套。

老板没见过他和家人打电话，偶尔聊起来，阿喜说："我是个孤儿，福利院养大的，出来'揾食'，总不能一辈子靠别人嘛。"

阿喜觉得这么说也没错，他的母亲跑了，父亲那个家形同虚设，这样的他，跟孤儿没区别。

往后他总会想起这段日子。以前他觉得苦，后来想想，也没什么。

秋蓝听他讲起这段"揾食"的经历，听得很心酸。她问阿喜："你出来这么久，不就是为了找你妈妈吗？没有找到？"

阿喜苦笑一下："大海捞针，怎么找？以前想过，后来就不想了，觉得现在这样也挺好的。她如果没死，也应该有自己的家了，就算找到了，又怎样呢？"

"所以你干脆就不找了？"

阿喜移开视线，不说话。

秋蓝拉起阿喜的手说："把你的身份证带上吧，我们去办护照。"

阿喜问："办什么护照？"

秋蓝说："傻瓜，有了护照就能去越南找她了呀。"

阿喜苦笑："别开玩笑了，我连她现在是生是死都不知道，再说，我的户口在老家，护照只能回去办，我不想回去。"

秋蓝有些丧气。她看着阿喜，不知说什么好。有时她把阿喜当弟弟疼，有时又把他当情人。他们俩的关系很奇怪。阿喜说不上多喜欢她，但又离不开她。他觉得秋蓝身上有股韧劲，像水，截不断的地方，还会继续往前流淌。也许是为了达到某种平衡吧，秋蓝在其他男人那里得不到的，就在阿喜身上找。

情人

秋蓝跟第一个男人的时候，他拿了一张银行卡给她。那张薄薄的卡片上有一串数字，有块抛光的金色，灯光下煞是好看。秋蓝接过银行卡，放进了包里。

那天男人请秋蓝吃饭，吃着吃着，他盯着秋蓝的包说："换一个吧。"

秋蓝撒娇道："换什么呀，不是用得好好的吗？"

男人说："让你换你就换吧。"语气严肃，把秋蓝吓了一跳。

他们相处了一段时间，这期间的种种，让秋蓝发觉，他并不是真的爱她。从他的眼神和说话的语气，秋蓝感觉出来了。开始时，他待秋蓝很好。秋蓝下班，他开车来接，带她吃饭，看电影，逛街。那时秋蓝和同事租在城中村。下楼是大马路，再过去是车站，距离上班的公司不远。那年5月，暴雨来袭，水淹进了城中村，下水道堵住了，没一处能下脚。

秋蓝打电话给他，不到半小时，他就开车过来了。从很远的巷口秋蓝就看到了，他挽起裤腿，蹚过一片污浊的雨水朝她走来。雨还在下，握手楼挨得那么近，抬头望不见天。

水没过膝盖，把他的裤腿打湿了。

秋蓝很是感动。

那天暴雨过后，他们完成了从朋友向情人的过渡。他们有了一次酣畅的床事。秋蓝抱住他，像抱住洪流中坚挺的石柱。隔天，她搬出城中村，住进小区。小区有电梯，门口有保安，出门走五分钟就是地铁站，秋蓝很满意。她庆幸自己离开了，一起住的女生，总把卫生棉扔进垃圾桶，几天也不倒掉。

后来有一天，毫无预料地，秋蓝得知他有老婆有孩子。她忍住眼泪说："你有家庭是你的事，我有你就行了。"秋蓝道行太浅，她没有意识到，作为情人，他们之间永远都是不对等的。在他妻儿出现的地方，她只能隐身，她是一个不能存在的人。其他时候，他才短暂地属于她。秋蓝用他的钱，买来时长不均等的安全感，这样的安全感真的太虚无了。也许爱情本来就是虚无的，秋蓝想。她早就过了相信爱情的年纪。她信任的，是物质，是身体的快感。他每次和秋蓝做完，都会感慨，"为什么跟你感觉这么好。"秋蓝笑一笑，油然生出优越感。她不知道，优越感和所谓的爱情一样，都是虚的。时间长了，他也会厌倦秋蓝的。那时怎么办？秋蓝不想那么多。她想的是，做完这次，她就能买那个相中很久的包了。那个包的金属拉链头上有压印的"BURBERRY"，皮革处四边是封死的，车线均匀齐整。秋蓝找了几个闺密，她们仔细甄别过了，不会是假货。

再后来，性爱成了例行公事，秋蓝尽量让他满意。然而，再精密的仪器也会有出错的可能啊，再娴熟的性爱也总会疲沓的。有天他对秋蓝说："最近公司账务出了点问题，这个月先不给你打钱了。"

秋蓝听完，笑一笑说："没事啊，那就等下个月。"

她外表装得若无其事，可私下，还是嗅到了危险的临近。

二十几岁之后，秋蓝对所谓的爱情灰了心，她不打算结婚，赚的钱都砸在自己身上：出国旅游，逛街，购物，美容，练瑜伽，参加礼仪培训，加入各式各样的俱乐部，闲下来会看书，到剧院看话剧，也不管看不看得懂。她把这些叫作隐性投资——这是她从一个从事金融的情人身上习得的。金融男比她小几岁，擅长做短线投资，股市旺的时候，每个月有好几万进账。秋蓝不会炒股，倒从他身上学了些理财的经验。

他们谈了半年，见过他父母，快到谈婚论嫁时，秋蓝提出分手。

两个人纠缠了好久。到真的分手时，他什么也没给秋蓝，秋蓝一点也不觉得遗憾。

遇到阿喜之后，秋蓝劝他辞掉车行的工。对阿喜来说，做什么工作都行，只要能养活自己。

秋蓝说："你老大不小了，不要总做这些体力活，每天忙生忙死，也赚不了几个钱。"

阿喜说："赚那么多钱干吗？"

秋蓝瞪他一眼："你以后不用娶老婆，不用养家啊？"

阿喜狡黠一笑："我有你不就行了嘛，想太多也没用啊。"

秋蓝拍拍他的脸说："你要做小白脸？"

阿喜说："我这么黑，哪一点像小白脸？"

秋蓝住在城中心的小区里。

房子是从台湾来的丁先生租的。丁先生是个皮具商，来大陆做生意好多年了。那时他在皮具城租了层写字楼，又在城郊投资建了厂，把皮具生意做得风生水起。几年前金融危机，珠三角一带很多代工厂都关张了，丁先生的厂却熬过那阵风雨，挺了过来。

秋蓝是在很偶然的情况下和他认识的。

那天，秋蓝一个人到居酒屋吃日料，进门时，她看到一个四十岁上下的男人，坐在榻榻米那里自斟自酌。他穿了件开衫和淡蓝色的衬衣，理了个精神的平头，一个人安安静静地喝酒，吃东西。

秋蓝看了一眼，觉得他侧脸真好看。

那天居酒屋人很多，座位都坐满了，吧台那里也是。

秋蓝环视了一下，走到他跟前，问他能不能拼桌。他礼貌地点点头。

起先，他们自顾自地吃着。也许是那天的气氛很适合和陌生人搭讪聊天，也许是那天秋蓝让人觉得安心、可靠，吃到一半时，坐秋蓝对面的丁先生举起酒杯，做出敬酒的动作。秋蓝微微颔首，也倒了一小杯清酒。两只小小的酒杯轻轻碰到一起。秋蓝看了他一眼，他也盯着秋蓝看。

两个人都笑了，就这样聊起了天。

秋蓝问他："怎么一个人来喝酒？"他说："我跟我老婆吵架了，心情不好，就跑出来散散心了。"

他的普通话带着浓浓的台湾腔，秋蓝注意到，他有很重的眼袋，左边眼睑下长了颗小小的痣。

那天，丁先生喝多了，秋蓝帮他打了辆车，上的士时，他突然握住秋蓝的手，秋蓝有些错愕，又很快露出了微笑。他双眼红红地说："谢谢你啊，秋蓝小姐。"

秋蓝目送的士开走，她手里抓着丁先生给她的名片。

她心想，这人真可爱，喝多了酒还这么彬彬有礼。

秋蓝跟了丁先生三年。

丁先生的祖父是台湾日据时代教育部门的一名职员，因此他们一家，老老少少，几乎都会讲日语。也许是"家族遗传"，丁先生喜爱日本文化，尤其喜爱吃日料。他来大陆做生意，最喜欢去的还是日式居酒屋。秋蓝总觉得，讲日语的他和讲闽南语的他，是不同的两个人。

丁先生带秋蓝出席各种酒会。有时太忙，还会把一部分生意上的事务交给秋蓝做。

秋蓝心气再高，也不得不佩服他在生意上的老到。从材料的挑选，到制作加工、出厂销售，所有程序他都盯得很紧。和秋蓝一起，他不喜欢戴套，有时喝了酒，做完了他就趴在秋蓝身上睡。秋蓝为他打过两次胎。医生说，身体不是铁做的，不能再折腾下去了。

那天秋蓝心情沉重，从医院走出来，抬头看到久违的蓝天白云，路边的籁杜鹃一簇簇开得很艳。秋蓝坐在医院门口的长椅上，想起一些事，想着想着，泪就流下来。

她和台湾男人朝夕相伴，有时会有错觉，觉得他们就是夫妻，觉得这样过下去，也挺好。可是，美好的东西终归短暂。这一年，整个加工行业都遭到了严查，尤其是高仿产品和贴牌的皮具。皮具城是工商严打的对象。那些生意做得很大的商家，不仅仓库被封，老板也被抓起来判刑。一时间，风声鹤唳。工厂停工，老板遣散了工人。台湾男人躲过了金融危机，却没躲过严查。管厂的人想贿赂执法队，一看架势不对，就撤了。丁先生闻到风声，买了机票，连夜飞回老家基隆。

阿喜听秋蓝讲完她跟丁先生的事，叹着气说："三年啊，孩子都能打酱油了。"

秋蓝淡淡一笑："你觉得可能吗？"

阿喜说："怎么不可能，他不是要和老婆离婚吗？离了就好了，离了你嫁给他，嫁去台湾，多好啊。"秋蓝说："别调侃我了，他可能早就跟老婆和好了吧，他回去了，再也不会来大陆了。"

说完，秋蓝的眼神黯淡下来。

阿喜知道，秋蓝没那么容易忘掉这一段。她住的房子，还有那个丁先生的痕迹。

阿喜问她："你想我跟着你做生意？"

秋蓝点点头。

阿喜说："不过我有一个条件。"

"说吧，什么条件？"

阿喜说："把这套房退了吧，我们到别处去住。"

父之谜

有时阿喜觉得自己变成一尾鲑鱼，在时间的湍流中奋力回溯。起点是现在，终点却不知在何方。他努力寻觅源头，发现越游越偏，直至疲累，被巨浪拍垮。

他时常坠入混沌中，恍惚间望见一个男人，背对着他，身形高大、壮硕，坐在沙发上抽烟，烟头火光处明了又灭。阿喜想看清他的长相，转来转去，始终看不见。在晦暗的房间，另一个男人面对他，身形纤瘦，握紧了拳头，不住地说话。他的声音尖细，像鸟叫，叽叽喳喳。抽烟的男人捻灭了烟头，站起来，瘦弱男人拉住他的手，带着哭腔恳求他。高大男人捏起茶几上的玻璃杯，仰头将酒一饮而尽。如此阵势，似壮士签生死状，临行诀别，悲怆而绝望。

阿喜浮了起来，飘在半空中，脸朝下，身体倒挂，目光落在高大男人的头顶上。男人走向更深的黑暗中，阿喜跟着动，却怎么也靠近不了，他们之间像隔了层半透明的膜。阿喜隐约觉得喉咙被扼住了，有什么东西在他腹腔中耸动，挣扎着要跳出来。

阿喜愤怒，发狂，张大嘴巴呼喊，对方却耳聋一般。他行进的姿态好像要奔赴刑场，酒精在他身上发挥了效力，他跌跌撞撞拨开门帘，门帘上珠子"哗啦"一声。

而后，阿喜跌入了噩梦中，梦中有一堵高墙，眠床挨靠着墙面，布满灰尘的蚊帐挂下来，严实得像顶囚笼。阿喜凑近去，看到男人压在他母亲身上，她发出咿咿呀呀的咒骂，那异乡的语言全然失效，她咬他的手臂，推他，踢他，被他牢牢按住。阿喜预感到了什么，他避开那双恐惧的眼睛，惊得向后退，退到门外。

门帘"哗啦"一声合上。他和焦急立在门外的男人撞个满怀。

阿喜认出来了，是那个他称作父亲的人。

阿喜感到震惊，震惊得像有只炸药包在他身体中引爆，震得他内脏破裂，血流满地。

等他从沉睡中醒过来，房间重归了寂静。

那个幽灵般的男人消失了，床上躺着死鱼一般的母亲，她的眼是空的，胸脯在颤抖，盖在身上的被单，如一床裹尸布。此刻的母亲和死人没有区别。她遭受了比远嫁他乡更深重的苦难。她来不及思考苦难与耻辱有什么关联，便陷入了昏厥。

阿喜在羞辱的胚胎里活下来。

母亲并无身为人母的喜悦，倒是瘦弱的父亲，对着襁褓中的婴孩，露出了带泪的笑容。

这个场景被阿喜反复描摹、涂抹甚至篡改，核心却一直不变，所有想象性的弥补都指向一个确凿的事实：父亲借他人的种，将阿喜拽到了世上。

阿喜自懂事以后，每次想起自己的出身，就像当众被人剥光衣物，露出野人般荒芜的躯体。

他明白了，为什么阿嬷会骂他是野种，为什么有人带着异样的目光看他。是啊，那个生理上的父亲不见了。这个陌生的男人出卖了自己，留下一个怪胎，这个怪胎就是阿喜。

现在他长大成人了，想揪住他，将那个男人往死里打。

反正贱命一条，阿喜想。何惧失去，何惧死亡。所以，阿喜与父亲针锋相对，争吵，不断惹祸闯祸，都是变相地向那个消失的父亲发起进攻。

有一次阿喜和同学打架，把别人打伤了。父亲把阿喜吊在楼梯扶手上，用皮带抽打，皮带落在大腿和背上，异常响亮。那次虐打，让阿喜心底生出了更多的憎恶。

后来，父亲胆怯了。他怕阿喜会和他的越南母亲一样逃跑。他收手了，不再打阿喜。他们恢复了表面上的和平，除了养与被养的联结，他们的父子关系形同虚设。

阿喜睡觉时，习惯将身体弯成虾米状。秋蓝由背后抱住他，胸口贴紧，感受他呼吸的起伏。

有时他会半夜突然惊醒。秋蓝扭开床头灯，看到阿喜脸色仓皇。"又做噩梦了？"秋蓝问。

阿喜不说话，手背擦擦额头上黏腻的汗，吁了口气。

秋蓝说："你这样，太没有安全感了。"

阿喜说："我没事的，睡吧。"

秋蓝说："有什么话别藏在心里。"

阿喜说："知道了。"

阿喜跟秋蓝说起他的身世。他想不通，为什么父亲会干出这种罪恶的事，好像母亲是块任人耕种的田。他难道不知道，这是作孽吗？

阿喜问秋蓝："换作是你，你会原谅他吗？"

秋蓝说："你想过没有，这么多年你心里装满了恨，到头来，最大的受害者不是别人，而是你自己。"

阿喜苦笑："其实我当面问过他，一问起这些，他的反应比我还疯。"

秋蓝说："你这样做等于揭了他的伤疤。"

阿喜说："难道我没有伤疤？"

秋蓝捧住他的脸，劝道："要是你真的报复了，也泄恨了，然后呢，你能改变现状吗？"

阿喜不语。秋蓝的话，戳中了他多年来一直不敢正视的问题。他觉得自己坠入了一个迷宫，焦灼地绕来绕去，怎么也找不到出口。

也许出口就在心底，绕个弯就能找到，也许，耗尽这辈子也找不着。

离散

丁先生跑路之后，秋蓝和阿喜住到了一起。

新屋是秋蓝选的，中介带他们去看房，屋主还没搬出去，他的普通话透着很重的粤语腔。

"我这套屋风水好，谁住谁旺。小姐你们是做生意的吧？做生意啊，风水好很重要的！"

阿喜逛了一圈，看了浴室和厨房，又看了两间卧室，站在阳台望出去，能看到不远处的湖在阳光下闪着光。小区不是很大，附近有商业街，车来人往的，挺热闹。绿化也挺好，进出门都要刷卡，房租三千一个月。秋蓝选这里，是看中这片小区离皮具城和工厂较近，以后跑工厂看货也方便。

他们签了合同，交完押金跟首月房租，拿了钥匙和门禁卡，就算租好了。

那天下午，阿喜回他租的地方把行李打包，等秋蓝来载他。之后他们到秋蓝的旧屋，叫了搬家公司来。秋蓝在这里住了三年，街坊邻居不知道她和丁先生的关系，进进出出，以为他们是夫妻。唯一让秋蓝不舍的，是对面那户陕西人。那对夫妻开了家发廊，人很实在。去年他们生了个闺女，还请秋蓝喝满月酒。秋蓝塞红包到小姑娘褓褓中，她睁大圆溜溜的眼看秋蓝，好像要和她说话。

秋蓝要搬家了，不敢和他们打招呼，小姑娘会走路了，见到秋蓝，咿咿呀呀喊人，揪秋蓝衣服的下摆。秋蓝喜欢她那双水灵的眼，声音细细的，一说话，甜到心底。

阿喜帮秋蓝收拾房间，秋蓝指挥搬运工。整个屋子里堆得乱糟糟的，都是秋蓝的东西。秋蓝看着这个住了三年的地方，心里一阵酸楚。原来三年了，留下的东西这么多，每样东西她都想带走，又不想带走。和台湾男人在一起的三年，他们到宜家买家具，一起下厨做饭。除了无正式名分，他们真的和寻常的夫妻没有差别。

现在风声一紧，他蒸发了，电话不接，短信不回，铁了心要和秋蓝撇清关系。

其实早在之前，就有传闻说工商要来次大扫荡。秋蓝劝他暂时避避风头，他说不着急啊，他的那些生意伙伴都不当一回事。谁也没想到这次来真的。上头文件一下达，工商和警察悉数出动。

那天秋蓝不敢把车开进皮具城的地下车库。

大路边全是穿制服的警察，还有很多协警、便衣。警车停在路边，已经拉了不少人。警察勒令形迹可疑的行人都要打开包裹供他们检查。皮具城周围的几条街道，一时熙熙攘攘，喧闹了不少。

秋蓝心里怕，打电话给他，手机关机了。

她不敢上去写字楼，掉头把车开走。

天气闷热，云很厚，到处都是灰蒙蒙一片，快下雨了吧。秋蓝还留有一丝希望，心想他不过暂时躲起来，等风波过去，又会回来的。她看着远处被风吹动的树叶，不知接下来这段日子怎么过。车开进桥洞，光线忽然暗下来。秋蓝不争气地哭了。她不知道，就在这当口，就在她不知往何处去的时候，他已经坐上飞机越过海峡，逃离了这片生钱的热土，逃离了伴他三年的秋蓝。

这就是人生啊，风云际会，人要聚散，没什么注定长久。

搬家的时候，秋蓝看着墙上的照片，她把相框取下来，撕烂相纸扔进垃圾桶。阿喜也过来帮忙，泄愤似的，凡是跟丁先生有关的衣物和私人用品，一律当垃圾处理掉。在秋蓝心底，他已经死了。秋蓝将丁先生生意上的文件和资料装进公文包，其余没用的，都烧了。整个下午，她忙得一身汗，无暇对这段过往进行任何廉价的悼念。

傍晚时，行李搬进了新屋，他们都累了，再无力气去重新归置。

到了夜间，阿喜提议到酒吧庆祝他们"乔迁新居"。秋蓝喝了杯莫吉托，又点了一瓶尊尼获加。喧闹的音乐一阵响过一阵。秋蓝搂住阿喜说："你说，我是不是很贱啊，跟个垃圾袋一样，用过了就给人扔掉了。"阿喜抽了张纸巾递给她。

秋蓝咬着阿喜的耳朵说："你们男人没几个好东西，爱的时候假惺惺，出事了就拍拍屁股走人。"

阿喜笑一笑说："反正不是我。"

秋蓝身上的香水味和酒气混在一起，阿喜看着她，忽然明白了，觉得秋蓝也是个可怜人。

凌晨，秋蓝醉得浑身瘫软。

阿喜还清醒着，搂过肩膀扶秋蓝出了酒吧。

到了酒吧门口，秋蓝弯下腰，"呜哇"一声吐得满地都是。

阿喜走到路口拦了辆的士，走回来搀起秋蓝。上车不久，秋蓝睡着了，头倚在阿喜肩膀上，呼出的气，还是温热的。

车窗开了一道缝，风呼呼灌进来。

阿喜伸手搂紧秋蓝，她穿着一件圆领的无袖短裙，露出光洁的大腿。阿喜低头看到她领口的项链，随着呼吸起起伏伏。他想起秋蓝说的那些话,心里慌乱一片,就像有人在他身上凿开一口井。丁先生给过秋蓝很多,又一下子把所有东西夺走。秋蓝的生活意外地空出来一块地,阿喜趁其不备,便钻了进去。秋蓝就像黑暗尽头照进的一束光。阿喜想起这些,又惊喜又恐惧。他什么都没有,拿什么去给秋蓝呢?他想着想着,觉得没底。然而就在这一刻,在秋蓝的呼吸贴紧他的这一刻,他心底升起某种近似施舍的神圣感。

新生

生意不太忙的时候,阿喜喜欢站在仓库门口抽烟。仓库堆满一箱一箱的货,阿喜想起以前打工的服装城。"揾食"的地方都差不多,闹哄哄的,尽是人。皮具城离服装城不远,对阿喜来说,倒像是两个世界。

阿喜发现,这些年他绕来绕去并没有走远,反倒渐渐地,对这座城市生出了好感,觉得它也有可爱的那一面。

上次的严打对皮具城影响很大,但还谈不上是什么毁灭性的打击。等到风声一过,皮具商们又想出了新的对策。钱总要赚的吧,为了赚钱,就要多想些办法,变通变通。现在他们都不租皮具城的档口了,他们把仓库和档口合到一起,搬进附近的居民楼。只要肯出钱,总有人愿意冒着风险把房子租出来。

秋蓝租的这间仓库,就藏在皮具城后面的小区里面,和大马路相隔不远。

现在做皮具生意的策略是,派档口伙计到皮具城门口拉客,同时告知所有新老顾客,档口换了,欢迎惠顾。只要客源不断,有需求,就不愁没生意做。

秋蓝跟着丁先生三年，生意经学了不少，手头也积累了熟客。重新收拾起这摊生意，秋蓝便一个个联系，跟他们讲，现在生意由她接手，找她拿货，可以把价格压低些，有钱嘛，一起赚。

阿喜跟着秋蓝，不久也摸清了这一行的门道。其实做皮具和做服装一个道理，贴牌的、代工的，整条产业链的运作是差不多的。哪一家工厂的货色靓，价钱公道，哪一家就能稳稳站住脚跟。

丁先生的皮具厂被查封后，工人被遣散了。秋蓝就去找原来的管工，叫他请工人们回来。这次，为了重整旗鼓，他们索性在城中村租农民房，一层做宿舍，一层做工坊。这样，既解决了住宿问题，又不耽误工人开工。厂房被查封那天，机械设备被工商拉走了。秋蓝联系了朋友，他们建议先买二手器械顶一阵，等资金稳下来了，再买新设备。丁先生以前待工人不错，工人们也都默认秋蓝为老板娘。开工前一天，秋蓝请工人吃饭，阿喜陪着。

秋蓝说："前段时间工厂遇到困难，现在把大家喊来吃饭，希望大伙互相照顾。"

底下有工人起哄："老板娘，照顾我们涨工资不？"秋蓝一听口音就知道他是东北人，她走过去敬酒。东北人站起来，个头挺高，笑嘻嘻地跟秋蓝碰杯。

秋蓝把酒干了说："涨，怎么能不涨呢？"

工人们没见过这么豪气的老板娘，每个人脸上都是笑，有钱赚了，都开心。

那晚秋蓝喝多了，阿喜开车带她回去。

回到屋里，秋蓝蹬掉高跟鞋，坐在地上不起来。

秋蓝说："以前啊都是别人帮我收烂摊，没想到今天，我要自己收拾。"

阿喜说："这不叫收烂摊，这叫风水轮流转。"

秋蓝嘻嘻笑："你说我今晚表现得怎样，像不像老板娘？"

阿喜帮她脱衣服："像，老板娘！"

秋蓝醉眼迷蒙。

"我以前没用，犯贱，以为男人靠得住，他们养我，给我吃的给我用的，我觉得挺好……现在才知道啊，男人不可靠，男人只图你年轻，有姿色，他们玩你，玩够了就扔掉。"

阿喜说："你终于想通了？男人再有钱，也不能养你一辈子。"

秋蓝伸出手，勾住阿喜脖子，呼着酒气说："那你呢，你要不要养我？"

阿喜把她的手放下来说："我能养活自己就不错了。"

秋蓝说："你还是怕啊，我就知道，你怕……"

阿喜看着瘫坐在地板上的秋蓝，苦笑不语。

秋蓝说："不过谁叫我就喜欢你这样的，你跟他们不同啊，你害怕失去，所以想抓住点什么。"

阿喜说："你喝多了，老板娘。"

秋蓝说："你过来，抱我。"

阿喜重复道："你真的喝多了。"

秋蓝尖叫起来："你过来！"

阿喜依旧坐着不动，秋蓝把身上的衣服剥下来，裙子褪下，脱得只剩内裤。

阿喜走过去，抱起她，一把扔在床上。

秋蓝又是哭又是笑。

阿喜也脱了衣服，他觉得秋蓝的身体就像安稳的甲板，他趴在上面，不用担心风浪，不用担心明天漂去何方。

阿喜的背后都是汗。

秋蓝的指甲抠在他背上，抠出深一道浅一道的抓痕。

阿喜尽兴了。他习惯这具女人的身体，上瘾一般，如上天堂，如堕地狱。

阿喜想，也许这就是新的开始，打拼，赚钱，再过一段时间，他就有资本了，然后，他要离开秋蓝，到一个他喜欢的地方住下来，找个人结婚生孩子。这个人会是谁？眼前这个叫秋蓝的女人？阿喜被突然冒出来的想法吓一跳。我怎么会这么想呢？他看着躺在旁边的秋蓝，她的身体怎么那么好看？阿喜很快就将自己从幻想中拽回来，他知道，一切都是过眼云烟，他们终将远离彼此。阿喜去下一个地方，而秋蓝呢，也许会成为一个很有钱的人，一个不再结婚也无法生育的，有钱人。阿喜不敢往下想了，就活在当下吧。住进了一个像家的地方，有个对他好的女人，不愁吃穿，不再对过去念念不忘，这种感觉他从来没有过。他问自己，你爱秋蓝吗？或许不爱。可是眼下，又离不开她。阿喜就像一个贪玩的小孩，迷恋这个循环不止、生生不息的游戏。

捆绑

有个疑问阿喜一直放不下。

这么多年他躲在外面，难道他们从来没有找过他？他们一定找过的，但是没找着，没找着更好，阿喜不愿意被找到。

刚出来打工那阵子，他每天都活得像个逃犯。那时他在一家餐馆打工。进这家餐馆出于偶然，当时他身上的钱花光了，必须找份工来做，不然只能露宿街头。

有天他路过这家餐馆，看到门口贴了张红纸，红纸上用毛笔字歪歪斜斜地写着：招洗碗工。阿喜看见了，就走进去问还招不招人。老板看他身体结实，问了些情况，就招了他。

阿喜帮厨师打下手，洗碗刷盘，搬运食材，做清洁，倒垃圾，大大小小的事他都要做。他的活动空间仅限于厨房，厨房飘满了油烟味、鱼腥味、肉味、洗洁精味和汗味，各种各样的味道充斥着味觉。对他来说，厨房不显眼，不用和太多人打交道，再好不过。

在厨房做事的厨师，一个很高，一个很胖，都不爱说话，空下来，他们到厨房外的小巷子抽烟。有时阿喜也会待在那里，那里听不到餐厅抽油烟机的轰鸣，远离灼热的煤气和火光。

深夜餐厅打烊后，阿喜累得不成样子，身上的味道要用肥皂搓很久才能洗掉。

隔天，继续重复之前的工作，身上的味道，像油漆干了又重刷一遍。

有天阿喜端盘出来，撞见了一张熟悉的脸。他吓得手发抖，如芒在背。还好，菜不是给那个人的。放下那盘韭菜炒乌贼，阿喜转身踅入厨房。他的心在跳动，他认得那张脸。那个人原是他家斜对面粮油店老姆的大儿子。阿喜以前经常见他，不会认错。他跑运输，阿喜坐过他的大东风。那时他贪玩，爬上大东风车斗，差点摔下来。因为这事，父亲还把阿喜训了一顿。

想到这里，阿喜意识到了危险。既然他来这里吃饭，指不定以后也会来。一次碰不上，第二次，第三次，也许就碰上了。阿喜害怕暴露行踪。思来想去，他只能选择离开。

这样的担忧就像定时炸弹，有段时间阿喜做梦，梦见被人绑住手脚，锁进一个铁笼里扔到河里。河水清冽，浸透他瘦弱的骨头，他哭喊，求助，看到无数张脸在水面浮沉，无数张脸冷漠地看着他，他张大嘴巴呼救，水呛进喉咙，喉咙被堵住了呼吸不了，沉甸甸的铁笼随之沉到水底。他失去意识，挣扎着醒过来。

这个梦他反复做了很久。他想消失在人群里。在服装行打工的时候，他也从不招摇，不和其他人深交。说不定哪天，会有人拍着他的肩膀喊他的名字，然后，所有不得不面对的灾难就接连降临了。对阿喜而言，被父亲找到无疑是场灾难，回到老家，也是灾难。

秋蓝的生意很快就上了轨道。

他们雇了一个小弟在皮具城附近招徕客人，派名片。阿喜呢，则负责接待客人，配货和送货。秋蓝负责对接工厂：挑材料，定款式，谈价格。凡是对外接洽的工作，几乎都由她来做。

秋蓝的定位很准确，不做大件的，诸如皮箱、皮衣、皮沙发那些，这些大件的皮具成本高，工期长，风险也更大。秋蓝专做小件的皮具，主打钱包和皮带。丁先生跑了，没有给秋蓝留下什么资金，秋蓝靠她这些年积攒下来的钱，投资买了二手设备，请工人，赶制了第一批货。这样一来，生意几乎是从零开始。开始的时候，阿喜还担心这么操作胜算不大，他建议秋蓝说，要不干脆炒货吧，但秋蓝有她的打算。她的理由是，必须从出货源头做起，包产包销，尽管利润不大，但总好过炒货。炒货的话，中间还要经过几手，利润都让别人给赚了，到了销售商这边，单靠订单，是挣不到什么钱的。

看秋蓝那么有干劲，阿喜也就放心了。

秋蓝手头积累了那么多客户资源，工厂的机器一开动，钱就哗啦啦流出去了。秋蓝说，舍不得孩子套不着狼，不用顾虑太多，这批工人都是做皮具的老手了，有他们在，成品的质量有保障。

生意越做越顺，阿喜也乐在其中，他第一次尝到了"赚大钱"的滋味。

秋蓝给他开的工资比拉客人的小弟高一倍，她对阿喜说："有我的，就有你的。"

有天晚上，他们一个韩国客户打来电话，急着要取一批皮夹。

那天阿喜他们已经下班回到家了。接到电话时，秋蓝问客户能否明天再取货，客户说他明天要回国，想在走之前验验货。他要的这批货量很大，刚好仓库进了一批。秋蓝盘算一下，心动了。

双方讲好了价钱，约了碰头的地方。

秋蓝让阿喜开车跑一趟仓库，提好货再给客户送去。

阿喜也没想太多，拿上车钥匙就出发了。

皮具城附近的几栋楼，都租出去做了仓库，没什么住户。阿喜停好车，到达仓库时，天已经黑了。仓库所在的那栋大楼是20世纪90年代建的，红砖墙，玻璃窗，看起来黑黢黢的，像一栋阴森的城堡。

过道的灯坏了，阿喜沿着楼梯扶手往上走。

黑暗中，阿喜借着手机屏幕的光，摸索着找出钥匙，开门。

他没有想到，他的钥匙还没拔出来，就听见背后传来了窸窣的脚步声。阿喜本能地回过头，来不及看清楚什么，就被几只大手按住了。阿喜趔趄几步，撞到了半开的门上，把门撞开了。

看不清面孔的人很快就把阿喜推倒在地上。有人抬起脚来朝阿喜踹了一下，踹在背上，发出沉闷的声响。阿喜"呜哇"喊了一声，整个人死死地趴着，脸朝下，贴在铺满地板的纸箱上。那是连续下过几场暴雨后，为了防潮，阿喜铺上去的。

纸箱黏湿一片，背上挨了一脚的阿喜，疼得眼泪都飙出来了。

阿喜心脏扑通扑通跳得很快，尽管很害怕，他还是吼了一句："你们干什么！"

他们按住阿喜的肩胛骨，警告他别动，小心吃刀子。

阿喜觉得自己成了一只老鼠，心脏要被人踹烂了。他扑腾几下，像断了翅膀的鹰隼，死死趴在地上。他们将阿喜的双手向后拉，手腕交叠，用手铐铐起来。阿喜听到有个声音粗暴地喊了句："把手机搜出来！"接着，另一个男人搜阿喜的裤兜，很快就把他的手机收缴了。

他们把阿喜的头压在地上，阿喜侧过脸，晦暗的光线下他只看到皮鞋、球鞋和靴子。

闯进仓库的人共三个，借着窗户透进的光，阿喜看到，带头的那个头发往上梳，染成褐色，打扮时髦，穿靴子的就是他。他不停地在仓库来回走动，像在等着什么。另外两个，一个拿阿喜的手机，嘴里不停地嚼东西。这个年龄偏大，三四十岁，理平头，脖子一侧有块凸起，穿白色衬衫和西裤，脚上踩着一双皮鞋。最后那个脖子很长，眼睛眯成缝，总是发出"嗤嗤"的声音，活像一条响尾蛇。阿喜知道，坏人总归会有坏人的样子。这三个估计早在附近蹲点，盯他很久了。想到这些，阿喜反倒不那么害怕了。他们看起来不像是工商的人，那么，就剩下一个可能了，他们是来敲诈的。这些事皮具城也不是没发生过。

阿喜向他们求饶："各位大哥，你们要搬货就搬，别打人。"

他们听了，哈哈笑起来。

有个人给阿喜嘴巴贴上大胶布。阿喜说不了话，只能从喉咙深处发出嗷嗷的叫声。带头的染发男威胁道："老实配合，不然把你指头剁了。"

说完，似乎为了增加震慑力，染发男亮出弹簧刀，冰冷的刀片在黑暗中一闪。

他们把阿喜拉起来，靠在墙角坐着。这一刻，阿喜意识到，他们的目的绝非敲诈那么简单，他的脑子一片混乱，不明白这些人到底要干什么。想到这些，阿喜才真的从心底感到害怕。恐惧延迟了这么久才抵达，久到阿喜紧绷的神经就要崩裂。

皮鞋男把手机晃了晃，凑到阿喜跟前。

一阵不祥的预感从胸腔深处涌上来，阿喜心跳好快，喘不过气。

他脸上挨了一巴掌。这巴掌他们打得很随意，也很有力道。他们一定收了人家的钱，不给阿喜一点颜色看看，似乎有违职业操守。打阿喜的是那个眯缝眼，他连扇了三个巴掌，每一巴掌都打在耳郭上。阿喜左边脸颊冒出红红的掌印，耳朵嗡嗡响个不停。

阿喜含混不清地骂他，又遭来皮鞋男踢蹬一脚。这脚端在阿喜右边肋骨，疼得他倒在地上，眼泪翻滚。他们拿着阿喜的手机，打给秋蓝，阿喜听不到电话里秋蓝说了些什么。他只听见，这边威胁秋蓝说，要五十万，马上送来，如果报警，他们马上就把阿喜给做了。

说完，他们拍下阿喜被捆绑的样子，把照片发了过去。

秋蓝赶来交赎金之前，阿喜成了这伙人泄愤和取乐的玩偶。

带头的染发男冷眼站着，不时看手机，每过一两分钟，都要走到窗边朝外望。所有一切发生得太快太混乱，完全超出了阿喜所能反应和想象的。

阿喜不希望秋蓝来救他，但他同时又明白，秋蓝那么讲义气，不可能放着他不管。

眼前这伙人什么来路，为什么这么做，阿喜想不明白。如果是得罪了生意上的人，通常都是遭人举报，仓库一抄货一缴就算完事。现在这么大的动静，绝对不是"得罪"那么简单。想到这点，阿喜又愤怒又慌乱。他们的目标，好像还不是敲诈那么简单，阿喜意识到自己成了诱饵。他嗷嗷地嚷着什么，恶心的感觉从胃部往上涌，酸水一阵一阵冲向喉咙，呛得他眼泪鼻涕溢出来。

他们看着阿喜额头冒汗，身子筛糠一样在抖，先是错愕，接着大笑起来。

这时，毫无预兆地，皮鞋男不知从哪里取出一把铁锤。当它冰冷的温度碰到阿喜的手时，阿喜本能地感到头皮针刺一般发麻。

受刑的时刻即将降临，阿喜闭上眼，不住地往胸腔憋气。

眯缝眼骑上阿喜肩头，双脚夹住他的身体，将他右手拉上来，按在地上。

皮鞋男用脚踩住阿喜手腕，半蹲下，像捶打发热的铁块那样将铁锤抡了起来。铁锤落下，第一次打偏了，敲在地板上，他骂了一句，这一次动作更慢了，铁锤在半空晃了晃，接着准确地砸下去。黑暗中，传来骨头和皮肉的碎裂声。阿喜嗷叫，整个人抽动，晃得眯缝眼从他身上掉下来。此刻只剩阿喜低声哀号，他倒在地上抽搐不止，手指将断未断，血沾着铁锤，流在地上，阿喜握住断指，像尾虾一样蜷起身体。

报复

阿喜在一阵嘈杂的混乱中失去知觉。踢倒的油桶，汽油刺鼻的味道，黑暗中火光的闪动，接着火焰腾起，一晃一晃照亮了仓库，阿喜听到玻璃碎裂声，那三人爬上窗台，准备往下跳。阿喜看到警察破门而入，有人鸣枪示警。阿喜蜷缩在墙角，吓得心都快跳出来了。浓烈的烟雾像一床棉被那样倾覆过来，烟雾呛进鼻孔，呛得阿喜眼泪鼻涕流出来。他听到有人喊叫，杂沓的脚步声，皮具烧焦的气味使得整间仓库都弥漫在黑色的恐惧中。阿喜感知到手臂被人拖住，很快，他就什么也听不到了。

阿喜不知道自己昏迷了多久，也不知道自己是怎么到的医院。他醒来见到的第一个人，是秋蓝。

秋蓝一晚上担惊受怕，妆花了，头发也散乱了。她看阿喜的眼神充满了焦急与怜惜。阿喜说："秋蓝，对不起，我拖累你了。"秋蓝摇摇头，抱住阿喜的肩，嘤嘤哭起来。

阿喜的指头粉碎性骨折，做了手术，现在包扎起来，整只手掌肿得不成样子，僵硬，动弹不得。他身体其他地方并无大碍，倒是肋骨被踢中的地方破了皮，红通通一片。

吊完点滴，擦好消炎药，他们连夜被警察带去派出所录口供。

进辖区派出所的时候，他们都有些害怕。

秋蓝隐约预感到，这起绑架勒索案背后一定有个和她有关的主谋。果然，审讯结果和秋蓝预料的一样。逃跑的三人中，眯缝眼摔断了腿，皮鞋男倒是侥幸溜走了，带头的关键时刻掉链子，站在窗台不敢跳，被警察拖下来。警察分成两组，一组找东西灭火，另一组追逐、控制绑匪，好不容易把场面稳住，却让皮鞋男跑了。

带头的染发男告诉警察，他们三个是广西防城港人。他两年前来广州打工，待遇不好，就辞职不干了，后来他结识了另外两个老乡（皮鞋男和眯缝眼），三人商量，组支队，帮人讨讨债，收收钱，也不失为一个谋生手段。后来他们混出了点名堂，找他们"办事"的人多起来，他们开的价也水涨船高。

警察问他，为什么会盯上阿喜和秋蓝，背后有谁指使。

带头的染发男坦白说，他们是受一个台湾老板所托，台湾老板不出面，叫了别人来找他们，先拿五万块订金，事成后再付剩下的十万块。后来警察顺藤摸瓜，找到了中间人，一并实施了抓捕。警察又来问秋蓝和绑匪口中那个"台湾老板"是什么关系，秋蓝一一告知。

警察对秋蓝说："你的仓库有消防隐患，还有你们的皮具可能也有问题，这些，我们会移交给相关部门处理的，你们回去等通知吧。"

秋蓝和阿喜离开了派出所。

夜风吹得人脸上有点凉，秋蓝扶着阿喜，两个人慢慢走到路口，拦了辆的士。

在回去的车上，秋蓝靠着阿喜，忍不住哭起来："我真的没想到他会这样来报复我。"

阿喜说："他是想把生意抢回来吧，得不到的也不让你得到。"

秋蓝说："我怕搞不好，连我也要坐牢……"

阿喜安慰秋蓝，他受伤的手用纱布缠起来，吊挂在脖颈上。

他忍着痛，看着秋蓝："那你说，我们怎么办？"

秋蓝声音低低的，有气无力地说："不干了不干了，我累了……"

回到家，秋蓝坐在沙发上，久久不说一句话。

过了很久，秋蓝想起了什么，她说："台湾人不会轻易罢休的，这次没有做成，下次还会找上门来。我了解他的性格，这么大一摊生意，他不会眼看着它泡汤的。"

秋蓝说："我太贪了，做事不考虑后果，不是我的生意就不应该抢，现在报应来了。"

阿喜靠坐在沙发上，他的右手还很疼，他龇着牙，倒抽冷气。

客厅的灯打落下来，让他的脸色看起来苍白如纸。

阿喜知道，一切都不好了。他没想到会卷入这桩事。原来一直以来他也被秋蓝蒙在鼓里，秋蓝利用了台湾人留下来的客户资源和他一手搭建起来的网络，最后自食其果，引来了台湾人的报复。

秋蓝的生意无论如何也做不下去了。阿喜对秋蓝说："也不是你的错，丁先生跑路，你来接手，理所当然的事，他用这么下作的手段来报复，太他 × 叫人心寒了。"

秋蓝苦笑："人不就是这个德行？利字当头。他是个生意人，怎么会甘心钱给别人赚了，可笑。"

阿喜问："你接下来怎么办，我们怎么办？"

阿喜的话让秋蓝陷入沉默，她望着天花板发呆，房间的空气似乎凝住了。

阿喜脑子很乱，他想，大概在第一次到秋蓝家时，那颗危险的种子便埋下了。他和秋蓝度过的这段日子，那危险一直潜伏着。直到这一刻终于撑破了土壤，结出了恶果。想到这些，阿喜沮丧不已。秋蓝救了他一命，阿喜很感激，但他同时也明白，经过这件事，他们原先那种看似牢不可破的关系，也随之破灭了。

他越来越坐立不安，只想赶快离开。

秋蓝说："我明天给工人补发工资，剩下的货清空了，好聚好散吧。"

阿喜听了，也不开口，怔怔地看着秋蓝。

秋蓝躲避着阿喜的目光："你不怪我吗？"

阿喜苦笑："不怪你，不是你，我现在还在车行累死累活的。"

秋蓝打断他："要不是我，你也不会摊上这些事，还害得你受伤了……"

说到这里，秋蓝忍不住哭起来。

阿喜用他没有受伤的那只手，抽了张纸巾递给秋蓝。秋蓝接过纸巾，捂在脸上，哭得更难受。

不知道过了多久，秋蓝站起来，哆哆嗦嗦打开手提包，取出厚厚一捆钱，塞到阿喜手中。

阿喜一阵错愕，他看着那捆钱，想也没想，就把秋蓝的手推开。

秋蓝说："无论如何，这笔钱你一定要收下。"说着，她用力把钱塞回去。

阿喜没想到，在这样的节点，秋蓝会做出这样的举动，说出这些话。

"你疯了吗？拿钱给我什么意思，难道我是为了钱才和你一起的吗？"

秋蓝摇摇头："不，我不是这个意思，你拿着，拿着钱，走吧。"

阿喜的心都冷了，他站起来，看着秋蓝，像看着陌生人。

绑着橡皮筋的那捆钱，"啪嗒"一声掉在地上，听起来像是一记响亮的耳光，抽在了阿喜脸上。

秋蓝仰起头，深深地吸了一口气。

"阿喜，我欠你太多了，没有什么好给你，这些钱，你……你就收下吧，算我求你了，好吗？"

阿喜的脸僵住了，他的目光中带着疏离，羞辱和愤怒在他心中交织着。

秋蓝后悔说出刚才那一番话。她的话无疑冒犯了阿喜，冒犯了他的尊严。

想到这些，秋蓝捂住脸，想哭，哭不出来。

阿喜哽咽着，把憋着的话，一股脑倒出来："你知道吗？不是所有事都能用钱来解决的。你眼里只有钱，只知道钱，我和你一起是赚了不少钱，比我打工赚的还多，可是现在，我们成了什么样？对，我知道你秋蓝讲情义，怕拖累我，但是你这样塞钱给我，叫我走，你觉得我心里好受吗？"

秋蓝想要辩解，嘴巴张开，最后只说了句苍白无力的话："不，不是这样的，你误会了。"

阿喜弯下腰，把掉在地上的那捆钱捡起来，放回到茶几上。做这些事，阿喜脸上的表情是冷漠的，他的心在颤抖。他终于意识到，有颗炸弹爆炸了，在他和秋蓝之间炸开了一道深沟。

阿喜惶然，望着这原本就不属于他的出租屋，默默走回房间，他把东西一股脑塞进行李包，他的东西不多，三两下就装好了，像他来时那样。他好不容易才把行李袋的拉链拉上，在空寂的房间里，拉链发出刺耳的刺啦声。

他提起行李袋走到门口，蹲下来穿鞋。他只有一只手能动，连鞋带也绑不了。

秋蓝走过来想帮他，他低低吼了句："走开。"

秋蓝怔住，抱着手臂僵直地站着，身体在颤抖。

阿喜的胸口起伏得厉害，仿若有千斤重物压在头顶，他知道，这一句"走开"意味着什么。房间静如深渊。他听见秋蓝在啜泣，那声音传来，如刀片刮过。

他胡乱把脚塞进鞋里，推开门，走了。

火车站

走在深夜的街头，阿喜的衣服和头发都被雨水打湿了。

街上到处是浅浅的水洼，水洼反照路灯的光，晃入眼中，像是碎了一地的金箔。

周遭的树影屏风般静止不动。

阿喜把行李袋斜挎在肩上，他望了一眼身后的小区，秋蓝所在的那间屋子，灯还亮着。

他有些后悔刚才的举措了。他不应该和秋蓝说这些，伤害了秋蓝，也明确地宣告了他们之间关系的终结。然而事情到了这个地步，没法回头了。

他走后，秋蓝要怎样收拾这个烂摊子，阿喜觉得自己怯懦，胆小。可他说服不了自己，他找不出回去的理由。他回想着和秋蓝在一起的这些日子，他们之间到底有没有真正的感情，好像有，又好像没有。他和秋蓝的认识，从一开始就是错位的。想到这里，他似乎明白了，他之所以会说出这些话，会选择离开，是因为他潜意识里，抗拒成为秋蓝感情的附属品，他抗拒着成为即将降临的灾难的牺牲品。阿喜很明白，是私心在作祟。他逃开家庭是出于私心，如今闹到这个地步无处可去，也是源自他的私心。

我怎么会做出这么多蠢事啊。他问自己，却无力回答。

市区的夜车早就停运了，马路延伸到黑夜的深处。

阿喜摸出烟盒，用牙咬出来一支烟，叼在嘴里，掏了打火机点燃。

火光一闪，他才注意到自己迎街伫立的姿势，他在马路中间，想象疾驰的车开过来，将他撞倒。他的尸身一定像树桩那样轰然倒塌，流出来的血液，会混着潮湿的雨流进下水道。

这个想象中的死法令他释怀，也令他哑然。

片刻后，他慢吞吞地走向公交车站，找了个干净的地方坐下来。

烟抽完了，他看着街灯一盏盏覆灭，看着时间大踏步从他头顶踩过。

他回想着自己行过的这段路，记忆开始模糊，跳跃。

从抱定决心逃开家那天起，上天就对他做出了惩罚。无论逃到哪个城市，做什么工作，和哪个女人相爱，他都无法摆脱命运那道沉重的阴影。现在他该明白了，是他，而不是命运拉长了这道阴影。他将自己的生命搭了进去，狠狠碾碎，再也无法恢复原形。造物主赋予他的自由顷刻就要收回去了，此时的他，像极了一头丧家之犬，垂着首将藏掖的祭品拱手呈让。

隔天醒来，阿喜感冒了，鼻涕不住地流，他用左手背一抹，额头疼得厉害。

他不知道自己怎么靠着车站的广告板睡过去的，血把缠着的纱布染成了猪肝色，看起来很脏。绑匪废掉了阿喜的一根手指，准确无误，像捣烂一块机械的零件。

阿喜记不清他到底做了什么梦，也许什么也没梦到。此刻的他又疲惫又邋遢，活像刚从什么蛮荒之地逃出来的。他没有食欲，不知道饿，胃里泛酸水。他干呕了几次，终于强撑着精神站起来，把行李袋的东西归置好，上了辆公交车，中途下车转地铁，去了火车站。

雨早就停了。火车站广场烈日暴晒，这座城市的热月总是来得这样凶猛。眼前的一切都白晃晃的，像匹绵延开来的燃烧的布匹。火车站广场上丢满了垃圾，泡沫盒、方便面塑料袋、纸巾、丢弃的打火机、烟蒂……阿喜看到广场的不同角落都站了人，有的打伞，有的靠在花坛边上，用衣服遮挡日光。他看到那么多的行李；那么多的人在说话、饮食、吐痰；那么多的人拖家带口来了，又离开。

卖盒饭的人推着小车，小贩拿着折叠椅和自拍杆在兜售，他们沿着广场走来走去。阿喜想象裹在白色泡沫盒中的米饭、青菜和肉，感到一阵恶心。巡警在广场上来回走动，警车停在中间。阿喜抬头望见高大的车站站牌，它们经过雨水的冲刷，鲜亮了不少。两边"统一祖国，振兴中华"的美术体红里泛白，中间的方形时钟看起来像静止不动，它下方的电子屏幕滚动播出列车时刻表。进站口覆上了帆布顶篷，人们蚂蚁般挤成一团，分不清主次，看不见秩序，喇叭、广播不断喊出口号，音量盖过了所有人讲话的喧嚣。阿喜朝着进站口望去，那里人头攒动，黑压压的一片。

几个年轻女孩从阿喜面前经过，吮喝着"冰棍"，她们统一着装，穿的是绿色的仿军装，斜挎印着雷锋头像的帆布包，脸上的妆容被日头晒花了，泡沫箱捧在胸口，看起来像要领取捐赠。阿喜很渴，想买根冰棍。但他又犹豫着，最后找了一个卖水的小贩，买了瓶农夫山泉。他站在小贩撑开的遮阳伞下，咕咚咕咚喝起来。

　　他还是不知道饿，他绕过拥挤的进站口，往售票厅走去。

　　发烧还没好，他的脑袋嗡嗡直响，眼皮沉重得睁不开。他看了看电子屏幕，阿拉伯数字、汉字、英文，它们组合起贯穿这片大陆的不同线路，层层交叠，织成一张巨型的网络。这个世上再也没有比火车站更杂乱不堪的地方了，人群像草，忽然冒出，又忽然被刈去。火车开来了又开走，收割完这批，再等下一批。

　　阿喜记起当年离开家前的那幅地图，那些符号和路线在他眼前跳跃着。

　　他想，终于又来了。他必须排队，忍受售票厅嘈杂的广播和人群的说话声，接着要面对售票员生硬冰冷的粤语或普通话。必须在成千上万个站名中报出一个，日期，班次，车票张数，递上身份证。长长的队伍里不时有人探出头，阿喜头疼，手更是胀痛不止，他没有换药，生怕哪里感染流脓了。他的视线穿过售票厅的玻璃门，外面是一片广场。不久前，这里发生过砍人事件，凶徒从广场南侧的出站口冲出来，他们头戴白色帽子、身穿白色 T 恤和黑色长裤，手持长达半米的砍刀，一分钟内，砍刀所及之处六人受伤。几分钟后，歹徒被警察制伏。当天下午，现场被清理了，车站又恢复了秩序。后来的人忘记了恐怖和暴力。阿喜当时用手机上网，看到目击者录的视频。他清楚地听见砍刀喔喔将骨肉削开，血迸出来。有人瞬间倒地，警察制伏了凶手，将他双手双脚钳制，担猪仔一样担走了。人群潮水般散开，久久才聚拢回来。

阿喜害怕昨晚逃掉的那个皮鞋男冲出来，揪住他。砍人都发生了，还有什么不可能，他在心里想。他的行李袋鼓鼓的，挤在他身后的人撞到他，他收回视线，聆听着，试图从混杂的音响中辨别出什么。他往前挪了脚步，感到惶惑。他并没有做好离开的准备，也没想好要去哪里。他将所有能想起来的地名挨个数了一遍。它们错落有致，分布在这片广袤的大陆上。

阿喜的手碰到了柜台，隔着一扇厚厚的玻璃，售票员问他去哪里。

阿喜觉得喉咙像是被什么东西扼住了，说不出话来。他吞咽着口水，反复掂量，唯独遗漏了最开始想要去的那个地方，它的名字如此陌生。售票员对着话筒重复喊道："你去哪里啊？"

阿喜看到她的眼里，有烦躁、鄙薄和厌恶。他张口，使劲而含混地发出声来。

——到广西的有没有？

——广西哪里？

——防……防城港。

——没有防城港的，到南宁转。

——好，南宁，就南宁。

售票员不耐烦地敲着柜台，对着话筒催促阿喜。

阿喜慌乱中把裤兜的钱和身份证掏出来，从柜台凹陷的洞口递进去。售票员刷身份证核对车次时，阿喜被一股无来由的恐慌擒住了，他疲惫的身躯必须再次承受长途旅行的颠簸和劳累。他说出的那个地名，就像老天随意掷下的骰子，在未知的牌桌上滚动开来，直到停歇。他在心底默念南宁，又默念防城港。那道垂在身后的阴影被无限拉长了，就这么定了吧。他说出一个地名，又说出另一个，它们听起来这般陌生。在他微弱的呼吸之间，他听见了命运的脚步沉重的回响。

第二部　　宋河

车过鹤壁，秋蓝被站台的灯光照醒。她从沉睡中醒转过来，呼吸很急，心脏咚咚跳得厉害。她从小就有这个毛病，有一阵子心脏老是跳得飞快，咚咚咚的，像面鼓。母亲带她去县医院，医生拿出听诊器在她胸口贴了贴。她紧张地看医生，同时听到心跳的巨响。她想，完了，我一定生病了，不然怎么会跳成这样。那种随时就要告别人世的绝望和恐惧压迫着她。就像这一刻她坐靠在高铁座位上那样，她听着嘈杂的说话声，思绪遁入遥远的过去。那时她暗自哀求，医生你救救我吧，你不救我，我会死的。她撇着嘴望向母亲，又低头看那对还未发育好的乳房，泪水止不住在眼底打转。那一刻医生变成了死神的使者。片刻后，他摘下听诊器，宣布道："没啥大碍。"母亲皱起眉头，结结巴巴说："真的……没啥事？"医生抬起眼，面露微笑地点点头。母亲像得了诏令，气呼呼地拉过秋蓝手臂，将她粗暴地拽过来，也不顾诊室有人在，劈头把秋蓝骂了一顿："你说你啊，装什么不好，装病！"母亲的咒骂一直持续到医院门口，唾沫星子喷在秋蓝脸上。秋蓝没忍住，又哭了。

　　后来，心跳过快的"病"竟鬼使神差地好了。秋蓝怀疑医生根本没把她的病当一回事，不然为什么不叫她做心电图？凭一个听诊器，医生轻易戳穿了秋蓝无意编造的"谎言"。自那之后，秋蓝相信，凡是身着白大褂的都是骗子，被母亲羞辱的场景也一直没忘。这事过了很久，秋蓝还时不时犯心悸。她揪着同学一脸愁苦地讲自己的"病"，她自怜的模样换来别人的安慰。发小梁施施对她说："你要是死了，我陪你。"秋蓝看着梁施施傻笑，然后模仿电视剧女主角的悲情口吻说："这辈子我恐怕摆脱不了这块心病了。"好些年后秋蓝到南方的医院做检查，结果还是一样。医生说，你这个心脏呢，没什么毛病，有的人天生心率快，不用担心。医生的话给秋蓝留下更大的困惑。从医院出来，她既庆幸又失望。好像终于结束了，又好像生出更大的病。那年她二十岁，经历了一场失恋，人瘦下来一大圈，每天靠喝酒才能入眠。她恨不得就在那时死掉，她觉得，一旦在二十岁上死掉，就能永远"活"在二十岁了。

当然，秋蓝并没有寻死，浑浑噩噩度过个把月后又挺过来了。往后秋蓝还患过大大小小好多场病，病情轻重各不相同，但每次康复她都如同蜕掉一层皮，重获新生。

现在，秋蓝深深吸一口气让自己放松。列车还没完全停稳，车厢早已站满了乘客，急于下车的人从架上取下行李，排起长队。他们脸上写满疲倦和即将抵达的兴奋。秋蓝转头看窗外，瘦高的列车员吹口哨，手持"大声公"喊话。声音很响，语速很急，她听着也焦灼起来——这更加速了心跳。排在车门口的人很快下车了，留下满车厢的怪味。每趟列车的气味都不一样，它们盘旋在车厢，宣告这趟高铁载满来自天南地北的人。那气味混合了酸菜泡面、汗味、脚臭和难闻的香水味。秋蓝条件反射地捂起鼻子。

从上车到现在，秋蓝一直嗜睡，分不清时间，也不知车到过哪里。中间她到餐车买盒饭。牛柳很咸，吃过几口就搁下了。现在她走到盥洗室，从包里掏出唇膏，对着镜子在两片薄薄的唇上涂了涂。回到座位，高铁已驰离鹤壁，窗外的夜重新涌过来。秋蓝听见有人在聊天，她摘下耳机，将耳机线绕在指间，懒懒地打了个哈欠。斜对面的中年男人用粤语说："今次股市咁惨，我都玩唔落去！"另一个人回应道："早知今日，何必当初？"语气透出轻微的嘲讽和虚伪的同情。秋蓝分辨得出，他们应该是粤西的，咬字不是很清晰，带些钝气。车厢安静了，好像大家都愿意停下来，试图从陌生人的对话中抠出几个字眼。秋蓝不知这些广东人跑来河南做什么。也许是来做生意的。广东人会赚钱也爱挣钱，哪里有的捞，就往哪里跑。

这些广东人的谈话让秋蓝想起了什么，她那时候为什么要到南方去？

这些年她去过很多地方，有时坐飞机，有时乘高铁。乘高铁北上，列车经过老家再拐过一道弯。她并不怎么回家，偶尔打电话给母亲，三言两语寒暄完就挂了，像完成某个摊到自己身上的任务那样。

那座叫宋河的小城像尾翻不了身的咸鱼静静地躺着。这些年宋河建了高铁站，越来越多的新楼盘春笋似的冒出来，路上车越发多了，步行街、美食街、手机连锁卖场和大型超市挤在城中心，以不同的姿势改变着小城的景观。可有些东西还是老样子，譬如吃的（烩面、火腿、双脊、宋河麻鸡、油旋馍……），譬如方言。这几年她回宋河的机会不多，但每次一走到城里，就能闻到一股浓浓的山寨味，宋河像个爱慕虚荣的女人，总照着别人的装扮来勾画自身，渐渐地也就丢了原来的样子。东施效颦，秋蓝想起这个典故。她很早就离开宋河了，但宋河戳在她身上的那个印章却怎么也洗不掉。这些年她慢慢挣脱了，有的习惯却留下了，比如说梦话和数数，嘴里进出来的还是宋河话，那是一种介于客家话和北方话之间的方言，发音古怪，尾音总往上扬，所以每个讲宋河话的人听起来都很欢快。

秋蓝刚到广东那阵子，别人问她老家哪里，她还会解释一番，但别人听一听，过后也就忘了。那时她在超市上班，每天在收银台前站一天，忙时还要帮着卸货，整理货架，到手的工资除掉房租和伙食费所剩无几。下了夜班，她和几个女同事回合租的农民房。房子是隔间，她们四人住，两张上下铺的铁架床，比学生宿舍还要挤。有天晚上，宿舍的郑州姑娘突然说："这里的烩面都不正宗，真想吃老家的啊，我喜欢往里头加点醋，别提有多好吃了！"郑州姑娘说的是硬邦邦的普通话，说完，她忽然哽咽起来，整个宿舍登时安静了，像音箱被人粗暴地掐断电线。

秋蓝被这位河南老乡突如其来的哭声怔住了。她都忘了还有"想家"这回事。她看着老乡一脸的沮丧，走过去坐到她床边，轻轻拍了拍她的肩。

往后再有人问秋蓝老家在哪里，她只说河南的，至于河南哪里，讲了你也不知道。

宋河，这个地方对秋蓝来说，像滴在叶子上的水珠，阳光一照，就蒸发掉了。

回宋河前一天，母亲打电话给她。母亲缺的牙一直没补上，语速一快，讲话就漏风。秋蓝让母亲慢些讲，母亲急了，非但没有慢下来，反而扯开嗓门哭诉着，怎么也要秋蓝赶紧回去。挂断电话，秋蓝发了一阵呆。她觉得头上悬着的那根无形的绳索套下来了，套住她脖子，勒得她想哭。好多年她都有这种感觉，不管跑得多远，那根绳子都在，随时准备拴住她。母亲的话在她耳畔打转。母亲说："我夜里做梦，梦见你爸来找我，头发湿湿的，衣服也破，像个乞丐。我问他你为啥这个样，你爸哭说他好惨啊，这几天发大水，屋顶漏个大窟窿，房子都淹了。他话讲不利索，我问他你要弄啥咧，他说啥也不弄，你给我烧条大船，帮我迁坟。"母亲的语气稀松平常，秋蓝听着却不是滋味。她向来不喜欢母亲神神道道的样子，讲起这些还有模有样的。现在母亲以这个理由要她回去，这让她的心情更加复杂。

秋蓝想起初一那年，父亲在矿上做工，每天夜里归家，衣物上携着煤渣，黑黑的，碎碎的，连鞋子里也落满了。母亲帮他洗衣服，偶尔换成秋蓝洗。轮到她，她会习惯性地抖一抖衣服，将掉在地上的煤渣轻轻扫起来，装进玻璃瓶。她只捡那种看起来带点透亮的煤渣。那只玻璃瓶还是她和梁施施在医院后门的垃圾堆里捡来的，是输液用的那种窄口瓶，瓶口有个浅黄色的橡胶塞。她收集煤渣有些年头了，直到父亲出事，玻璃瓶才集满一半。

那天秋蓝正在上数学课。课上到一半，她的心脏突然一阵绞痛。她缓不过气来，就趴到课桌上休息。班主任来喊她，她从座位艰难地挪起身，弓着背，满头大汗地跟在班主任后面走。

母亲从来没有来学校找过她，这是头一回。

秋蓝看到母亲，觉着心脏要崩裂开。紧接着，现实就这么硬邦邦地插进她的预感中。

母亲的眼睛肿成核桃，秋蓝咬着唇看她，像在等待宣判。半晌，母亲说："你爸不好了。"

秋蓝记得特别清楚，母亲说的是"不好了"，不是"走了"不是"去世"，也不是"死"，而是"不好了"。这三个字从母亲口中说出来，那么轻那么慢，却利箭一样刺向秋蓝。

母亲试图用一个婉转的方式告诉她，不承想抛下的却是赤裸的真相：父亲所在的矿井塌方，包括他在内的五个矿工被压在里头，无人幸免。

在县城殡仪馆，秋蓝最后一次"见"到父亲。叔叔雇来一辆卡车，把吊唁的亲戚朋友从镇上拉到县城殡仪馆。秋蓝母女俩坐在驾驶座上，一路沉默着。秋蓝别过脸望向窗外，她不敢看母亲，怕看一眼，就会掉进母亲眼底的深渊。开车的是父亲生前的朋友，一个退伍军人。他平时开车是载猪群去屠宰场，现在换成一车人，好像他们也要去屠宰场。

到了殡仪馆，母亲拉住秋蓝说:"不要看了。"秋蓝不听。白布掀开，她差点晕过去。那不是她"熟悉"的父亲，那根本就不是她的父亲。尽管请师傅整饬过遗容，这个死去的父亲还是不堪入目。秋蓝看到，横躺着的父亲半块额头是假的，眼窝也是，脸颊敷过粉，看起来像涂过一层厚厚的糖霜。母亲大哭，秋蓝也哭，哭得身体彻底软掉。她的手脚在抖，她想尽快忘掉这一幕。她接受不了父亲以这样的方式离开她，连死也带着虚假和耻辱。

几个亲戚走过来，将秋蓝和母亲拉开。

秋蓝后来反复确认，她心脏的毛病在目睹父亲遗容那一刻越发重了。父亲的死在她心底孕育出一颗恐惧的种子。她自幼便崇拜父亲，觉得父亲在，活着就有了意义，现在他走了，活着的意义被蛮横地抽空。有将近一年，秋蓝患了失眠。翻来覆去睡不着，人便容易焦躁，觉得整个世界都和她作对。好不容易睡过去，噩梦这头怪兽就张牙舞爪地闯进来了。她撞见完好的父亲和残缺的父亲，他那两张迥异的脸交叠着在晃动。她和母亲背靠背躺在床上，她捂住嘴不敢哭出声来。屋子里死寂。她知道母亲也在遭遇和她一样的噩梦，只是母亲习惯于无声地哭，她在心里哭，泪水倒着流回去。

母亲和一群矿工家属去讨说法。尽管他们知道，不管讨不讨得到说法，死去的人永远无法活过来，然而该争取的还是要争取。他们这帮矿工下井，本身就是拿命在赌，人的命那么贱，那么脆弱又那么不值钱。这五个人，下矿那天也许还说着笑话讲着荤段子。

谁也没想到，噩运会砸到他们头上。

赔偿问题谈不拢，矿主早就躲到外地去不见人影了。讨说法的人带着家伙，浩浩荡荡开拔过去。凡是见着矿上的人，就上去围堵。争执不下，双方便打了起来。母亲的眉角被撞到，眉骨破裂，血流了一脸。她陪母亲到诊所缝针，执意要替母亲去，母亲不让，"丫头你瞎掺和啥，好好读你的书。"秋蓝和母亲闹，将书包摔在地上，"都这样了，你还叫我好好读书？"

母亲缝好的眉角缠着纱布，这让她看起来又衰老又可怜。

秋蓝记得，父亲一死，她本来不错的成绩就飞快往下掉。两件事一头一尾夹住她，让她觉得活着没什么意思。人生下来就是落在井底的蛙，抬头不见天光，只有等死的徒劳。所以，也就没什么好挣扎和抵抗的了。

父亲落葬那天，秋蓝将收集了好多年的煤渣倒在坟头。装在玻璃瓶里的煤渣看起来并没有什么特别，但对秋蓝来说，它们是度量父亲生命的沙漏。煤渣由瓶口往下撒，一点点落下来，很快就倒光了，细碎的煤渣落在黄土上，那么扎眼，像木炭焚烧过后剩下的灰烬。秋蓝跪在坟头哭。她想，也许这就是母亲经常说的命吧。她无心养成的一个癖好，最后以这样的方式见证了父亲的离去。

母亲从此变了一个人。从前爱说笑的那个她不见了，即便她照常过着日子——打工、买菜、做饭、唠叨、串门跟邻居聊天——秋蓝还是能从她眉眼间瞥见一丝忧虑。那忧虑藏得深。秋蓝怕母亲被击垮。庆幸的是母亲没有垮掉，她坚强地活着。母亲说，我们都要好好过下去。看见母亲鬓角的白发，秋蓝强忍住没有哭。她点点头，答应母亲要好好地过下去。她并没有中断学业，反而一路读完了高中。

父亲一走，家里的经济支柱就断了。以前母亲种地，现在要去打工贴补家用。母亲去的是变压电器厂，早出晚归，很是辛苦。有天母亲下班，秋蓝做好饭在家等她。吃到一半时母亲搁下碗筷，母亲说："有件事……我一直瞒着你没说。"

秋蓝说："什么事你说嘛，别藏着。"

母亲说，秋蓝上面"有过"一个姐姐，三岁那年不知道得了什么怪病，肌肉萎缩，不长个子，去过好多家医院，把家里的钱花光了，最后还是没办法。这事成为这个家多年抹不去的痛。他们把和姐姐有关的物件销毁了，她满月、周岁拍的照片，她穿的衣服，用的小碗和勺子……仿佛把痕迹抹掉，她就从来没有到过这个世上。

秋蓝努力想象，这个三岁时就死去的姐姐，她想象她的样子，她的眼睛，她说话的声音，可是没有什么东西可供她想象，她只能从母亲的讲述中吃力地捕捉零星碎片。说起来，这才是秋蓝"应该"遭遇的第一次死亡。这个小姐姐的事让秋蓝听完，压抑了好长一阵子。她总是觉得姐姐并没有离开，她还活着，像个幽灵一样逗留在这个家里。

现在父亲一走，原本由母亲和他两人共同承受的记忆陡然增加了重量。秋蓝想为母亲分担，却不知道从何做起，她觉得无力，觉得沮丧。以前她经常被人欺负，别人欺负她，是因为她没有兄弟姐妹。秋蓝耿耿于怀，现在明白了，父母不是不想，而是不能，生了秋蓝之后，他们怎么都怀不上孩子。家里只有一个孩子，还是个女儿，这在他们乡下很是罕见。

母亲讲完，停了下来。秋蓝不敢看她的眼睛，她嚼着饭菜，喉咙一阵发苦。

好多年过去了，秋蓝明白了一件事。父母对她那么好，是怕她也像姐姐那样夭折了，他们不是打心底里真正爱她，这让秋蓝觉得痛苦，她觉得自己生下来不过是个补偿。

秋蓝在高铁上听见孩子的哭声，就在对面的位子上。一个三十来岁的女人抱着孩子，看样子才几个月大，裹着襁褓，一张小脸哭得通红，坐在这位母亲旁边的是个老太太，看样子像是孩子的姥姥。秋蓝看着他们，想起以前的一段经历。她高中毕业时，母亲的一个老相识介绍她去城里当家庭老师。母亲的老相识是个矮胖的阿姨，她说得津津有味，母亲问："都要做些啥呀？"她说："帮孩子辅导作业，带他玩，还有钱赚。"末了补充一句，吃住在他们家。母亲又问："要做饭扫地啥的吗？"这个矮胖阿姨摇摇头。母亲抢着替秋蓝问工资，好像是她要去当家庭老师。矮胖阿姨说："这个你们商量，多劳多得。"母亲说："那不就是'小保姆'吗！"在母亲印象中，小保姆跟旧社会当奴婢当侍女的没什么区别。矮胖阿姨打断母亲："那人家阔气得很，请过几个年纪大的，文化水平低，辅导不来作业，你们家秋蓝去了正合适。"

母亲听了觉得有道理，就问秋蓝意见。秋蓝对工作没什么概念，同学毕业都去外地打工，秋蓝不想出去，觉得留在宋河也没什么不好。

后来秋蓝总会想起当年的经历，想想就觉得自己很傻，有其他工作不做，偏偏去做什么家庭老师。

秋蓝去的那家，男主人在税务局当公务员，瘦高瘦高的，女主人是个中学英语老师，烫着新式的大波浪卷，穿衣打扮都很时髦。

他们安排客房给秋蓝睡。秋蓝到的第一天，女主人招待她，她细细地给秋蓝讲解工作应该遵守的规则，末了还不厌其烦地要秋蓝记住家用电器的用法，以免损坏。秋蓝从没见过微波炉，连电冰箱和过滤器都没摸过，看什么都觉得新鲜。他们家的小孩上小学一年级，成天坐不住，刚认识他就肆无忌惮地揪秋蓝头发玩。趁秋蓝不注意，还掀她的裙子。秋蓝只当他年纪小不懂事，尴尬地笑一笑就过去了。

有天夜里秋蓝想起一些往事，睡不着，爬起来给发小梁施施写信。梁施施初中毕业后去了市区读医专，那时起她们就很少见面。秋蓝刚在信纸抬头写下称呼，忽然听见隔壁房间窸窸窣窣有响动。秋蓝以为是老鼠，听得心里发毛，但后来越听越不对劲。那声音似有似无的，秋蓝想起之前梁施施告诉过她，她在课上老师给他们讲解男女的生殖器官，简直大开眼界。秋蓝的心怦怦炸开，索性将耳朵贴到墙壁。那声音像捂在被子底下，闷闷的，又分明透出强烈的挑逗意味。秋蓝听得脸颊发烫，她控制不住，竟然呆立着听完了。整个过程，她像是趴在甲板上，随着大海波浪起伏，心也跟着颠簸起来。就着台灯，秋蓝在信纸上写下一行：亲爱的梁施施，我有件重要的事情要跟你宣布……

几天后，当小家伙将手伸进熟睡的秋蓝的衣服里时，秋蓝狠狠拍掉他的手。他站着笑嘻嘻的，"姐姐，你好漂亮哦。"秋蓝哭笑不得，拿起枕头朝他身上扔去。他躲开，跑着去跟母亲告状。秋蓝想起那天深夜听到的，这下确凿无疑：他父母一定经常没羞没臊做那档子事，不仅没羞没臊，还当着孩子的面让孩子"耳濡目染"。

自从发现这家人的"秘密"以后，秋蓝很是忐忑，总觉得有双眼在盯视她。特别是有时男主人回家，满身酒气的样子令人害怕。

秋蓝坐在书桌前给孩子讲解题目，抬头就撞见他醉醺醺地踏进家门，衬衫没扣好，西装搁在手上。

他醉眼迷离地看着秋蓝，吓得秋蓝赶紧低下头。

秋蓝待不下去了，决定辞职，孩子的母亲问秋蓝是不是嫌工资少，秋蓝摇摇头。"那为什么不做下去啊，我看你干得挺好。"秋蓝再也想不出其他理由，就沉默着。孩子的母亲叹着气说："我尊重你的选择，你把东西收一收，我送送你。"

秋蓝离开的时候，小男孩站在母亲身边，看着秋蓝，眼眶红红的。

秋蓝朝他挤出一个勉强的笑来。

她怀揣着攒下来的工资坐车回家。母亲问她为什么不做下去，有钱挣不好吗？秋蓝说不想做。母亲一再追问，秋蓝心烦，顶嘴说："不做就不做呗，有啥好说的？"这样顶嘴后来成了她和母亲之间矛盾爆发的常态。这年秋蓝十八岁，十八岁的她仰仗自幼养成的一股脾性，连和母亲赌气，头也是仰起的，嘴角往下一撇，俨然就是个厉害的角色。

母亲说："不做这个了，你做啥好？"秋蓝脸一沉说："不知道。"

秋蓝隔壁坐了个老先生，鬓角有白发，眼角下面有零星几块老年斑。他穿件灰色中山装（秋蓝很少见别人这么打扮，像是从民国来的），一只小巧的收音机搁在腹部。老先生把座位往后调斜躺着，戴着耳机，一副很享受的样子。高铁上信号时断时续，秋蓝连手机也用不了，她不明白老先生怎么能这么"从容"地听收音机。也许他什么也没听吧，只是习惯戴着耳机。秋蓝有时也这样，戴上耳机，却什么也没听，好像一个神秘的仪式，戴上耳机，人就自动和外界隔绝开。老先生闭眼躺了一路，沉浸在他自己的桃花源。忽然，一个不祥的念头在秋蓝的脑中闪过：他……不会死了吧？这么想着，秋蓝迅速转过头瞥一眼。老先生胸口微微起伏。这起码证明他还活着，还有呼吸。

秋蓝松了口气。

她没有睡意，干脆拿起手机，看前不久下载的连续剧。平时她是不看剧的，觉得浪费时间。但相比起干坐着度过剩下的时间，明显看剧是更好的选择。她看着张嘉译的脸，恍惚觉得在什么地方见过。她按下暂停键，张嘉译的脸停在屏幕中间。秋蓝认真看，他那张脸，鼻翼饱满，鼻梁挺直，右脸颊有块小而浅的斑，关键是他的耳朵，秋蓝盯了好久，发现张嘉译几乎没有耳垂，或者说，他的耳垂比别人小，耳郭向上，又比一般人长。

秋蓝想起父亲。这么多年，父亲留下的形象定格在遗照上。遗照是由一张小照片放大洗出来的，挂在客厅墙上。秋蓝想起来，父亲也有张嘉译那样的耳朵，他的眉毛也很黑很浓。秋蓝觉得新奇，原来父亲也有一张酷似明星的脸。遗憾的是明星还在荧幕上活跃着，而父亲早已离世。这个意外的发现让秋蓝又欣喜又失落。她牵挂的父亲以这个奇怪的方式闯进来。秋蓝想，回到老家要把父亲的照片找出来，好好地看个够。

车到宋河已经是夜间十一点多了。秋蓝靠窗坐着，下车要经过隔壁座位的老先生。她不忍扰他清梦，犹豫片刻，还是轻轻推了他一下。老先生身体颤抖着醒过来，秋蓝面露微笑略表歉意。老先生"哦"一声，侧过身给秋蓝让道。

秋蓝提着手提袋，经过他身边时故意低头看，果然，他怀里那个收音机的指示灯暗着。

走出车站，秋蓝不自觉地缩缩脖子。10月的南方还热着，而这里早已秋意甚浓。下车的乘客四散开去，车站广场高大的路灯投下来浊黄的光，整个广场空荡荡的，几辆的士停在边上，三四个司机扎着堆在边上抽烟。他们看着秋蓝走过去。秋蓝不知道是要打车，还是打电话叫人来载她。她边走边看手机，目光在通讯录"梁施施"那里停下来，思虑再三，最终还是滑了过去。她和梁施施已经好多年没联系了。梁施施就像一根鱼刺卡在秋蓝的喉咙，让她长久地，隐隐发痛。梁施施的号码是几年前存下的，兴许现在已经不用了吧。

秋蓝想，反正离家不远，打车吧。

上了车，的士师傅张口就是宋河话。他问秋蓝去哪里。秋蓝想用普通话回他，但是嘴巴不听使唤。的士师傅说："这么晚回来啊。"秋蓝"嗯"一声，"是啊，这么晚回来。"她不知不觉重复着的士师傅的话。"这么晚回来。"这个没来由的回答堵在她心里，像是不祥的暗示。

秋蓝转头望向车窗外，除了主干道亮起的路灯外，周边建筑都是暗的，像泼了浓重的墨汁，偶尔的几点亮光，来自那些不甘早睡的人家。南方的城市在这个钟点还是灯红酒绿，那里的人像是不需要睡眠，他们的精力像野草一般旺盛。秋蓝坐上高铁时南方还是白晃晃的日光，现在一下子钻进了黏稠的荒凉中，这让她有些不习惯。

车经沙河大桥，秋蓝望向河岸两边高耸的建筑，都是些新建的房子。几年前不是这样，几年前那一带还是光秃秃的草地，现在全让住宅区给占了，也许那里的房价还是城里最贵的。秋蓝不知道梁施施住在哪边，是城东城西，还是城中心？她听说梁施施嫁了个有钱的老公，日子过得挺滋润。这些都是听说的，她胡乱猜测的同时，感到一阵失落。

她想，我要不是心气那么高，几年前赚到钱，回来这边买套房，找个人结婚，也许现在日子也会过得很滋润。可是她偏偏不甘心，不想窝在这个小地方度过一辈子。这几年她跟过不少男人，有时她恍惚，会把前一个的生活习性跟后一个的混淆起来。

从前秋蓝以为，在男女关系中，她才是占主导地位的那个。殊不知，其实她也不过是别人感情的替代品。替代品，秋蓝想起这个词，觉得很荒谬。这种感觉从小就伴随着她，好像命运的一个诅咒。为什么我生下来就非得是一个"替代品"呢？

小时候是，现在更是。

想起这些，秋蓝的心情很糟糕，她看着车窗外，觉得有个船舵长在她身后，左右着她的航向。

秋蓝人还没到，母亲的电话就打过来了。

"到了吗？"

秋蓝说："就到就到，你等会儿。"

母亲说："快到吧，我一个人害怕。"

秋蓝说："妈，你开灯啊，开灯到床上躺着，别胡思乱想。"

母亲说："我一睡觉就做梦，梦见你爸来找我。"

秋蓝知道，母亲又要絮絮叨叨重复起她那个不祥的梦了。秋蓝不想和母亲在车里讲这些，她生怕她们母女俩共享的秘密由电话里跳出来，钻进的士师傅的耳朵里。

车在一个十字路口停下。师傅想找零钱给秋蓝，秋蓝摆摆手说不用了。

她挽着包下车，站在路边。她抬头看了看小区，觉得自己像个赶夜路来投宿的旅人。

这套公寓平时不住人，两室一厅，离城中心有些远，周围尽是些小厂房。这倒挺符合朱家明的风格，前年他买下这套公寓，第二次约会时他将钥匙交给秋蓝。秋蓝那时就知道，朱家明这是在和她做一场交易。一旦接受了，他就要把秋蓝给捆绑住。秋蓝笑一笑，收下他递过来的钥匙。她心想，我才不会叫你给绑住呢。

这是她自认为聪明的地方。男人以为能抓住女人的软肋，女人以为可以挣脱，像一个左右手互搏的游戏。

朱家明说："这些年我一直在等这个机会。"

秋蓝笑笑，反问他："你的机会就是用一套破房子收买我？"

朱家明说："这哪能是收买呢？"

秋蓝反问道："你这么做不是收买我，是什么？"

朱家明摊摊手："你要这么认为我也没办法。总之呢，房子就归你了。我以前穷小子一个，什么都没有……"他的话未完，秋蓝打断他："得了，我还不知道你的小伎俩吗，你不就是想安个小巢来跟我偷情嘛。"

朱家明面不改色地看着她。

秋蓝也不想再争论下去了。自从那次在同学会上和朱家明碰面，她从朱家明的眼神就看出来了，这些年，他过得并不好。

同学会结束的那天晚上，朱家明主动送秋蓝回去，他们俩都喝多了，秋蓝没想到朱家明会一路送她到酒店。门一关好，朱家明就死死地抱住秋蓝，秋蓝踢掉高跟鞋，回过头来捧住朱家明的脸。朱家明贪婪地亲吻秋蓝光滑的肩膀。秋蓝整个身体都在颤，她自己也没有想到，有天她和朱家明会变成现在这样。朱家明很早成家，有老婆有孩子。他的人生之路越走越顺，同时也越走越破碎。秋蓝自己呢，自从离开宋河，她的路就走得摇摇晃晃的，她把自己的人生，过成了随时会坠机的航班。

朱家明抱着秋蓝哭。他的眼泪鼻涕沾在秋蓝衣领上。

秋蓝搂住他的肩膀。她知道，朱家明这个年纪的男人，不是为事业哭，就是为家庭哭。朱家明的事业如此成功，谁也不知道他背后的心酸。秋蓝任凭他哭得一把鼻涕一把泪，她低头看着朱家明抽泣的样子，想起很多以前的事，好的不好的，一件一件，在朱家明的哭声中浮上来。秋蓝看着那些破碎的过往，像看着浮在海面上的信号灯，在黑漆漆的苍穹底下，它们忽明又忽暗。

"不值啊，真的不值。"秋蓝抚着朱家明的肩膀这样安慰道。

隔天起来，秋蓝收拾了东西，准备启程回南方。

出发前，秋蓝专程回了一趟老家，她把朱家明交给她的钥匙拿给母亲，谎称城里的这栋公寓是她这次回来买下的。母亲拿到钥匙，喜上眉梢。秋蓝知道自己这样做，无疑是在向母亲释放出一个信号，这个信号，对母亲来说是极好的，但对秋蓝来说却很危险。母亲说："你想通啦，以后不去南方了？"秋蓝说："没呢，我暂时没想好。"平时秋蓝自己的事几乎不和母亲说。母亲也习惯了她们这样的相处方式。秋蓝不愿意多说些什么，母亲也就不再过问。秋蓝说："以后你有空就来住几天吧，顺便搞搞卫生。"母亲像得了什么光荣的使命，点点头，应承下来了。

秋蓝也没想到，母亲会那么快就喜欢上城里的生活。老人家一个月到城里小住几日，从城里回到乡下，她就恨不得把她在城里的所见所闻都跟街坊炫耀一番。她觉得自己也算半个城里人了，这令她倍儿有面子。母亲的虚荣，让秋蓝始料不及，同时也让她隐隐不安。那段时间，秋蓝汇钱回家给母亲，母亲接到钱，就给秋蓝打来电话，兴奋地说："街坊邻居都知道我闺女出息啦。"秋蓝听了，眉头紧皱，她没想到母亲拿存折到银行取钱，却忘了要将低调和藏富的美德储存起来。母亲在电话那头啰唆得很，她话多，喜欢把秋蓝为她做的那些"有面子"的事讲给街坊们听。

有一年秋蓝回宋河过春节，母亲把亲戚邻里喊来吃饭，那顿饭在院子里吃的。秋蓝母女俩忙里忙外，做了几桌菜。赴宴的人不少，他们都赞不绝口。尽管没人问秋蓝在南方做什么，但大家似乎都心照不宣。秋蓝并不在乎请客吃饭要花多少钱，只是她忽然发觉，从小熟悉的那些邻居，他们看她的眼神透着诡异。

秋蓝在饭桌上沉默不语，感觉自己像偷吃灯油的老鼠，时刻提防着不叫人揪住尾巴。

秋蓝推开公寓的门，母亲坐在床边，房间开着灯，这让她看起来如此瘦小。

母亲穿一件洗得褪色的长袖，两只干瘪的乳房裹在衣服里头。

秋蓝放下包，脱掉鞋踩在木地板上。

"妈，你怎么还不睡？"

母亲说："睡不下呢。"

秋蓝说："不是叫你开灯睡吗？"

母亲说："开了也一样的。"

秋蓝没说话。母亲的表情看起来很沉重："你回家住多久？"

母亲在床头坐着。秋蓝觉察出她话里的责备，她走过去握住母亲的手，将事先准备好的一沓钱塞给她。母亲抬起头来看着秋蓝，把钱收下。秋蓝不知道除了这样，还有什么方式可以弥补她对母亲的亏欠。到底亏欠母亲些什么？她想了很久，说不上来。也许欠母亲一个陪伴，也许欠些物质的补偿。母亲嚷着要她回来，她就马不停蹄赶回来了。她没有推脱，其实这些年在外面，她也累了，累的时候她就想逃，想找个安静的地方靠一靠。

现在她回来了，看到母亲的表情，她知道，那种甩不掉的疲惫感还会跟着她。

母亲说："你饿了吧，我给你煮面吃。"说着她下了床，光脚踩过地板，走进厨房。

母亲对秋蓝的好，让她想起自己长久以来对母亲的忽视和冷漠。

这种对比，像把刀划开皮肉。秋蓝决定吃完面，就和母亲商量给父亲迁坟的事。

秋蓝把面吃完了。母亲看着她，脸上挂着些愁绪，好像藏掖了什么心事。

自从离开宋河，秋蓝和母亲一年到头相处的时间少得可怜。现在她千里迢迢赶回来了，没想到还要面对这种若有若无的"生疏"。想起这些，她一阵难受。

母亲开口说："闺女啊，这次回来，你就别回去了吧。"

秋蓝睁大眼，不解地看着母亲："我想给爸迁完坟就回去……"

母亲摆摆手，极力辩解着什么。

"你爸的坟……咱就不迁了，你处个对象，安安心心过日子不好吗？"

秋蓝张大了嘴："妈，你跟我开玩笑吧？你不是喊我回来给爸迁坟吗？"

母亲抬手擦了擦眼。

秋蓝意识到，她和母亲多年来的那场拉锯战并没有结束。原来迁坟不过是母亲编出来诓她的借口。这么些年，母亲从来没死心。她看着别人家的女儿都嫁了，生孩子，儿孙满堂，她也很羡慕。然而羡慕归羡慕，为什么要拿父亲做借口？

秋蓝想到这些，感到一阵莫名的愤怒。

秋蓝说："妈，你就那么巴不得我嫁人，你这样处心积虑到底图个啥？"

吊顶的灯光照下来，照在母亲脸上。秋蓝别过头，她不想撞见母亲那张面如死灰的脸。

母亲拉一张矮凳在秋蓝对面坐下。她佝着背，神情严肃得像在审讯犯人。

母亲还没张口呢，秋蓝就能预感到她会说些什么，无非是些生儿育女的陈芝麻烂谷子。

此刻，坐在秋蓝对面的母亲看起来如此陌生。她握住秋蓝的手，好像在执行命运托付给她的重任。母亲想把秋蓝留住，给她介绍一个对象，就像安置一盆盆栽或者一件家具。秋蓝不是盆栽也不是家具，她在外头这些年，大风大浪见过不少，长了翅膀也飞得很高，没有什么能够把她拴住，男人不行，母亲也不行。

母亲语重心长地说："我都帮你相好了，对方不是什么大富大贵的人家，但够实在，明天我们跟他吃顿饭，你们好好接触一下。"

秋蓝听完，觉得可气又可笑。她叉着双臂靠在沙发上。

"妈，你都没有经过我同意，就要给我介绍，我求您了，能不能不要这样。"

母亲叹着气说："我都是为了你好，你看看你现在啥样，再耗几年，谁还敢娶你？"

秋蓝无可奈何地看着母亲，哭笑不得。

母亲的这些理由这么多年来一直没有变。秋蓝二十几岁的时候，和现在不一样，那时"不想结婚"的念头还没在她心底完全扎根。母亲每次苦口婆心劝她，她也都放在心上。到后来，她在外面度过了好多年，情形就大不一样了。母亲给秋蓝安排过几次相亲。头几次秋蓝规规矩矩的，母亲介绍的这些男人，没几个会看上她，她也看不上这些男人。他们根本风马牛不相及。其实男人再迟钝，也会觉察出秋蓝身上的某些异样。那时她年轻，漂亮，心高气傲的，她不想这辈子就捆在一根柱子上。那时她觉得，结婚是人类发明的最愚蠢的事了，将两个人硬生生捆绑在一起，没有比这更残忍的事了。

二十几岁的秋蓝，心可野着呢，她不想这么早就结婚。这么多年在外头，她熟悉那些男女之间的套路。男人贪她的姿色，而她贪图物欲和欢愉。在情爱里，男人享受的，是那种不稳定所带来的刺激，而秋蓝身上那种难以驯服的特性，恰好符合他们的需求。

秋蓝想起这些，她预感到，这次相亲，也会和以往的很多次一样无疾而终。

她不想再和母亲辩解下去了，她从衣柜取出睡衣，准备到浴室洗漱。

她知道母亲在等她答复，但她什么答复也给不了。从来都是这样，她们在生活里挣扎着等待着，得不到任何答复，从来都是这样。

　　晚上，母亲没有和秋蓝睡一张床。母亲说卧室的床太软，睡不踏实，坚持要睡沙发。

　　秋蓝从衣柜里搬出一床被子给母亲，自己回卧室躺下。

　　秋蓝想起父亲去世那阵子，她和母亲背靠背躺在一张床上，各自想心事。那时她总失眠，还做噩梦，她们母女俩共同承受着失去亲人的悲伤。现在想来，那是她们母女俩最亲密的时刻。好多年过去了，母亲和她坚强了很多，她们不轻易落泪，生活给她们罩上了刀枪不入的盔甲。

　　卧室的门敞开着，秋蓝能看到睡在客厅沙发上的母亲。她的身影瘦瘦的，胸口微微起伏。秋蓝听见轻轻的呼吸的声音，她猜母亲一定也满腹心事，就像那一刻的她。

　　第二天秋蓝起晚了。她走出卧室，看到母亲坐在餐桌前喝粥。

　　昨晚的不愉快已经过去了，她们又像平时那样相安无事。

　　吃过早饭，母亲跟秋蓝去相亲。

　　秋蓝惊讶于母亲对县城的熟悉，她这个年纪的老太太，常年在乡下，没想到那么快就融入了这里的生活。相亲的地点选在城西一家咖啡馆。咖啡馆是男方定的，刚开张不久，门口摆了几张藤椅和玻璃面圆桌。她们去得太早，咖啡馆的玻璃门锁着，秋蓝和母亲就在门口的藤椅上先坐下。母亲没到过咖啡馆这种洋气的地方，一路上总是问这问那。秋蓝说："等下人来了，你能不开口就不开口，知道吗？"母亲急了，秋蓝说："你乱说话的话我就走人。"这是她们之间不成文的规定。秋蓝大可抛下母亲只身赴约，但母亲非要跟着，她怕秋蓝半路开溜，她要随时盯梢。秋蓝觉得好笑，回趟家就像给人绑架了似的，行动不自如，连人生大事也要母亲来操心。而她一直无法摆脱母亲施加的掌控，她不大愿意回宋河，原因也在这里。现在母亲倒是活成了老样子，不管是以前在厂里上班，还是退休了去当保姆，她像缩在一团陈腐的阴影下，她给自己画了一个圈，缩手缩脚立在里头，以为这样，日子就会好过些，活得安分些。

秋蓝挺后悔的，如果那时她自作主张给母亲牵个线，如果那时母亲愿意改嫁，也许现在一切都会大不相同。

秋蓝坐在藤椅上晒着初冬的阳光。手机屏幕被日光照得晃眼，她将手掌半遮着，这才看清朱家明发过来的微信。

——听说你回来了。

秋蓝诧异，她皱着眉，打回去一个"？"。

朱家明回复：晚上，老地方？

秋蓝知道他的心思，她抬眼看母亲，母亲局促不安地坐着，她不知道秋蓝成天对着手机做什么。还好母亲不识字，不然一定会明目张胆地窥探秋蓝的隐私。

秋蓝和朱家明确实有很多说不清道不明的隐私，不能让母亲知道，只能让它们烂在心底。

她拿起手机正要回复朱家明。母亲站起来扯住她的手臂，秋蓝蓦地抬头，看见对面一个高大的身影。因为逆光，秋蓝被投过来的浓厚影子罩住，一瞬间不明所以，也只好随着母亲站起来，一老一少，看起来像开小差时被老师提问的小学生。

母亲介绍的这个相亲对象是宋河本地人，在工商局上班，四十岁了还没找到称心的对象。秋蓝和他寒暄几句后便陷入沉默。男人穿了件灰色西装，衬衫是细横纹的，腰带上的金属片有磨损，头发往右脑勺偏分，鼻翼饱满，但这丝毫不能给他的面相加分，相反，倒让他狭长的脸显得古怪。秋蓝听他说话，仔细分辨，发现他低沉缓慢的声音有股催人入眠的力量。秋蓝搞不懂，母亲怎么会让她和这种男人相亲。

　　秋蓝问他："你平时有什么消遣？"

　　他说："我啊，平时喜欢打打麻将，周末会去爬山。"

　　秋蓝听得昏昏欲睡。他们不是一路人，他跟秋蓝见过的那些男人没法相比。可笑的是，他还极力表现出见多识广的样子，想要给秋蓝留一个好印象。秋蓝怀疑他没谈过什么恋爱。他其实长得不难看，就是口讷，话讲快了还会结巴。秋蓝看他憋红着脸，忍不住想笑。最终还是母亲化解了尴尬，她当起了两人之间的传声筒。一个乡下老太和一个县城公务员，他们一来一去，鸡同鸭讲。秋蓝很想问问他，当初是怎么考上公务员的，也许他后台很硬？然而从他的穿着和言谈来看，他简直像从20世纪90年代穿越来的。秋蓝确信了，他这种人在生活中也一定毫无情调。和他结了婚，那还了得？秋蓝想，如果此刻有人举起相机拍下这一幕，她一定会感激涕零。有了照片，她就能看看他们两人到底是怎样地"不搭"。

　　母亲和公务员聊天的当口，秋蓝拿起手机，在微信上给朱家明发了个定位。

　　她什么话也没有说，她相信，朱家明看了自然会懂。

　　放下手机，秋蓝打起精神，继续跟公务员扯些有的没的。

秋蓝看到他眼里放光。他大概也没见过秋蓝这样的女人吧。秋蓝化了淡妆，穿了件短款的灰色呢大衣。尽管过了三十，但她身上有些特质并没有被岁月磨掉。秋蓝见过太多他这样的男人了，他们很容易被女人的外表所蒙骗。

秋蓝琢磨着，总算明白他四十岁为什么还单着。她忽然觉得，这个男人真可怜。

公务员趁热打铁，想请秋蓝母女吃午饭。他的话音刚落，秋蓝透过咖啡馆的落地玻璃窗，看见朱家明的车停在路边。阳光照进咖啡馆，使这个奇怪的相亲场合生出些温煦来。

秋蓝说："不好意思，饭就不吃了吧？我们还要去给我爸迁坟呢。"

说完，秋蓝瞅了母亲一眼。

老人家很错愕，她没想到秋蓝会蹦出这种不合时宜的话来，她扯一扯秋蓝的衣袖。秋蓝满脸堆笑说："今天就这样吧，反正联系方式你也有，改天再约啊。"

说完，她拉着母亲走出咖啡馆。

呼吸到街上的空气，她觉得如释重负。但很快，她又陷入一个两难境地，她到底该让朱家明开车送母亲回去呢，还是她先送完母亲，再回来跟朱家明碰头？她提防着，生怕母亲猜忌她跟朱家明的关系。

朱家明下车朝她们走来，他热情地打了招呼。

"这么巧啊秋蓝，我刚开车经过，看着面熟就停下了，没想到真是你。"

说完，朱家明给了秋蓝一个意会的眼神。

秋蓝笑笑，向母亲介绍道："妈，朱家明，我高中同学。"

母亲说："哎，原来是老同学啊，你好你好！"

朱家明问："阿姨你们要去哪儿？我开车送你们。"

母亲摆摆手："怎么好意思咧。"

朱家明大大方方说："客气啥，上车吧。"

秋蓝挽住母亲的手臂说："妈，都说了老同学嘛，让他送我们。"

母女俩上了车，秋蓝让朱家明把车开到公寓楼下，送完母亲，秋蓝折返回来，上了朱家明的车。

车开出不久，朱家明说："没想到你妈妈在，这出戏可真难演啊。"

秋蓝吐吐舌头说："还好有你搭救，你都不知道啊，刚才相亲那个男的多无聊。"

朱家明打趣道："那是那是，比起我肯定无聊多了。"

秋蓝鄙夷道："反正你也没相亲的机会。"

朱家明岔开话题："我刚才还想上楼去看看呢。"

秋蓝说："别……你可别来这套，这几天我妈都在呢。"

朱家明问："你放心老太太自己待着？"

秋蓝说："反正她也习惯一个人了，自己待几天不碍事。"

说完，她望着前方灰扑扑的路，陷入了沉思。

朱家明说："带你去个地方吧。"秋蓝点了点头："好啊。"

朱家明转动方向盘，朝城外的方向开去。

朱家明带着秋蓝去了县郊。车刚停稳，秋蓝调侃说："你不会要把我给卖了吧？"

"你啊，值不了几个钱。"说着他摇下车窗，点了支烟。

他们停车的地方是个十字路口。从左边斜坡望下去，有片柿子林。这个时节柿子还没熟透，风一吹，挂在枝叶间的柿子若隐若现。朱家明指着那边说："看到没有？柿子林过去，是我跟朋友投钱建的会所。"秋蓝顺着看过去，的确，就在柿子林那边，矗立着两栋别墅。在周边灰扑扑的景色中，这两栋别墅看起来如此异类。

秋蓝说："怎么会把会所建在这种地方，荒郊野岭的，你们搞隐居？"

朱家明掐掉烟头，扫了扫掉在裤腿上的烟灰。"不建在这种地方怎么叫私人会所？"

秋蓝对别墅什么的并不感兴趣，可她还是一脸好奇。

"那你带我来做什么？"

朱家明嘴角闪过一抹笑，神秘兮兮地说："做该做的事。"

秋蓝扑哧一笑："我还怕你把我吃了不成。"

朱家明把车小心地开下斜坡，拐进一条小路之后，视野豁然开阔。

一个灰白头发的老头拉开大门。老头弯着腰打招呼，听到他喊朱家明"朱总"，秋蓝笑起来。朱家明问秋蓝笑什么。秋蓝说："朱总朱总，听着像猪头老总。"

朱家明乐起来："你这张嘴，还是老样子。"

秋蓝附和道："可不是，其实大家看起来都是老样子啊，只不过内在变了。"

她看着现在人模狗样的朱家明，想起以前的他，那时的他傻小子一个。一转眼这么多年过去了，他们生活在不同的城市，有不同的交际圈，能将他们联系起来的，恐怕只有年少时那段短暂的青春吧。

秋蓝话锋一转，说："我成天说我不想嫁人，别人一定觉着，我这老女人像个妖怪。"

朱家明说："是啊，你不嫁人，老了以后怎么办？"

秋蓝沉默下来。她困惑不已，这几天究竟怎么了，母亲操心她嫁人，朱家明也操心，全世界都恨不得她快点嫁人生小孩。结婚就真的那么重要？

秋蓝瞥了瞥朱家明说："哪儿有你这么说话的，谁规定女人一定要结婚的，就不允许我孤独终老？"

朱家明嘿嘿笑起来，捏了捏秋蓝的大腿，说："不老不老，挺有弹性的嘛，能嫁出去的！"

秋蓝反问道："你背着老婆出来跟我约，就不怕她知道？"

听到"老婆"两个字，朱家明的脸色瞬间沉了下来，"别提这个女人了……我和她分居，都快一年了。"

秋蓝知道朱家明夫妻俩关系不好，但她真的没想到会差到分居的这种地步。她和朱家明现在这种关系，无异于偷情。秋蓝想了想，决定不再纠结下去。他们到了这个年纪，都知道彼此在做什么。那道界线其实就隐伏在背后，关键看你有没有足够的胆量跨过去，跨过去以后会怎样，他们心里自然有数。

秋蓝隐隐感到不快，她觉得自己好可怜。她已经堕落成这副德行，道德底线对她而言形同虚设，她也不背起什么伦理责任，想想就叫人害怕。原先她以为，只要不去考虑这些，"羞耻感"就会像船锚那样，沉在水底，永不浮起来。但现在碰到朱家明，她明白了，她的道行还太浅。从前她在别人身上看不到的东西，此刻正从朱家明痴痴看着她的目光中流露出来。

下车后，朱家明说别墅内有乾坤。

秋蓝跟在他身后走进去。进了门，她大开眼界：里面摆的全是高档的欧式家具，头顶吊灯晶莹透亮，晃得秋蓝眼睛都花了。秋蓝选了一套沙发坐下，靠着靠背环顾四周。这时她发现，这栋别墅的装修其实是没有经过整体规划的，沙发、地毯、茶几、电视柜单独看上去很雅致，一旦组合在一起就显得别扭，怎么看都觉得粗俗难耐。

"你这是乡下人的审美啊。"秋蓝说。

朱家明皱皱眉："你说什么？"

秋蓝摇摇头："没什么，没什么。"

朱家明说："这个装修设计你不喜欢？"

秋蓝说："你还管我喜不喜欢，反正又不是给我建的。"

朱家明拍拍胸脯说："你要几栋我都送你。"

秋蓝打断他："少来了，你送的公寓我还没还呢。"

朱家明走过来，顺手勾住秋蓝的腰，趴在她耳边说："我朱家明送的，就是你的了，不用还。"

秋蓝反感朱家明用这种语气说话，听起来像个嫖客那样，轻浮浪荡。

秋蓝不想追究了，也不想破坏朱家明留给她的最后那丁点好印象。她知道，环境在变，不能用自己那套标准来衡量别人，每个人都跟以前不一样了，朱家明也不例外。

秋蓝抽开他的手站起来。

朱家明说："秋蓝，今晚别回去。"

秋蓝瞪了他一眼说："我爱去哪儿去哪儿，你给我下命令啊？"

朱家明哭笑不得："这，这怎么就成下命令了呢？"

那天中午他们在别墅吃饭。灰白头发的老头除了看门，还是厨师。秋蓝看不出来他竟然做得一手好菜。朱家明夹菜给秋蓝，介绍每道菜的来龙去脉。秋蓝问朱家明平时都忙什么，朱家明点了支烟，慢吞吞地跟秋蓝说起他这几年的生意。这几年他投身房地产，跟别人合作，买农民的地建小产权房，县城什么人他都打交道。摆不平的事，就找当地的黑社会。朱家明给秋蓝倒红酒，酒一喝多，他的话也多起来。他跟秋蓝讲生意场上的事，讲自己的发家史。对秋蓝来说，他讲什么并不重要，重要的是那一刻朱家明像被神灵附体了，他的眼神，眉飞色舞的样子，让秋蓝觉得陌生。秋蓝细数着朱家明的人生轨迹，知道在他成功的事业和失败的家庭之间，横陈着欲望的灰烬。朱家明和她见过的那些男人，其实是一个样的。不仅一样，他甚至在某些方面超过了他们。这个年纪的男人被金钱和欲望推着走，他们以为生活捏在自己手里，就像小时候捏橡皮泥，想捏成什么样就捏成什么样。然而到了最后却悲哀地发现，自己才是橡皮泥，生活将他们捏得扭曲、变形。

秋蓝喝得脸颊发烫。

她知道朱家明有意灌她，她也不戳穿。微醺叫人开心，但眼下的状态远不是微醺可以形容的，酒精发作起来，秋蓝身体不受控制，心跳越来越快。她想起以前很多次喝酒，她在剧烈的心跳中陷入游离。有时喝多了会哭，会笑，最后仅剩的那点理智也被酒精剥除干净。神志一松懈，身体便瘫软下来，像只抽掉了支撑的布偶。

秋蓝趴在朱家明怀里。她想起以前，她和别的男人躺在一张床上。说到底，她缺乏安全感，摆脱不了成为替代品的感觉，就像此刻她是朱家明的感情替代品一样。

秋蓝眼底潮湿，抬手揉揉眼睛，止不住啜泣起来。

朱家明的耳根红红的，连眼睛也是。

秋蓝闻着他呼出的酒气，闻到他身体散发出的，生机勃勃的欲望。

他们抱在一起挪着走向卧室。秋蓝边走边脱鞋，隔着丝袜踩在朱家明的皮鞋上。两人笨拙地叠在一块，朝卧室的床移过去。朱家明呼吸很重，他紧紧地贴住秋蓝，秋蓝试图推开他，但他的手如此有力，秋蓝挣扎几下，放弃了。朱家明俨然一个老练的猎手，秋蓝甘心做他的猎物，她享受这种快感，无比畅快，也无比自在。脱掉彼此虚伪的外衣，什么道德啊节操啊都是虚的，只有身体的感觉是真的，身体从不会骗人。秋蓝呼吸急促，她听见心跳怦怦地响动，在空荡荡的卧室，在天花板和朱家明起伏的胸口之间来回撞击。

秋蓝勾住朱家明的脖子，他们湿润的呼吸融化在一起。

秋蓝说："要不你跟她离婚吧。"

朱家明趴在秋蓝身上，在秋蓝脸上一阵狂吻。

他没有说什么。此刻他被情欲包裹着，他成了聋的，什么声音也听不见。

秋蓝咬住他耳朵，重复道："你既然不爱她，为什么不干脆离婚算了？"

朱家明喘着气："我离不离婚跟你关系很大吗？离了婚，你嫁给我？"

秋蓝伸手揪住他乱糟糟的头发，两人赤裸相对着，像两条光洁的蛇。

秋蓝低声道："没感情了就分开，没什么好纠结的。"

朱家明恼怒不已："别说了！"

秋蓝想起那次同学会过后，朱家明抱着她的头哭的惨相。那时她就应该问他这些问题的，但她只顾着怜悯朱家明的痛苦，她连怜悯自己，都来不及呢。

秋蓝最后还是哭了。朱家明喜欢过她，这个他们都心知肚明。

那时每天放学，朱家明都偷偷跟在秋蓝身后走，像贴在她脚下的一道影子。

秋蓝走一步，他离得远远地跟一步。

秋蓝和梁施施手挽手走在黄昏小镇的街头，梁施施回头看了朱家明一眼，趴到秋蓝耳边说："秋蓝你看看他呀，好傻哦。"

那时候的秋蓝孤傲得像只仙鹤，她连头也没有回，可明明脸上溢满了微笑。

那时，他们还在读中学，年轻得不知岁月深浅，不知道终有一天命运会将他们碾压。他们将离开，走上不同的人生路。秋蓝也没有料到。朱家明后来竟然和梁施施在一起了。

梁施施利用秋蓝的孤冷，接纳了朱家明投过来的热情。

秋蓝假装不在乎，可从此她放学了一个人走。她听别人说，朱家明拉着梁施施的手进了录像室。他们看《倩女幽魂》，张国荣和王祖贤纠缠在一起时，有人看见朱家明的手伸进梁施施的毛衫里。恋爱让朱家明换了副面孔，他的眼睛渐渐有了光，这样的改变深深刺痛着秋蓝。她无从想象，最好的发小和朱家明抱在一起。他们在县城某个小宾馆污浊的空气里赤裸相对，他们的汗液混在一起，这让秋蓝感到耻辱。朱家明每次撞击梁施施的身体，都从她心头剜掉一块肉。他把梁施施填得越满，秋蓝的心就被掏得越空。

她和梁施施渐行渐远，足足有一年，她们都没和对方说一句话。

初三那年，朱家明去当兵。他跟梁施施告别时，梁施施哭得很伤心，质问他是不是还喜欢秋蓝。朱家明什么也没有说，红着眼，和梁施施挥手告别。

梁施施其实一直都知道的，她把这个疑问压得太久了，久到她差点就相信，朱家明只喜欢她一个人。

朱家明走后，梁施施知道，她的爱情结束了，连同她的世界也坍塌了。她抢了秋蓝的爱情，背叛了自己最好的朋友。她才是那个不折不扣的坏人。

朱家明入伍的时候，秋蓝没有去送他，她不想去，不想看到梁施施和他在一起。

秋蓝没想到，事情过了大半个月，有天晚上梁施施会来找她。

梁施施红着双眼敲门。秋蓝母亲看见梁施施，一脸惊讶地说："施施来了啊，好久没见你啦。"梁施施强装平静地说："阿姨我忙复习呢，秋蓝呢？"母亲说："在家呢在家呢。"说着就把梁施施迎进门来，倒了杯水给她。秋蓝躲在楼上，听见楼下母亲和梁施施在说话。她恨梁施施，恨到连听见她的声音都浑身发颤。

母亲喊秋蓝下楼。秋蓝压着情绪，说她身体不舒服，在床上躺着呢。然后她就听见梁施施上楼的脚步声，她每走一步，秋蓝都觉得心被撕裂一寸。以前好多次，她们躲在楼上，并排躺在地板上，头抵住头讲些体己话。秋蓝记得那时梁施施问她为什么不接受朱家明。那时她还假惺惺说，她觉得朱家明不好看，要考虑考虑呢。她没想到，其实那时梁施施是在试探，她像一个战战兢兢等待诏令的臣仆，秋蓝的话使她心底荡起狂喜的涟漪。她得到了默许，也得到了进一步赚取一段感情的机会。那时秋蓝多傻啊，以为一个人喜欢另一个人，是唯一的，不变的。她哪里会知道，年轻的他们各自的心都是空的，摇摆不定，有颗石头落下，就会激起高高的水花。她紧闭着心扉不肯敞开，倒让梁施施钻了空子。梁施施用身体献祭，她赢了，而秋蓝落空了，她觉得自己遗失了贞洁。

现在，她抱着朱家明。她很久没有认真地抱一个人了，很多时候她逢场作戏，但这一刻，她身体的触感如此不同。朱家明的呼吸是真的，他的欲望也是真的，他们的身体叠在一起。秋蓝没来由地想起过去，梁施施站在她家楼梯口，脸上淌满了泪。她哀求秋蓝原谅她。秋蓝哪里肯原谅她，她冷冷地看着梁施施。梁施施的脸那么苍白，她的嘴唇在颤抖，看起来像个在教堂悔罪的虔诚信徒。秋蓝没想到，她会跪下来，低着头，眼泪落在地板上。

秋蓝还是坐在床上，惊愕地看着她，动也不动一下。

梁施施说："朱家明根本就不喜欢我，他心里只有你。"

梁施施的话让秋蓝触动，她没想到会是这样。心底有块石头忽然就被撬开了，她抬起头，和梁施施的目光撞到一起。从梁施施哭红的眼睛里，秋蓝看见了什么在跳动。那是她们曾有过的亲密，是心贴着心，是彼此间尚未完全冷却的温度。秋蓝站起来，走过去，伸手抱住梁施施，就像以前一样，她以拥抱原谅了梁施施，同时也原谅了她自己。她们在哭泣中和解。

朱家明从秋蓝身上退下来，像个攻城略地后凯旋的将士。他粗重的喘息吹在秋蓝的腹部，秋蓝转过身，吸了吸鼻子，眼泪止不住掉下来。不知道从什么时候起，做爱变成一件叫人伤心难过的事，好多次做完，秋蓝都觉得她的身体如同变质的水果那样急遽腐坏。可是她无法拒绝，她上瘾似的迷恋着这种感觉。

朱家明爬下床，从衣兜里掏出一包烟，捡一根抽起来。他回头看见秋蓝的肩膀微微起伏，他把烟搁在烟灰缸，绕到床的另一头。秋蓝的眼泪来不及擦干，都被他看在眼里。他蹲在床边，关切地问："怎么了，怎么哭了呢，是不是弄疼你了？"

　　秋蓝摇摇头。

　　朱家明抱住秋蓝的头，翻过她的身，扯了个枕头垫在她背后。

　　秋蓝说："你那时候再坚持一下，说不定我们就在一起了。"

　　朱家明没有想到秋蓝会说这些。

　　"那时我跟梁施施一起，满脑子都是你。"

　　秋蓝抿起嘴，睁大眼看着朱家明，好像他讲的并不是真的。

　　"那阵子我挺恨你的，觉着自己的一腔热情扑了空，像个傻子一样。"

　　秋蓝擦擦眼泪："都过去了，还提它做什么。"

　　朱家明说："有些事永远不会过去的，就像种子，你把它种在心里，现在给它一些阳光，又给它一点水分，它就会立马哧溜地活过来了。"

　　秋蓝问："你后来还见过梁施施吗？"

　　朱家明说："见过，结婚以后见过一次，那时她不是当护士嘛，我陪老婆去县医院做产检，在那里碰见的。她比以前胖了，头发扎起来，在推一辆推车，我记得很清楚。"

　　秋蓝说："我当时跟她还有来往，后来我到外面打工去了，就没怎么联系了。"

　　朱家明说："我记得那次我跟她打招呼，我老婆问我是谁，我说是同学。"

　　秋蓝说："敢做不敢当。"

朱家明意味深长地补充了句："也确实是同学嘛。"

秋蓝说："上次同学会没见她来，这次来还挺想看她的，但好像找不到什么理由。"

朱家明说："见老同学不需要什么理由。"

秋蓝说："你们男人不懂，怎么说我跟她也当过情敌吧。"

朱家明说："那我不就是罪魁祸首了？"

秋蓝说："别讲笑话了，你和她有联系吗，她现在过得怎样？"

朱家明夹起抽到一半的烟，磕掉半截烟灰叼在嘴边。片刻后，他说："后来她还找过我一次。"

秋蓝满脸诧异："她怎么会去找你？"

朱家明掐灭烟说："你别激动，是这样的，她老公做生意，找人借了高利贷，欠一屁股钱没还，债主找上门，扬言要抄家，还要剁他一根手指头。梁施施哭着跟我说她家给人泼了油漆，孩子也不敢送去学校，怕半路出什么事……"

秋蓝听得心惊肉跳："后来怎样了？"

朱家明接着说："我出面替她摆平了。"

秋蓝不知道朱家明说的"摆平"是什么意思，她没想到朱家明会出手相助。

"好歹我们也是同学，虽然都没怎么联系了。"

朱家明说得轻描淡写，末了，他朝秋蓝看了一眼，说："其实她过得不好。"

秋蓝愣愣的，直到这时，她才肯相信，朱家明说的是真的，原来梁施施并不是她想象中的那样，嫁给了有钱人，过着富足安乐的生活。

秋蓝知道，梁施施不是轻易肯低头的人，她一定无路可走了才想到朱家明的。秋蓝想起那年梁施施向她跪下认错，忽然就明白了什么。或许一开始梁施施就注定了，注定了要经历命定的种种悲苦。自她和朱家明走在一起，她就被一个死循环套牢。这些年秋蓝活成了别人的替代品，殊不知早在那时候，梁施施就当了她的替代品。后来她们拼命想找回自己，却发现一切都不一样了。开弓没有回头箭。梁施施是这样，秋蓝也是。想到这里，秋蓝心口被什么尖锐的东西蜇了一下。一阵刺痛感袭来，她觉得愧对梁施施。如果那时她跟朱家明在一起，或许梁施施就不会撞进这条感情的死胡同，或许从此以后的人生就大不相同。

　　秋蓝心里涌过的这些思绪朱家明当然不知晓，他把和梁施施有关的一些事告诉了秋蓝。她卫校毕业后去了医院当护士，老公是别人介绍的，见过几次面就结婚了。结了婚梁施施才发现她老公好赌。开始时他对梁施施还是挺好的，后来一输钱脾气就不好，还动粗，有一次梁施施被他打得流产了。说到这里，朱家明叹气说："相比起来我还是斯文的，起码我不打女人。"

　　秋蓝没心情听朱家明炫耀自己，她将散乱的头发拨到一边："你穿好衣服吧，别冻着。"

　　朱家明说："我去冲个澡，等会儿你也冲一下。"

　　秋蓝懒懒地说："我不想动。"

　　她脑子里还回放着朱家明的话，梁施施那张苍白的脸浮现在秋蓝面前。在秋蓝印象里，她还是十几二十岁的模样。这些年她们错过了各自最波折的岁月，就像两道河流，最初交汇后沿着各自的方向奔流。想起这些，秋蓝觉得她亏欠了梁施施什么，心底被一股苦涩的负罪感充盈着。她觉得，这次回宋河没有找梁施施是个挺大的遗憾。她不愿让自己后悔，她想去见梁施施一面。

找到之后怎么样呢？秋蓝没底，没有人可以告诉她答案。

当天，和朱家明分开之后，秋蓝循着地址找到了梁施施家。

尽管隔了很多年，秋蓝还是一眼就认出她来。她相比以前胖了些，脸圆了，没了从前的尖下巴。她穿件藏蓝色棉衣蹲在门口洗菜，冬日灰蒙蒙的光照着她的齐耳短发。她背对日光，身影臃肿，像静物画里颜色暗淡的物体。秋蓝走进巷口时闻到了一股浓烈刺鼻的怪味，那里混合了尿臊味、腐臭、油烟和衣物没干透而散发的霉味。出现在秋蓝眼前的，俨然是一个被琐碎日子磨掉光彩的家庭妇女。有一瞬间，秋蓝想转身走开。她觉得不该故作好人，不应该冒昧来看梁施施。这么多年没联系了，她怕横亘在中间的那道墙砌得太高太厚，她没有力气推倒它。

秋蓝内心的怯意，最终被一阵热切的渴望打退了，她走过去，站在梁施施身后。她喊"施施"，声音放得很轻很短。梁施施"哎"了一声，接着按住膝盖缓缓地站起来。她转过身来，看到了秋蓝。这样，她们的视线就平齐了——秋蓝印象中，梁施施个头和她差不多——梁施施在错愕中认出了秋蓝。只是一眨眼的工夫，她的表情便从错愕过渡到惊喜，她的手在裤子上胡乱擦干净，然后亲切地握住秋蓝的手，"是你呢，吓我一跳！"

梁施施的轻描淡写让秋蓝没能及时反应过来，这一刻倒显得她像个陌生人。

秋蓝说："施施，我来看看你。"

梁施施将了将散开的刘海，齐耳短发衬得她的脸庞圆而阔。梁施施说："等我一下。"秋蓝点点头。梁施施端起洗脸盆，把洗菜的脏水朝对街的臭水沟泼去，一时用力过猛，水溅回来，梁施施跳着脚跑开，拎着脸盆尴尬地笑起来。秋蓝被她的笑感染了，紧张的心情也稍微放松下来。梁施施把放着空心菜的塑料筐捧起来。

秋蓝说："我帮你吧。"梁施施说："怎么好意思呢，别脏了衣服。"

秋蓝跟着梁施施进了家门，半晌才适应屋里过暗的光线。梁施施住在这排筒子楼底层，屋子不大，二十平方米左右，用三合板隔开间卧室，剩余的空间做客厅，厨房和卫生间在外面，跟其他住户共用。屋子北面摆了张布艺沙发，电视搁在墙角，一张简易的折叠式餐桌挨着电视柜。家具虽简陋，但收拾得很齐整干净。

秋蓝想不明白，梁施施怎么会住在这种地方。

梁施施给秋蓝倒杯水，请她坐下。秋蓝捧起水杯，轻轻吹一口，慢慢喝起来。

梁施施说："孩子上学了，家里没人。"她小心翼翼的，提防着什么，没有提起她老公。秋蓝忍不住问她："你一直住这里吗？"梁施施的嘴角掠过一丝苦涩的笑。"不是的，谁也不乐意住这破房子啊。"秋蓝没说话，她怕无意间冒犯了梁施施。梁施施说："不过想想也没什么，我想离婚，他不同意，我一气之下就搬出来了。"秋蓝"嗯"一声，表示理解。梁施施说："不好意思啊，一见面就跟你说这些晦气话，你别介意。"秋蓝说："没事的，大家都不容易。"梁施施说："光顾着说我自己了，也没问问你过得怎样。"秋蓝："我没什么啊，我挺好的。"梁施施说："我看着也挺好的，你看你穿这么好看，都没怎么变。"秋蓝说："别说笑啦，都老女人一个了。"

梁施施自嘲说："我才老女人呢，你看我脸上的斑，你看，多难看啊。"说着梁施施伸手摸了摸自己的脸。秋蓝这才意识到了什么，她细细地打量着，发现梁施施的两颊爬满了斑，近看像不小心沾上什么粉末，怪瘆人的。

秋蓝说："上次同学会没见着你。"

梁施施说："你说那次啊，我不想去。"

秋蓝说："去年还是前年的事了。"

梁施施笑着说："我那阵子光顾着闹离婚，也没心情去。"

秋蓝说："也没什么好去的，活跃的还是那帮人，现在大家结婚的结婚，带孩子的带孩子，同学会热闹得像个幼儿园。"

梁施施若有所思，她问秋蓝："你……见过朱家明没？"

秋蓝心里咯噔一下，她没想到梁施施会主动提起他。也许这么多年，朱家明这根刺始终搁在她的喉头里，成为身体的一部分，她已经懒得拔掉了。

秋蓝说："我们在同学会上见过了，还谈起你来。"

秋蓝显然在撒谎，同学会时她和朱家明根本就没谈起过梁施施。

梁施施"哦"了一声。秋蓝看出她脸上的表情怪怪的。也许她猜到了，朱家明把她的事悉数告诉秋蓝了，她没想到，自己居然沦为别人的谈话对象了。这让她难过。

秋蓝感慨地说："你看我们这拨人，你、我、朱家明，到了这年纪多多少少都会碰到些问题，有的是家庭的，有的是事业的，分居的分居，离婚的离婚……"

梁施施一脸错愕："你的意思是……你也离婚了？"

秋蓝尴尬地说："我，还没结婚呢！"

梁施施的眉头皱得很紧："我以为你结婚了呢，你这样啊，比离婚还叫人难过。"

秋蓝说："我本来就没打算结婚的。"

梁施施说："我自己婚姻不怎么样，也没什么资格说你，但我觉得吧，女人还是应该结婚，怎么可以不结婚呢，不结婚，老了怎么办？"

梁施施苦口婆心的语气倒让秋蓝想起了朱家明，他也说过类似的话。好了，现在她年少时两个最重要的人同声出气，都来劝她嫁人。

秋蓝说："这次回来我妈还带我去相亲……别提有多尴尬了。"

梁施施说"我这个婚结得草率，也过得不如意，但我还是要劝你，时候到了就找个人过，只要对你好，甭管有钱没钱，对你好就行。我啊，就是瞎了眼，才嫁了这个烂人。"

梁施施几乎是咬着牙说出"烂人"这两个字的。秋蓝不想在伤心的话题上打转。她问梁施施："你现在做什么工作？"

梁施施面露难色。"说出来不怕你笑话，我现在当护工，揽两家人的活，忙完了就去接孩子放学。"说完，怕秋蓝担忧，梁施施补充道，"反正日子还是能过的。"

秋蓝听得心酸："你不是一直在医院上班吗？"

梁施施叹气说："前年我跟他闹离婚，有一阵情绪很不好，在医院给人打吊针，闹出了点事故，被病人投诉，我干脆就……辞职了。"

秋蓝说："医院多好的工作，辞了可惜。"

梁施施说："是啊，是挺好的，但是现在后悔也没用了，说真的，那阵子我太难受了，自杀的心都有，一时冲动，就什么也不想干了。"

秋蓝无法想象梁施施给别人当护工忙上忙下的样子，她想起自己那时候给人当家庭老师，相比起来，梁施施比她那时辛苦多了。

梁施施好像猜到秋蓝要说什么："我本来也想干回老本行，去个私人诊所什么的，后来想想还是算了，不想当护士了，我怕又闹出什么事来。思来想去，觉得当护工不错，起码也算专业对口，毕竟护士和护工，就差一个字嘛。"

秋蓝说："我还是觉得很可惜。"

梁施施说："不说这个了，我想起来，你毕业那会儿还当过家庭老师，那时我们还写信来着，你记得吧？"

秋蓝露出会意的笑："怎么会忘呢，都记着呢。"

聊天的间隙，有个念头一直萦绕在秋蓝心头。她很想问梁施施，她老公被人追债时她为什么会去找朱家明？可是话到喉头，又给咽了下去。秋蓝觉得，如此赤裸裸地问梁施施，太冒昧了。有些事太过沉重了，像块石头，压在自己心底好过抛给别人。与此同时，秋蓝潜意识里有个声音在念叨。朱家明不可能白白帮梁施施而不求回报的，以他的性格，他不是那样的人。秋蓝猜测，他和梁施施一定有过什么交易。秋蓝觉得，她这么揣测并非没有道理。从昨天朱家明说起梁施施时的样子就能猜到大概。秋蓝觉得很可笑，她忽然意识到，自己大老远跑来看梁施施，只是为了验证自己原来的揣测。

这么想着，秋蓝抬起头，她的目光和梁诗诗的撞到一起。秋蓝看到，她的眼底闪着光，郁结着的悲戚在目光相视的那一刻浮上来。

秋蓝咬咬嘴唇，她想起这些年来，她和梁施施，她们走上了不同的人生路。命运开辟了不同的河道将她们分开。后来，秋蓝的路越走越远，她和宋河，和生活在宋河的那些人也越走越远。她以为，她和梁施施疏于联系，以后应该不再有机会碰面，没想到好多年过去，她们非但没有远离，反而越走越近，拐过一道弯后，又因为朱家明的关系，猛烈地撞到了一起。

周遭空气静下来。秋蓝从遥远的记忆中回过神来。一些细微的情绪电流一般传到她身上。秋蓝想打破她们之间的沉默和尴尬。她隐约感到，背后有无数的利箭朝她刺来。她浑身难受，她知道，梁施施还有很多话未讲。这么想着，她就想逃开，逃得远远的，就像她从来没有来过这里，从未和梁施施见面。秋蓝后悔极了，她以为她有能力也有资格可怜梁施施。但是一番话聊下来，她悲哀地感到，其实最该可怜的是她自己。梁施施虽然在婚姻的泥潭里打滚，糊了一身泥，可说到底，她那颗心还是干净的，但是秋蓝呢，她在感情的花丛里窜来窜去，以为片叶不沾身，实际上她才是最不洁的那一个。包括她那些混乱的情事，更是无从和谁谈起，朱家明也好，眼前的梁施施也罢，他们被排除在秋蓝的秘密之外。

此刻的秋蓝，就像坐在回忆的江边垂钓的人，望着滔滔江水，什么也看不到，什么也捕捞不到。她为刚才这样猜疑梁施施和朱家明的关系而感到羞耻，那种羞耻感从她身体当中长出来，长成了藤蔓，盘根错节，令人窒息。

梁施施留秋蓝吃中午饭，秋蓝借口要赶车婉拒了。她不愿再待下去，该说的话都说了，她回来见梁施施，说到底是为了印证些什么，可那到底是什么，她也说不清。梁施施再三挽留："我们下馆子去吧，我也打打牙祭。"秋蓝歉疚地说："来不及了，我要回去收拾收拾。"梁施施很失落，她说："那我也不留你了，反正我就在这儿，下次你回来，记得来看我，我请你吃饭。"说着，梁施施挽起秋蓝的手，一直送她走到街口。这个挽手的动作，多少年前曾是她们亲密无间的象征，但现在却让秋蓝浑身不舒服。她们穿过长长的巷子，孩子在巷子里穿来穿去，猫狗懒散地晒太阳。在她们身后，日头拖下一道淡淡的影子。出了街口，就像换过天地，日光照在秋蓝脸上，她眯着眼打量周边灰扑扑的世界。她像从一个晦暗的世界，来到了一个光明的世界。一想到梁施施和这个地方捆绑在了一起，她就备感唏嘘。日光照下来，衬得梁诗诗的衣着过时而陈旧。秋蓝开始感到陌生。她离开那么久，久到她以为自己已经和宋河没有关系。但是梁诗诗让她明白，这座叫宋河的小城，它谁也不放过，它的气息沾在梁施施身上，也沾在她身上，从她们彼此的眉目和呼吸间，渗了出来。

离开时秋蓝不敢回头。她在街口拦了辆出租车，一坐上车她就忍不住哭。她知道梁施施一定还立在街边看她远去，就像多年以前她南下打工，梁施施到火车站送她，那时一趟南下的火车要坐几天几夜。梁施施嘱咐秋蓝要照顾好自己，在南方找个男朋友，并祝她一切顺利。她们拥抱，告别。秋蓝笑着，梁施施却哭了。这些过往的片段秋蓝怎么会忘呢，忘不掉的，只是不愿想起罢了。秋蓝的生活里许久没有浮起那温情的泡沫，她小心呵护着，生怕它们突然破灭，怕它们消散了不再回来。车开出很远，秋蓝才终于回过头来，可是她已经看不到梁施施了。秋蓝想，她们的久别重逢会给梁施施留下些什么？她能肯定的是，梁施施知道她再也不会回来了。想到这点，秋蓝的心疼得厉害。见面即告别，何苦还费那么多心思？

秋蓝回到公寓，母亲已经做好午饭在等她。母亲问她一大早到哪儿去了。秋蓝双眼红红的，喃喃说去看老朋友。母亲好奇："昨天那个？"秋蓝摇摇头。母亲说："我看他挺好的，不过应该有老婆有孩子了吧。"秋蓝不说话，她不喜欢母亲爱管闲事，又怕母亲追着问她些有的没的。她装作若无其事的样子，抽了张纸巾擦擦脸，接着从包里掏出一管口红涂起来。

母亲做的一桌菜热气腾腾的，很香。

"都吃饭了，还涂啥涂的。"

秋蓝没搭理母亲，她抽出纸巾用力擦掉刚涂好的唇膏。

母亲问："你今天是怎么了，丢了魂似的。"

秋蓝闷闷说："没什么，吃饭吧。"

母亲拉开椅子坐下来，秋蓝也坐下来，母女面对着面，沉默地吃起来。

秋蓝一阵恍惚，梁施施那张被生活磨砺得苍白的脸浮现在眼前。她想到梁施施，又想到母亲，觉得她们两个人很像。母亲一辈子都过得辛苦，但是她和父亲，两个人恩恩爱爱地过着平凡的日子，从来就没有被所谓的感情事困住。他们这辈人，活得朴素、简单。父亲走得早，可母亲一个人支撑这个家，也一步步走过来了。秋蓝想，或许梁施施以后也会这样，不管和丈夫离没离成婚，她会和秋蓝的母亲一样，安分守己地过日子。

秋蓝觉得欣慰，又觉得心酸，嚼着饭菜，连腮帮子也疼起来。

见过梁施施之后，秋蓝的心情并没有平静下来。她迅速地将这几天发生的事在脑海里过一遍。起初她回来宋河，是带着给父亲迁坟的沉重心情——谁知道，这不过是母亲为了劝说她回来而撒下的谎，回来后又被母亲拉着去相亲。"身不由己"，秋蓝想到这个成语，这种感觉就像糨糊那样裹着她。宋河，这座她生活了很多年的小城现在已经是一片沼泽地了，她蹚着水小心走过去，结果还是不小心跌一跤，沾了乌糟糟一身泥。

秋蓝在百无聊赖中度过了一整天，晚上母亲照旧在客厅沙发上睡觉。

上了年纪之后，母亲吃完饭就犯困。秋蓝倒是精神得很，她吩咐母亲累了先去休息。母亲靠坐在沙发上，裹着被子，看起来像只瘦弱的猫。这一幕让秋蓝觉得奇怪，她们母女俩不说话，只是安安静静地看着对方。秋蓝想，母亲过早失去了丈夫，而她作为女儿却不想结婚，母亲心里怎么想，秋蓝当然知道得一清二楚，她不愿秋蓝落得和她一样孤零零的晚景。

母亲不想睡觉，她看起来还有很多话想和秋蓝说。秋蓝不太愿意和母亲说话，不知道为什么，自从回来，她就对和母亲聊天这件事心生抵触。秋蓝在想，到底是从什么时候开始的呢？母亲变成了这样一个啰唆的老太太？秋蓝想起来了，是在父亲去世那年。那时母亲到电压器厂上班贴补家用。1993 年，厂里出了事，一只真空干燥罐爆炸，三个工人当场被炸死。那天母亲刚下班，幸运地躲过了一劫。爆炸发生时，她刚走出工厂的大门，爆炸声太响了，好像就在她耳边，她的耳膜险些因此震破了。后来，她很长一段时间都幻听，耳朵嗡嗡嗡响，就像有人拿着一面破锣在耳边敲个不停。秋蓝和她说话必须扯着嗓子提高音量。母亲张着嘴，睁大眼，好像面对一个全然陌生的世界，要反应很久才能做出回答。幸而她并没有因为这件事变聋，可是幻听好了之后，她的话却多了起来。

秋蓝坐在沙发另一侧，手机微信不时跳出别人的留言，秋蓝一条条看，一条条删。

　　客厅开了天花板的吊灯，暖暖的黄光泻下来，氤氲起一圈暧昧的色调。秋蓝喜欢这样的光，就像她喜欢的黄昏的颜色。要是刚好那天晚霞很美，她会忍不住看好久。在她看来，白天与夜晚交接的时刻是一天里最美的：人们下班，车灯路灯渐次亮起，白昼的喧闹稍稍停歇。在南方，斑驳的树影会被夜灯涂上更深更厚的颜色，直至与夜色融为一体。天桥底下有人摆摊卖烧烤，从黄昏到凌晨，那些腾腾的烟气叫人看着舒坦。一座城市总该有些烟火气的，秋蓝这样想。她很多年没有吃过路边摊了，她去餐厅吃饭，喝酒，偶尔抽烟，醉醺醺时会忍不住又笑又哭，她趴在男人的肩上哭，喝醉了在 KTV 的盥洗室吐。她想起好多年前刚到南方那阵子，能吃一顿烧烤是多么幸福的事，这么多年过去了，她心里还住着一个爱吃路边摊的女孩。她交往的男人别的不像，只有一点除外，他们都觉得烧烤摊太脏，从来不肯陪她去吃。

　　秋蓝想起来，十来年前，有年夏天，她半夜嘴馋，穿着睡衣走到小区附近的烧烤摊，点了烤生蚝、羊肉串和干鱿鱼。正宗的吃法是，干鱿鱼要蘸着酱油和芥末吃，吃进去，嗓子一阵辣，呛得人忍不住飙泪，接着仰头，咕噜咕噜灌下几口冰凉的啤酒，那种畅快，在炎炎夏夜最是美妙。

　　母亲问秋蓝："你啥时候回去？"

　　她的话把秋蓝游走的思绪从遥远的记忆中拉回来。

　　秋蓝怔了怔："再看吧，明天，或者再过两天。"

　　母亲说："你再多住几天吧，难得回来——还有啊，那个公务员你真的看不上？"

秋蓝说："你又提他做什么？"

母亲说："好心给你介绍，怎么就不先处处看？说不定相处处一下……"

秋蓝打断道："妈，我要怎么说你才能明白呢，这个男的太无趣了，我压根不喜欢。"

母亲气急败坏："那你说说，什么男人才叫有趣？那个朱家明？"

秋蓝惊愕，她没想到母亲会拿朱家明说事。

母亲在气头上，忍不住就嘀咕起来："不是妈说你啊，你留心点，别跟结了婚的男人走太近。"

"你哪只眼看见我跟结了婚的男人走太近？"秋蓝发火了，这么多年了，母女俩从来没能心平气和地说话。

"妈跟你说，我不是瞎也不是聋，就想你好好的，别给人欺负了。"说完这句话，母亲的泪落了下来。

秋蓝从茶几上抽了张纸巾递给母亲，她最怕看到母亲哭哭啼啼的样子。

母亲接过纸巾，擦擦眼，揉成一团捏在手心。

母亲一哭，秋蓝只好缴械投降了。犯不着这样较劲，这种没来由的争执让她心烦。她走到母亲身边，坐下来，伸手搂住母亲的肩头，轻轻拍了拍，这个亲昵的动作让母亲稍微安静了下来。母亲吸着鼻子，像个得了慰藉的孩子。母女俩挨着肩，就这么沉默地坐了很久。

直到母亲困倦，秋蓝给她搁好枕头，替她盖上被子。

母亲躺下去，很快就睡着了，她的呼吸声轻得几乎听不见。

"我不是瞎也不是聋，就想你好好的，别给人欺负了。"母亲的话在秋蓝脑子里打转。秋蓝想，她藏得再好，也还是逃不过母亲的眼睛。

她老人家其实一直都在装聋作哑，秋蓝在外面的事，她怎么可能不知道呢？但她不能当着秋蓝的面揭开伤疤。意识到这个残酷的真相，秋蓝心下一惊。母亲口口声声说她喜欢住城里的公寓，不过是一个逃避的借口罢了。从接过公寓的钥匙那天起，她应该就猜到了，秋蓝买房这件事，没那么简单。她后来到城里住，是为了离开街坊，图个清静。

想到这里，秋蓝越发觉得愧疚。她看着熟睡中的母亲，她睡着的样子叫人心疼。秋蓝从没仔细端详过母亲的脸。她印象中，母亲还是年轻时那张脸，那个轮廓。那样一个母亲，更有女人应该有的样子，有丈夫有女儿，有一个小小的家需要日夜操持。生活过得清贫，但那样的母亲，她脸上有着舒坦和从容，不像现在，年纪大了，头发剪到耳郭的高度，鬓角半白，头发越发稀疏，性别特征也愈加模糊。

秋蓝忽然觉得，她理解了母亲，包括她的啰唆，她对秋蓝结婚这件事的良苦用心。

秋蓝想，我老了以后，会不会也变成母亲这样？

窗户不知怎的被风吹开，冷风灌进来，秋蓝走过去关上。

这时，摆在茶几上的手机振动了，秋蓝关好窗，快步走回去拿起手机。

她没想到是朱家明打来的电话。

电话那头嘈杂得很，秋蓝走到房间，掩上门。

朱家明说："我在酒吧，你过来。"又喝多了，秋蓝骂了一句。她怕吵醒熟睡中的母亲，挂掉电话后，她悄无声息地穿好外套，拎着包就出门了。

上了出租车，秋蓝才想起来，忘了问朱家明是在哪家酒吧。司机问她去哪里，她想了想，让司机直接开去酒吧街那一带。如果没有猜错，朱家明会在那家叫"王妃"的酒吧。取这个名字，太俗气了。上次同学会过后，朱家明带秋蓝去了那里，被秋蓝嘲笑了一番。

朱家明说："开酒吧的兄弟是真的喜欢萧敬腾。"

"难怪取这个名字。"秋蓝笑着说。

远远地，秋蓝就看到"王妃酒吧"那四个闪闪的霓虹字。

她推开大门，摇晃的灯光照过来。她走过几个卡座，才找到朱家明。在靠窗的位置，呛鼻的烟味和酒气混在一起，桌上摆着水果盘、啤酒瓶、洋酒瓶、烟盒和打火机。朱家明左首边坐着个穿露肩装的陪酒小妹，右手边的男人梳着高高的背头，脸圆圆的，见到秋蓝，毕恭毕敬地起来让位。秋蓝跟他点头打过招呼。朱家明挥挥手让陪酒的小妹走开。

秋蓝一屁股坐到卡座对面，包挽在手臂，瞪着眼，故意和朱家明隔开。

朱家明喝得脸像块绛紫色的猪肝。他拍拍旁边的座位，示意秋蓝坐过去。

秋蓝冷冷地说："我又不是来陪酒的，我不过去。"

朱家明嘻嘻笑起来。

秋蓝这才发现，朱家明喝多了的样子真难看，眼角纹皱着，露出满嘴猩红的牙龈。

秋蓝没好气地问："你没事瞎喝什么酒？"

朱家明拿过一只干净的杯子给秋蓝倒啤酒，倒得杯口都浮满了泡沫。

秋蓝气冲冲地把那杯酒移开。朱家明握着酒瓶，还保持着弯腰倒酒的姿势，醉眼迷蒙的，看上去像是随时要醉倒。他绕过桌子，坐到秋蓝身边。秋蓝往里挪。朱家明说："我先干了啊！"说完举起刚倒的那杯酒，"呼"地吸掉上面一层浮沫，仰头咕噜咕噜喝完，将酒杯"啪"地倒扣在桌上。

秋蓝说："有什么话你说吧，别喝了。"

朱家明挥挥手，旁边的男人识趣地走开了。

朱家明打了个饱嗝，凑到秋蓝耳边，满嘴喷着酒气。

"我告诉你啊，老子，老子要离婚了！她终于同意跟我离婚了！"

这样欣喜若狂的语气，听起来像在宣告一个藏掖许久的秘密。

秋蓝看着他，轻蔑地冷笑。

"你知道我盼这天多久了吗？他们以为离了她我就混不下去，哈哈，我不稀罕！"

朱家明亢奋无比，嘴唇两边缀着唾沫星子。

秋蓝想起来，朱家明是靠他妻子那边的关系起家的。关于这些，那天在别墅里，朱家明故意隐去，只字不提。因为这些事情，即使两人关系到了冰点，他还是没敢跟他妻子提离婚的事。现在他突然这么宣布，到底是喝醉了，还是真的像他所言，跟他妻子撕破脸皮了？

秋蓝不解，她暗骂，我疯了才跑来听你朱家明说醉话。

朱家明又哭又笑，他抹了抹脸，冷不丁搂住秋蓝，狠狠在她脸上亲了一口。

秋蓝推开他，气得胡乱拿起桌上没喝完的酒，照着他的脸泼过去。

"你他 × 给我清醒点好吗？你离婚关我屁事啊，犯得着让全世界都陪你疯吗？"

朱家明遭了这顿骂，登时酒醒过来大半。他睁大眼瞪着秋蓝，表情像凝结了的石膏那样。冰凉的啤酒顺着他的头发淌下来。他看着秋蓝，双眼红得像随时要操起家伙砍斫对方的杀人犯。秋蓝气得浑身发颤，两颊的肉止不住一跳一跳的。她站起身来，朱家明猛地按住她的肩膀，把她固定到卡座上，接着他伸手去揪秋蓝的头发，扯得她生疼。秋蓝使劲掐他，要他放手，但朱家明的手钳子似的夹住了不肯放开。秋蓝的头往后仰，朱家明顺势凑近，目光逼视过来。他那张脸狰狞得很，红一阵白一阵的。秋蓝无力反抗，他又朝她的脸颊上舔了一口，那样子像在饕餮一顿美食。

朱家明说："我疯了，怎么着，我就是疯了怎么着。"

秋蓝咬牙说道："你把手给我拿开。"

朱家明哈哈笑起来："你等着，我离婚了，你就跟我结婚。"说着，他把秋蓝的头拨过来，紧紧搂在胸前。秋蓝挣扎着，用力捶打他的胸口。

"你告诉我，你他×为什么要回来？回来为什么还要来找我？"

朱家明扯着嗓子喊道，情绪全然失控了。

他的问题让秋蓝哭笑不得，她挣不脱他，就拿指甲抠住朱家明，深深嵌进他的手臂，恨不得把他的肉掐下来一块。她以前从来不觉得朱家明这样可憎。这一刻，他愚蠢的行为让秋蓝觉得他疯了，他被婚姻搞垮了，又把渺茫的希望寄托在秋蓝身上。他就像一个饥不择食的狩猎者。

酒吧闹哄哄的，将他们脸上满溢出的暴怒和悲伤盖过去。秋蓝没想到会变成这样，她预感中的那个可怕的现实正在轰隆隆地朝她碾压过来。原来朱家明匍匐了那么久，现在做好了准备，正拼尽全力想把秋蓝抓进铁笼，成为他的猎物。秋蓝害怕极了，也厌恶极了。她不想成为朱家明失败婚姻的替代品。秋蓝后悔了，她不应该跟朱家明搅在一起的。她想起母亲说的话，不要跟结了婚的男人走得太近。尤其是当这个男人曾经爱过你，曾经因为爱你而伤害了另一个女人。

直到深夜回到公寓，秋蓝还是心有余悸，她万万没想到，一个晚上会发生这么多的事。

她看着镜子中自己失去血色的脸，脑子一片混乱，她试图厘清整件事的来龙去脉，却想不起自己是怎么去的酒吧，又是怎么回来的。母亲躺在沙发上熟睡，秋蓝不敢开灯，她借着手机屏幕的光开了门，鞋也没脱就进了浴室。她拧开水龙头洗了把脸。她想起朱家明，想起他散发着骇人的气息朝自己逼近的样子。秋蓝想，如果当时没有人来阻拦，他会张开血盆大口吃了她，朱家明的占有欲太强了。秋蓝记得，就在她使劲掐住朱家明的手臂时，朱家明忽然被什么人给拽开了，摇晃着往后退了几步。接着，秋蓝看到有人用力勾住朱家明的脖子，把他扯开。那个人什么话也没说，朱家明就像被风刮断的树干那样重重摔倒。男人骑到朱家明身上，举起拳头朝他的脑门胡乱砸下去。

刚才还一脸跋扈的朱家明，转眼成了可怜的猎物。

秋蓝吓得尖叫起来。

也不知哪里来的勇气，她冲过去阻止那个男人，使劲将他拉开。她趴到朱家明身上护着他。有人及时拖住了那个男人，他拿着酒瓶，差一点就要砸到朱家明头上。那一幕太可怕了。朱家明的鼻子流了血，不断发出嗷嗷的惨叫，那个男人挣扎着。秋蓝听到身后嘈杂的响动，皮鞋的声音、酒瓶落地声、音乐的震响和骂声，一阵一阵朝她撞过来。她闻到血腥味。

朱家明在哭，像条丧家犬那样在哭。他紧紧箍住秋蓝的脖子，勒得她差点呼吸不过来。

整个酒吧就像被暴力点燃了一样。打人的男人成了众矢之的。喝醉酒的人把他当作发泄的替罪羊，有些好管闲事的酒客也过来掺一脚，他们把这个陌生男人当作过街的老鼠，有人朝他身上泼啤酒，有人拿着烟头烫他。酒吧不断爆发阵阵笑声。

秋蓝好不容易挣开朱家明，瘫坐在地上喘气，她惊恐地看着眼前混乱的人，心扑通扑通跳得生疼。

后来不知道谁跑去街上报警了。过了不久，秋蓝听见有人喊着"警察来了警察来了"。围观的和打人的便像水那样分开。秋蓝扶起朱家明，朱家明清醒过来，也顾不上鼻子还在流血，抬起脚朝躺在地上的打人者踹过去，一边踹一边骂："敢打老子，老子弄死你！"

男人的下颌被皮鞋踢到，他的脸痛苦地歪向一边，他蜷起身子，圆圆的肚子一起一伏，衣服也不知被谁扯开了，袒露出一截白皙的肚皮。

秋蓝都想不起来整件事是怎么发生的，又是怎么结束的，一切发生得太快了。在酒吧喝醉闹事司空见惯，没人把它当一回事。酒吧光线昏暗，震天响的音乐还在继续。

他们被带到派出所。秋蓝作为目击证人，也跟着去做笔录。酒吧街这一带治安不好，派出所一年不知要处理多少类似的打架斗殴，大家早就司空见惯了。进到派出所，秋蓝才看清了男人的长相，他有一张圆而阔的脸，理着平头，耳垂很大，一对眼睛金鱼眼似的鼓鼓的。秋蓝第一眼就感觉到，这个男人有着丰腴的饮食和对烟酒的依赖。

秋蓝原来以为，他和朱家明结仇是因为生意的事。但她没想到，这个男人竟然是梁施施的老公！事情的起因，是他怀疑朱家明借着帮梁施施摆平债务的理由把她睡了，被人戴绿帽的感觉当然不爽，不爽的结果是他将暴怒和憎恨一股脑倒到朱家明身上。

警察质问朱家明："是不是有这回事？"

因为流鼻血，朱家明鼻子里塞了团纸巾，警察大声叱问他，他喉咙发出"嗯"的一声。警察大声说："你哑巴啊？做了坏事不敢承认？"

警察问话的样子让秋蓝觉得，他们不是在做笔录，而是人身攻击。

朱家明一脸不可侵犯的样子，秋蓝想，也许他一直蛮横惯了，知道最终吃亏的是梁施施的老公而不是他。他有钱，也有能力摆平这些事，就像他用那一套交易的逻辑帮梁施施摆脱了负债一样。可是，他还是越过了那条道德界线，最终吞下了这枚苦果。

和秋蓝预料的一样，梁施施的老公最先动手打人，被拘留了。

秋蓝没机会和他说上话。她想问清楚，他为什么要这么做。她不知道梁施施嫁给了这样一个男人。也许是梁施施受不了委屈，主动把她和朱家明的事说出来，也许遭了她丈夫的威胁。一个失去了尊严的男人，他的怨愤无处发泄，所以寻到了酒吧，闹出事来。

说到底，朱家明自己也不是什么好人，若不是贪图情欲的享乐，他不会闹成现在这样。

在警察局做笔录的时候，秋蓝因为惊吓过度，脑子乱纷纷的，警察问一句，她很久才答一句。她坐着，身体忍不住发抖。她想起梁施施，不知道这一刻她在哪里，她丈夫寻来教训朱家明，她知道了会是什么反应。想到这些，秋蓝愧疚无比，好像她才是真正的罪犯，对这件事负有全部责任。她耐心地跟警察讲了事发的经过，故意漏去朱家明和她之间的那些细节。警察问她："你跟这个叫朱家明的男人是什么关系？"秋蓝说："我们是初中同学，认识二十几年了。"警察又问："那个男的你认识吗？"秋蓝摇摇头，"我从没见过他。"警察于是把他打人的动机说给秋蓝听。秋蓝听完，目瞪口呆，既惊诧又恐惧。她的心冷得像个冰窟。在这种情形下撞见梁施施的老公，这是秋蓝怎么也预料不到的。那个纷乱的线团终于把他们所有人都缠住了。她说不清到底谁才是真正的受害者，是梁施施，她老公，还是朱家明，抑或是她自己？

出了派出所，秋蓝仍然心有余悸。

外面不知什么时候下起雨了，雨飘落在脸上，摸起来凉凉的。

秋蓝抬起头，小城的夜空蒙了一层潮湿黏腻的雾气。她立在街口，看着街上车来人往，喝醉的人摇摇晃晃地走着。她感到冷，不知该往哪边走。她没有和朱家明一起离开，她再也不想见到他了。晚上发生的事，像一场纷乱的梦。她从包里翻拣出一包黄金叶，握着打火机的手不停在抖，好几次才把烟点燃。她狠狠吸一口，吐出来。这时她觉得舌尖发苦，这款薄荷味的黄金叶原来这样寡淡如水，一切都不对头，一切都变了味。

她扔掉烟头，蹲在路边，捂着脸哭了出来。

漫长的夜并没有过去。

秋蓝在冰箱里找到一瓶威士忌，拧开瓶盖灌上一大口，因为喝得太快，她呛得咳嗽起来。睡在沙发上的母亲翻了翻身，秋蓝怕吵醒了她，便拎着酒瓶悄然溜进房间。她把手机关机了，坐到床上。太阳穴疼得厉害。她想起朱家明，想起梁施施，想到他们之间那个不可告人的秘密，不知这件事会怎样收场。也许梁施施早就预料到了这一出，所以在她的默许下，她老公才会找到朱家明，报复他，将他收拾了一顿，又或许，梁施施什么也不知道。但是无论如何，事情发生了，秋蓝在听朱家明讲起梁施施去找他时的猜测并没有错。

秋蓝回想她和梁施施见面的那些细节，努力想把那些碎片拼起来，可是徒劳，她没能捞起哪怕一块有任何迹象的碎片。

梁施施说她和老公分居，她也没有怎么提他，秋蓝更看不出她对朱家明有怨气……怎么会这样呢？

想到这里，秋蓝一阵发慌。不会的，梁施施不是这种人。

朱家明变成了一个贪婪的中年男人，他不仅在权力和金钱的泥潭里打滚，也在情爱的温床上享乐。秋蓝想，她并非朱家明的救命稻草，没有她，还会有下一个女人，朱家明和老婆离了婚，就会找到另一个来填补空缺，而这个空缺，原本就跟秋蓝无关。她不要成为谁的空缺，也不要成为谁的替代品。秋蓝被抽空了力气，连最基本的判断力也丢了。她感到背后有一根看不见的绳索拴住她，将她往一个深渊里拽下去。她后悔极了，明知朱家明有老婆有孩子，还是经不起诱惑，搅和了进去。

梁施施的老公，应该连她也一块打才是，最好把酒瓶砸到她头上，砸到她流血，砸到她失忆。

她，才是那个活该被诅咒的人。

睡了一觉，秋蓝醒来头还是很疼。前一晚发生的事，盘踞在意识里不肯离去。

母亲做好了早餐，秋蓝没胃口，坐在沙发上发呆。母亲叫她趁热吃。秋蓝摇头："我不舒服，不想吃。"母亲把手贴到她额头："不烫呢，没生病呀，怎么就不吃呢。"秋蓝说："你先吃，我等等。"说着，她起身走进浴室，关上门，好久也不出来。母亲来敲门。秋蓝说："我没事，别烦我。"母亲就不出声了。秋蓝听见母亲在地板上走来走去的脚步声。她想着，她离开宋河的那些日子里，母亲是不是也这样，走来走去，像所有的独居老人那样，脚步有时重有时轻。

秋蓝看着镜子里的自己，觉得无望极了。她的手机还关着，她怕有人找她，也怕梁施施找上门来。她忘了，梁施施并不知道她就住在城里，有套公寓，而这套公寓是朱家明给她的。她后悔接受了朱家明的"馈赠"，男人送的礼物，是涂了砒霜的蜜糖，她不小心舔了一口，快身亡的时候才知道有毒。

过了很久，她才从浴室出来。

母亲在客厅坐着看电视。豫剧粗犷而凄惶的唱腔传过来。为什么母亲要一大早就听豫剧呢，听的还是《寻儿记》，秋蓝从小就不喜欢。

她坐下来，拿起茶几上的遥控器调低音量。母亲说："吃点儿吧。"

秋蓝说："妈，我们搬走吧，我不想住这里了。"

母亲皱起眉："好好的为什么要搬呢？"

秋蓝说："妈，你不要骗我了，我做了什么你是知道的，这套公寓不是我的，是朱家明的。"

母亲像被什么给击中了，她的眼中噙满了泪水，眼神也黯淡了下来。她说："好了好了，不说这些了，你心里怎么想的，妈不知道，你要搬就搬吧。"

秋蓝说："妈，对不起……"

母亲说："母女一场，有什么对不起的呢，你想通了就好。"

秋蓝说："搬走了，我想回到南方去。"

"回去做什么呢？"

秋蓝说："我要好好工作，存些钱给你养老。"

母亲两只皱巴巴的手掌捏在一起，好像做这个决定的是她，而不是秋蓝。

秋蓝知道，母亲想留她在身边，她对秋蓝的解释并不满意。

母亲说："你自个决定吧，我听你的。"

秋蓝说："妈，我以前没好好听你的话……"

母亲抹了抹眼睛，叹气说："提这些干啥呢，我也不逼你了，你爱做啥就做啥吧。"

秋蓝低下头。她不想在母亲眼前掉泪。她到浴室去洗漱，冰冷的水泼在脸上，她忍不住干呕了起来，差点吐出胃酸。

母亲听见浴室里的干呕声，赶忙过来问秋蓝怎么回事。

秋蓝说："胃不好，没事的。"

"你看你，做了早饭又不吃。"

秋蓝洗好脸刷好牙，勉强把桌上的煎蛋和白粥吃了。热粥入了肚，胃也暖起来了。秋蓝看着母亲，想起了什么，她还有一件重要的事情没有做。

母亲在收拾碗筷，秋蓝突然说："妈，咱们去看看爸吧。"

母亲愣了一下，停下来，水龙头忘了关，水哗啦啦地流着。

秋蓝重复道："去给爸上坟吧，我好多年没去过了。"

说完，她静静望向母亲，等着母亲的回答。

母亲关掉水龙头，拿起抹布擦擦手。

秋蓝说："你不老说梦见我爸吗？"

母亲苦笑起来："说这些还不都是为了哄你回来。"

秋蓝说："也许他真的想我们了，想我们去看看他。"

那天清早，秋蓝和母亲寻过几条街才找到一家寿材店。母亲买了几卷冥纸、蜡烛，还有香，秋蓝嫌少，又捡了几串大元宝。寿材店老板向她们推荐纸做的手机和别墅，秋蓝觉得这些东西做得太浮夸了，犹豫了很久还是没买。母女俩买好东西，提着大袋小袋走在初冬的街头。日头照在元宝的金箔上，红的白的，映得她们的脸上也泛起了光。

秋蓝和母亲打了辆的士到客运站，然后在客运站雇了辆面包车。面包车师傅想找人拼车，秋蓝塞了一百块钱给他，吩咐师傅不要拼车了，载她们母女俩回乡下。

面包车师傅拿到钱，爽快地答应了。

开车前，秋蓝突然想起她忘了买酒，又跑下车，到烟酒店挑了瓶宋河。秋蓝记得有一年除夕，父亲叫她去买酒。父亲平日喝的都是廉价的白酒，那次不知哪里来的兴致，想起来要喝宋河。也就是那年春节过后不久，父亲就出事了。

那是他生前最后一次喝宋河。

秋蓝坐在副驾上，母亲坐后面。上坟的香烛元宝齐整地码着。车开动时，装在塑料袋里的东西一晃一摇的，冥纸和香烛发出摩擦声，秋蓝听着那声音，望着车窗外初冬灰蒙蒙的天，她从来没有像现在这样，心头被某种平静又荒凉的感觉充斥着。她觉得，给父亲扫墓，才是她回宋河的真正目的，她小心地将那瓶包装得非常精致的宋河酒抱在怀里，生怕磕了碰了。车摇摇晃晃的，秋蓝回过头去看母亲，日光落在她灰白的鬓角上，她的双目看起来混浊得很。秋蓝疑心母亲是不是哭了，定睛一看，发现不是，也许是因为年纪大，眼睛出了毛病。

车经过闹市区，秋蓝看着车窗外熟悉又陌生的街景一晃而过。她想起还在读书的时候，周末她和梁施施拿着攒了很久的零花钱到县城逛街。对她们这样的镇上长大的女孩子来说，去一趟县城是件大事，那年月，镇上并没有直通县城的公交车，她们两个必须搭顺风车，运气好的话会拦到卡车，如果刚好车上只有司机一个人，她们还可以和司机一起坐到驾驶室里。

秋蓝记得很清楚，有次她和梁施施手挽手在集市上逛，眼前是琳琅满目的饰品、鞋子、衣服，还有堆在纸箱里的录音带。人来人往的街上飘来糖炒栗子的味道。音像店一首接一首地播粤语歌，她们听不懂，只觉得好听。

那时他们还在读初中，梁施施问她："以后想去哪儿？"秋蓝不假思索："以后去说粤语的地方。"梁施施说："那不就是广东嘛！"秋蓝说："还有香港呀，香港也说粤语的。"梁施施说："那香港能去吗？"秋蓝说："不知道，反正肯定有机会去的。"梁施施说："好多歌星都在香港的。"她们那时候喜欢王祖贤，觉得全世界数她最好看。秋蓝问："王祖贤是不是也在香港啊？"梁施施说："是呀，她长得太好看了。"于是，她们便谈起了王祖贤的美，从她的眼睛说到鼻子，又从嘴唇说到下巴。说着说着，她们经过了一家卖内衣的店。梁施施在秋蓝耳边问她："要不要去看胸罩？"她们不说奶罩，而是说胸罩。她俩手勾着手走进内衣店。店里头花花绿绿的，挂满内裤和胸罩，有蕾丝的，有棉质的，还有绸的。

秋蓝盯着眼前那排胸罩，想象它们衬着她的乳房会是怎样。

梁施施那天胆子可真大，竟然要老板娘给她们量胸围。秋蓝有些害羞，她扯一扯梁施施。梁施施说："有啥好怕的，又没男人。"的确，店里除了老板娘就是她们两个小姑娘，不过外头晃来晃去的，全是男人色眯眯的眼。老板娘拿起一卷磨得旧旧的量尺，先给梁施施量，又给秋蓝量。老板娘叫梁施施抬起胳膊，梁施施抬起来，秋蓝就去挠她，痒得她大笑不止。轮到秋蓝时，秋蓝警惕地防备着。两个人打打闹闹，最后各买了一件胸罩。老板娘拿红色塑料袋给她们装，梁施施觉得红色的太透，给人看见不太好，便要老板娘换黑色的塑料袋。从县城回来，她们在秋蓝家试穿胸罩。梁施施扣不上搭扣，秋蓝帮她。梁施施的胸部发育得不错，她的肩胛骨往后凸起，像要展翅飞起的蝴蝶。秋蓝帮她穿好，梁施施站到衣柜前，对着穿衣镜手叉腰，摆出模特的姿势。换到秋蓝，她也学着摆站姿，但怎么摆都笨拙。梁施施笑她："这样以后去广东会给人笑的。"秋蓝说："谁说我要去广东了？"那时她们都不知道，这个地方到底意味着什么。梁施施从没想过要去那里，秋蓝隐约觉得，她以后会去的，她要去很多地方。她们分享着身体的秘密，唯独秋蓝把自己那个秘密藏起来，没有告诉梁施施，其实她也喜欢朱家明，朱家明是她的秘密。

那是多久以前的事了？

秋蓝靠在车窗发呆，那些旧照片一样的画面一帧帧从眼前跳过：1991 年、1992 年、1993 年……一年赶一年，秋蓝被赶着，变成了现在这般模样。她所能想起来的有关年少的记忆，还是和梁施施一起的日子，她们形影不离，一起做功课、逛街买东西、嗑瓜子。那些谈天说地的年月，像刀子一样扎进了她的身体。她看到两个淡淡的影子从很远的地方走来，手挽手，谁也离不开谁。她们不曾面对面谈起她们共同喜欢的男孩子，这是她们彼此画下的一道界线。好多年过去了，现在她们可以谈起来的无非是些无关紧要的小事。秋蓝想，谁和谁走到一起，谁和谁最后分开，都是你情我愿的事，时间到底不肯给谁一个明确的答案。梁施施嫁给一个好赌的男人，而秋蓝一直晃着，一直单身。眨眼间岁月长了一双脚悄悄溜走了，如今她和梁施施，她们踩过了那一道界线，踩在了同一处地雷区。秋蓝原以为自己能全身而退，没想到最后被逼到想逃的还是她。

　　面包车沿着公路开，母亲头靠座椅睡着了。距离回到那个秋蓝长大的乡下还有半程路，秋蓝觉得这段路好像长得永远不会结束。开车的师傅摇下车窗，点了根烟抽起来。他们都没有说话。秋蓝望着路旁光秃秃的山坡，怀中紧紧抱着那瓶宋河酒。天穹越来越远，树影越来越淡。现在她什么也不想了，她要把该丢的丢开。她想，等到了父亲的坟头，她会将这瓶宋河拧开，给父亲斟上。那将会是她第一次给父亲倒酒，那也将是父亲第一次喝到她倒的酒。

第三部

境走

边行

这不是她第一次闯进出租屋了。最初几次，阿喜没能撞见她。她像日影那样溜进来，又悄然隐去。直到有一天，阿喜下班回来，发觉茶几上的面包不见了，刚买的牛奶少了几罐，他这才意识到，屋子遭窃了。他检查了抽屉，又打开行李袋，幸好没丢钱，其他贵重物品也还在。尽管如此，他还是被一阵突如其来的恐惧攫住了。他来回踱着步，像只焦躁而无助的公鸡。到了晚上，他躺到床上，却怎么也睡不着。他听着屋子里外的动静，反复掂量应该怎么办。在口岸这带生活了这么长一段时间，他一直都是深居简出的，活得像只影子，老实本分，也没和谁有过节，怎么就让人盯上了？一整晚他紧张得头痛，睡着了又醒过来，睁着眼直到天亮。起床后，他打电话给老板张姐，向她请了假。他决定利用一天的时间守株待兔，揪住那个闯入者。

　　起床后他像往常上班那样准时出门，走到巷口小摊吃了一碗粉，然后绕一圈折返回家。

　　回到家，他一屁股坐到床边，警惕地打量出租屋：一室一厅，带个窄窄的阳台，窗户用报纸糊上了。这是一栋农民房，和口岸区的商业楼隔了三个街口，位置不错，入夜后也不吵，每层楼住三户，加上水电费，一个月不过六百来块的房租，在口岸这带，算很低的了。

　　现在阿喜倒像是自家的闯入者，他的视线来回逡巡，掠过客厅陈旧的布艺沙发、堆得乱糟糟的茶几以及歪歪斜斜的塑料鞋架。这一切再次提醒他是异地人的身份：这里没有什么是属于他的，粗糙的墙面，铺了廉价瓷砖满是污渍的地板，厨房水龙头漏水不断，还经常有老鼠蟑螂出没……这些无不给他一种寄居在别人家生活的感觉。在他之前，这间屋子还住过哪些人？走私犯、卖淫女，还是和他一样有家不得回的外地人？

　　阿喜躺在床上胡乱地想着什么，太阳穴突突跳得厉害。他盯着泛黄的天花板，双眼肿胀。后来他犯困，抵挡不住倦意，躺着躺着竟睡过去了。等到猛地醒来，他的心口一阵狂跳，他像上足了发条似的冲到客厅。客厅空荡荡的，什么也没有。也许紧张过头了，他甚至开始怀疑昨天的失窃只不过是幻觉。他颓然坐回沙发，像苦等猎物而不得手的猎手那样，凝视墙上的某个点，强制自己集中注意力。之后他警觉到了什么，趴在地板上，侧过头。在沙发底下，他瞥见了一只鞋子。他伸长手臂掏出鞋子，是双女式豆豆鞋，鞋底磨破了，大脚趾的位置有个小洞。鞋子很旧，散发着一股难闻的气味。他检查鞋子，试图找出什么线索，然而除了闯入者的性别之外，再无其他发现。

　　他不知鞋子是什么时候落下的，但一想到那人趁他不在家时躺在沙发上，甚至随意使用厕所，睡他的床，他内心就泛起一股嫌恶感。阿喜疑惑不解，那人为什么把鞋子落在这里呢？她一定是摸准了阿喜进出的规律，阿喜前脚刚离开，她后脚就踏进来，但问题是，出租屋楼下有防盗锁，门楼又安有监视器，进出肯定会被拍到，她究竟是怎么瞒过这些潜进来的？

　　思来想去，阿喜决定到房东那里去调看监控录像。

　　房东住顶上的六层。阿喜爬上楼，按了门铃，房东迈着粗重的步子来应门。阿喜讲明了来意，房东一脸不情愿地开了门。阿喜把脱下的鞋整整齐齐码在门边，光脚踩进去。房东家地板很干净，阿喜感到脚底一阵凉。

　　房东调出监控录像，阿喜猫着腰，盯住屏幕看。一连看了十几分钟，也没看出个究竟。站在身后的房东开口了："我说没有嘛，我这里很安全的，小偷不敢进来。"房东说话带着浓重的桂柳口音，他不是港口本地人，本地人讲的是一种类似粤语的"白话"。阿喜很是失落，觉得自己太天真了。就在准备放弃时，他瞥见一个背影跑着从出租屋大门经过。阿喜心下一惊，感到喉咙被什么东西给扼住了。他按下暂停，慢慢拉大影像。直觉告诉他，监控捕捉到的正是他要找的人。身高不高，半长的头发，上身穿了件深灰色的冬衣，脚上穿的似乎就是一双豆豆鞋。屏幕左上方显示时间为前天上午九点零八分，也就是阿喜上班后不久。虽然看不到正面，但起码证实了一个假设，如果她就是那个闯入者，那么她极有可能是昨天溜进屋并且把鞋子落下的闯入者。

房东见阿喜盯得那么入神，问道："找到啦？"

阿喜说："还不确定。"

房东语重心长地说："进出还是要锁好门窗，家里别放贵重物品啊。"

阿喜向他道谢。从房东家出来，他上了出租屋的天台。这一栋和其他相邻建筑隔着两米左右的距离，一般人想借助其他建筑跨过来，也不是件容易的事。想到这里，阿喜更疑惑了，既然这样，门窗也关紧了，这个人到底是怎么进来的？

房间有了别人的行迹，这个意想不到的情况给阿喜造成不小的阴影，他连续好几天寝食不安。这块阴影久久地罩在他心头，他绞尽脑汁想着该如何摆脱。晚上睡下了，一有轻微的动静他就醒来，再也睡不熟。不揪出这个闯入者，他估摸往后的日子会不得安宁，或许还要再搬一次家，远离这个不祥之地。

阿喜没想到，几天之后，他终于把她逮住了。

那天阿喜回家，关门时发现屋子里有动静，等他反应过来，他撞见那人半个身子已经挪到了拉开的窗户边沿，阿喜血往上涌，冲过去一把抱住她，粗暴地将她往里拽。她双手抠住窗沿，裹在冬衣里面的单薄腰身险些就要折成两截。两人重重地摔在地上，她爬起来蹬了阿喜一脚，从他怀中挣脱了。阿喜疼得骂出声来。这时，眼见再无逃跑的可能，她转身冲到厨房，从灶台上拿起一把尖刀，握住刀柄，对准阿喜，和他对峙着。阿喜这才看到，这是一个不到二十岁的女孩子，她的脸是青的，目光尖利如同手中的刀。阿喜心里咯噔一下，他摸不清她的脾性，心想，万一动起手来，恐怕会让她一刀捅死。阿喜很害怕，呼吸急促，心脏扑通扑通，像要从喉头蹦出来。他伸手做出安抚的姿势，说道："你把刀放下，有事好商量，我，我不是坏人……"

这话起不到任何抚慰的作用，反而激起她更进一步的敌意。

阿喜只好往后退，一直退到房间门口。

他们拉开了一小段距离。

阿喜在脑海中模拟不同的摆脱危险的路线，甚至设想真的搏斗起来，自己应该怎么才能占上风。他紧张得忘了喊救命。片刻后，他见她抬起右手，抹了抹眼睛。阿喜注意到，她嵌在铁青的眼窝里的左眼肿得像颗核桃，泪水涟涟的，不停眨动着。阿喜压低声音说："你把刀放下，你眼睛受伤了，我拿药给你擦。"这话在她身上起了些反应，但她还是僵着不动。阿喜快速地在脑海里搜索，这才想起前阵子眼睛痛，在药店买过眼药水，现在就在床头柜的抽屉里。他后退到房间，摸索着打开床头柜抽屉，找出眼药水。迈出房间时，他紧张得手心冒汗，步子有些不稳。女孩握住刀的手怎么也不肯松动，阿喜将眼药水轻轻搁在茶几上，抬起头来看她。眼药水成了诱饵，她举着刀，挪步至茶几边，伸手去拿眼药水。就在这时，阿喜抓起身边的木凳子扔过去，凳子不偏不倚砸到她的右臂，她"啊"地叫了一声，刀应声落地。趁这个当口，阿喜铆足了劲扑过去，将她压在身下。

她本能地踢蹬阿喜，同时双手乱舞着，指甲在阿喜脸颊上抠出红印来。阿喜疼得龇牙咧嘴，掐着她脖子呵斥道："老实点，信不信我掐死你！"他恼羞成怒，用力捏紧她纤瘦的脖颈，腾出另一只手来捂住她的嘴。她咬阿喜的手，因为一时无法呼吸，倒在地板，头剧烈地晃动着。

阿喜逼近她，鼻息喷在她脸上。她厚实的棉衣扯开一道口子，露出枯瘦的锁骨。阿喜挪开掐住她脖颈的那只断了指的手，摸了摸被抓疼了的半边脸。她挣扎了一阵子，被阿喜死死地锁住。

她已经被阿喜完全控制住了，她停止了踢蹬和挣扎，从喉咙深处，发出呜呜的兽类般的哭声。阿喜居高临下地瞪着她，她那只红肿的眼看着像是要从眼眶里鼓出来。她哭了，眼泪鼻涕流出来，糊得阿喜满手都是。

她那双噙满泪的眼望向阿喜，她的眼底透着愤怒和绝望，看得阿喜心里发慌。

刚才阿喜差点就掐死她了。要是她死在这里，阿喜无疑会成为杀人犯。往后的日子，等待他的不是无止境的逃亡，就是耗尽这辈子也坐不穿的牢底。

阿喜警告她："你再敢乱动我就报警，警察来了，我就什么也管不了了！"

这话到底起了些震慑作用，她瞪阿喜的目光没那么犀利了。

阿喜摸不准究竟要不要报警。他不想跟警察打交道，更何况，女孩子的目光深深刺痛了他。

他牵制着她，像按压一只等待被驯服的野猫。荒诞的是，阿喜很快就意识到，在这所出租屋里，他们并非真正意义上的敌人，他将暴力施加于她，而这暴力来得无从寻迹。想到自己正在"对付"一个手无寸铁的女孩子，而她已经失去了任何的抵抗，阿喜被一阵巨大的怜悯迎面击中了。他松了一口气，慢慢放开掐住她脖子的手。

"我不想伤害你，你老实点……"

女孩子放弃了抵抗，阿喜起身抱起她，放她到沙发上。她不再挣扎了，像一只泄了气的皮球那样，靠在沙发上瑟瑟发抖。阿喜捡起地上的刀，刀刃上闪着锋利的寒光，阿喜想，要是被刺中了，铁定没命了。他拾起眼药水，蹲在女孩子跟前，"你的眼睛再不治，会瞎的。"女孩子缩起双脚，脸上尽是怀疑和惊恐，半晌，她才低低地应了声"嗯"。阿喜伸手按住她的额头往后仰，小心地将眼药水滴在那只肿胀的左眼上。她疼得倒抽一口冷气，嘴里发出"咝咝"声，眼泪滚落下来。

如今回想起这段遭遇，阿喜总觉得后怕，那一幕清晰如昨，像挥不去的影子，紧紧贴在他背后。他离开广东来到港口这里，原以为可以图个清静，过安稳日子，可他怎么也料不到，命运给他设了一道坎，他的生活会跟这个陌生女孩捆绑在一块。

阿喜的脸被抠出几道血印来，他对着镜子往抓痕处擦老虎膏，又找来止血胶布，贴了上去，镜子中的他看起来像毁了容的怪人。

这一晚阿喜守着她，她看起来很虚弱，脸色惨白，一直缩在沙发上，抱着手臂不敢看阿喜。阿喜问她："刚才没伤到你吧？"她摇了摇头。

阿喜说："我叫阿喜，你呢，叫什么？"

她的声音听起来木讷又迟缓："凌霞，张……张凌霞。"

她的嘴唇开裂了，说话并不利索，阿喜倒了杯水给她，她接过来，很快喝完。

阿喜找出纸和笔，示意她写一写。她弯腰趴在茶几上，握笔的手微微发颤，一笔一画写完了名字。阿喜说："就喊你阿霞吧。"她怔怔地望着阿喜，左眼还红肿着，右眼清澈透亮。也许她也在疑惑，这个前一分钟还差点掐死她的男人，眼下竟变得这样和善。

阿喜问："你饿了吧？我去煮个面。"说完，他起身进厨房，翻出剩下的两包方便面，掰成几块扔进锅里，打了两个鸡蛋，用电磁炉煮了起来。煮面的间隙，阿喜回过头去看，阿霞坐在沙发上，有些不知所措。刚才两个人扭打在一起，而现在阿喜却给她煮起了面。阿喜想，假如他们只是萍水相逢，那现在没有什么值得怀疑的，但经过了猜度和对峙，然后相安无事，这让阿喜觉得荒谬，想到这里，他嘴角不禁扬起一丝笑来。

面煮好端上来，阿霞一边吹气一边吃。看来真的饿坏了。阿喜不饿，便把自己的那份也让给她。他说："慢慢吃，不够我再弄点别的。"阿霞嘴里发出呼噜呼噜的声响。阿喜突然发现，她吃面的样子既狼狈又好玩。

阿霞的脸、脖子和手臂都很脏。不锈钢碗冒着热气，这让她的脸看起来朦胧一片。她那只肿胀的眼不停眨动，阿喜担心热气熏坏了它。她吃得额头冒汗，半长的头发一缕缕缠在一起，乱糟糟的。她裹着一件厚冬衣，可看起来还是那么瘦，胸部很扁，肩膀窄窄的，骨架又小，五官轮廓倒还是鲜明的，尤其是鼻子，挺直，衬着双眸，看上去很立体。

来到港口这么久，除了老板张姐一家，阿喜一直都和其他人保持着距离，他是这个陌生城市的外来者，就像其他人一样，他到这里躲避，讨生活，想过安安稳稳的日子。只是他怎么也没想到，有天一个叫阿霞的女孩子会闯进来，截断了他原本平静的生活之流。

阿喜沉默地看她吃完面，抽出纸巾给她擦嘴。她满足地咂巴着嘴，好像这时才恢复了元气。阿喜于是向她问一些话，她的回答都很简短。她告诉阿喜，她家在里火那边，那一带很偏，在山区的边境线上，翻过山就是越南境内。

说这些话时，阿霞泪眼涟涟，阿喜无从判断她是眼睛难受，还是真的哭了。

阿喜好奇："你怎么会到这里？"

阿霞想了想，说："我几个月前想来这边打工，坐大巴的时候钱被偷了，司机把我放到这里，我没地方去，连吃饭的钱也没有……"

"那你也不能偷东西，换作别人，你早被送派出所了。"

阿霞听了，一阵脸红。她说："我阿爸几年前死了，我阿妈跟人家跑了，我真的没地方去。"

阿霞低垂着眼，讲得很慢。阿喜辨不出她话里的真假，他有许多疑问，比如她拢共闯进来几次，为什么偏偏挑中他这里，但是话到了喉咙，就给咽了下去。他从行李袋搜出一条布裤和一件法兰绒衬衣，又拿了条浴巾给阿霞，说："你冲个澡吧，不能这么脏下去。"

阿霞抬起头，表情愣愣的。

阿喜说："将就一下，改天带你买衣服去。"

话一出口他就后悔了。他已经够仁慈的了，让阿霞进来，又给了她吃的，接着就应该让她走人。

阿霞的目光如此呆滞，像在努力冥想什么。

阿喜提了只水桶放在浴室给她放换掉的衣物，帮她开了热水器。热水器的喷头搁在地上，水冒出来，很快浴室就热气腾腾的。

阿喜说："去冲个澡吧。"

阿霞抱起衣服，踮着脚走进浴室。阿喜吩咐她从里面拴好门锁，"放心洗吧，没人偷看的。"阿霞的背影停在浴室门口，头也没回，只从喉咙发出一个"嗯"。阿喜的思绪飘远了。他想起刚才惊险的一幕，觉得很不真实。待阿霞进了浴室，他起身收拾碗筷。他伸手去摸脸上的抓痕，止血胶布贴着，摸起来像长出了一层新的皮肤。他听见门闩的响动，听见水哗啦啦淋在地板上。

阿霞在浴室洗了很久。阿喜收拾完碗筷，担心她会煤气中毒，便去敲浴室的门。"你没事吧？"阿喜在外面问。阿霞关掉热水，说："没事没事，就好了。"隔着门板，她的声音听起来有些不同。阿喜想，或许经过一番清洗，阿霞不仅身子干净了，连嗓子也清澈了。

阿喜坐到沙发上抽烟，烟雾从眼前升起，飘到天花板，再渐渐散去。

阿霞洗完澡出来，阿喜看到他的衬衫和布裤套在她瘦小的身上，爽朗又帅气。这样的她，洗掉身上的污垢，干干净净的，显出她原本的样貌。她挽起袖子，裤腿也卷了几卷，湿漉漉的头发用浴巾裹住，看起来像个阿拉伯少女。

阿霞身上散发着好闻的沐浴露的香气。

阿喜进房间，找出羽绒服给她穿上。"天冷，别感冒了。"阿喜说。阿霞小小的身子裹上他宽大的羽绒服，像只瘦削的雀鸟。两人都没说话，生怕声音会使原本不大的空间再次缩小。阿喜习惯了独居，现在屋子里多出来一个人，他感到不自在。但他转念一想，阿霞进来过出租屋几次了，只是他们从未在同一时间出现，所以严格来讲，出租屋不止他一个人，阿霞也在，她比谁都更熟悉这里。这一切在他身上激起一阵奇异的感受，好像此刻他成了借宿的，而阿霞才是出租屋真正的主人。

阿喜又抽起烟来。

烟是向越南贩子买的，黄色烟盒，印了黑色的"Nam Kinh"字样，越南人称这是他们的"中华烟"，抽起来像万宝路。阿喜烟瘾不重，却莫名其妙喜欢上这款烟。

有天他下班从港口回来，顺路跟越南人买的，卖烟的都是些皮肤黝黑个子偏矮的越南妇女，她们戴斗笠，坐在矮凳上，跟前摆着货物，沿街排开。除了烟，她们也卖些药品，越南的老虎膏、跌打药、鼻炎药什么的，叠在一起装进竹筐，上头搁着写了中文的纸板。为了做中国人的生意，她们大多会讲中文。

阿霞盯着茶几上的烟盒出神。

阿喜问她："来一口？"阿霞有些诧异。阿喜抽一支递给她，她接过来，咬在唇边，同时惊诧地盯着阿喜的断指，眼中皆是惊恐与好奇。阿喜意识到了什么，迅速缩回手，搁下来。他羞于展示丑陋的伤口，用另一只手拿打火机给阿霞点烟，阿霞吸了一口，猛地呛起来。阿喜说："慢点嘛。"阿霞呛得眼泪流出来了。"好苦。"她说。阿喜说："不苦哪叫烟？"阿霞学着阿喜的样子，笨拙地用手指夹烟，她蜷在沙发上，这时才稍微放松下来。屋内湿冷，她坐着坐着，不自觉地往阿喜身上靠过去。阿喜不禁缩了缩肩膀，这个亲密的动作让他有些意外，又有些温暖。他觉得横亘在他们俩之间的冰块慢慢消融了，他沉默地抽烟。阿霞看着烟袅袅升起，在这所窄小的出租屋，他们一起分享了抽烟的隐秘的快乐。

阿霞喃喃地问："你的手……怎么了？"阿喜说："没怎么，以前在车行，机器绞的。"

阿霞听了，没有问什么。

阿喜靠着沙发抽完了烟，等到他感到肩膀酸胀，再侧过头去看时，阿霞已经睡着了。她的头发还没干，水珠顺着发梢滴下来。阿喜小心地拿掉她手上的烟蒂，抱她进房间。她很轻，好像稍一用力就会被捏碎。

阿喜帮她枕好枕头，怕她着凉，又将浴巾垫在枕头上。

她睡着的样子像只恬静的小猫，阿喜盖好被子，退出了房间。

洗澡时，阿喜脸颊的抓痕烫到热水，疼得他龇牙咧嘴的。他忍着疼迅速洗漱完，把能穿的衣服都穿上了，可出了浴室还是觉得冷。他在羽绒服外面披条毯子，在沙发上躺着。口岸这带白天热闹，入夜后就没什么人了，喧嚣消匿，夜色便如水一般漫过来。天气好的时节，傍晚下了班，阿喜会沿河堤走上一段。河边风大，走个一两公里，阿喜就开始往回走。收了摊的越南人过关回去，认识的，不认识的，相互擦肩而过。他们每天都挑着担子，过关来做生意，担子来时重归时轻，来来回回间，日子晃一晃就过去了。

在口岸做生意的越南人持有边民证，白天过关做生意，夜间回去，跟赶集一样。小贩和游客携着异质的语言会聚到这里，也只有在这里，语言才能卸下它神秘的面纱，显露出原始的面目。河对岸越南境内，经常有汽船突突突地从河面开过去，有的是走私船，货物用帆布盖着，沿浅滩一路驰去。天气晴好的黄昏，晚霞低低垂挂天际，映着北仑河浅绿的水面，对岸的芦苇、水草在风中摇曳，煞是好看。

除了买烟，阿喜很少和越南人打交道。越南女人的勤快和持家是出了名的，而他见到的越南男人，大多戴绿色的圆帽子——当地人戏称为"绿帽"。他们沿街叫卖沉香佛珠，遇到中国游客便苍蝇一样围过去，用中文卖力地兜售。越南话并不好听，生硬得好像要扭着舌头才能说出来。倒是越南女人对阿喜有着神秘的吸引力。遇到她们，阿喜会仔细地观察一番，他看她们的脸，看她们的穿着打扮，试着从她们身上揪出些相同的特征来。越南女人大体看不出年龄的，她们的肤色偏暗，鱼尾纹总是过早爬上了眼角，只有目光还凝着生活的素朴与贫乏。相比起中国女人，她们的眼神也浊些，穿衣打扮，更没有中国女人那般鲜艳。

阿喜想起他的越南母亲，他努力想从她们脸上看出些母亲的样貌，可看来看去终究徒劳。二十几年前，母亲丢下他，逃开那个噩梦般的家，从此不知所终。阿喜经常想，她会不会恰好就是这群越南女人中的某一个？他失去了所有和她有关的信息，不知道她的名字，也从来没有人告诉他。母亲从离家的那一刻起，就跟所有人切断了联系。

阿喜想不明白为什么她竟如此决绝，一个无名无分的人，决意让自己销声匿迹，像水融进茫茫大海。

阿喜有关她的那点记忆也随时间流逝而日渐模糊。

他时常做梦，梦见母亲就站在离他不远的地方，他走一步，她退一步，等他伸手去抓她，她却转身不见了。醒来后阿喜大汗淋漓，心口跳得厉害。这个相似的梦他做了又做，所有的场景和细节，在醒来后清晰毕现。然而梦境所昭示的，却和信念相反。这么多年，阿喜一直坚信，他会找到母亲的。可如今他到了离她尽可能近的地方，还是觉得遥远。其实只要办个签证就能去越南了，但是过去了又怎样？那么多的人，那么渺茫的机会，一切都无法预测，因此阿喜动了念头，又打起了退堂鼓，一天天在这边境行走着、耗着、观望着。

第二天，阿喜起床后到房间看了看，阿霞还在睡，裹在枕头上的浴巾不知什么时候掉到了地上。阿喜走过去拾起来。他怕惊醒阿霞，把动作放得很轻。

他给阿霞写了纸条，跟零钱，还有钥匙一起压在茶几上。他想，等他去上班，阿霞醒来，看见了自会明白。他也不清楚，为什么要对这个几次闯进屋里的女孩这么好，也许谈不上好，只是心里的善意促使他这样做。要是阿霞拿了钱从此离开，他就不再负任何责任了。

阿喜这样想着，很快走到了老板张姐家的铺头。张姐的铺头在"越南街"，要穿过一个小广场才能走进去。老板张姐四十来岁，柳州人。十几年前，赴越旅游兴起，她从柳州过来这边做导游，带团过越南的芒街、西贡和下龙湾旅游，她和越南商贩混熟了，也带些越南那边的药品和特产回来卖。

如果不是那次下龙湾游船出事，也许她现在也经营起自家的旅行社，当起了老板。

那次游船触礁翻船，一船人差点没命，好在水警和救援船来得及时，才没淹死人。张姐捡回一条命，回来后心有余悸，便从旅行社辞了职。做导游那几年她攒了些钱，辞职后她嫁给一个本地人，心闲不下，便和丈夫商量着租下这间铺面，利用自己积攒下来的资源和人脉，改行做起生意来。

张姐家的铺头卖越南特产、烟酒，还有药品。店面很小，三面墙做成货架，中间一张台，上面搁货物，下面备货，是小间杂货铺的规格，甚至连个招牌也没有。阿喜问过张姐，怎么不做个招牌挂一挂。张姐说："没这个必要啦，你没看客人个个进来低着头，看见什么好的就买，这里那么多店面，谁费心去记呀？"张姐语速极快，听得阿喜一愣一愣的。他注意到，张姐家名片做得精致，上头印有手机号、店铺地址和支付宝账号。大部分游客到口岸游玩，伴手礼就得买一大堆，买的也无非是烟酒、杜果干、西贡咖啡什么的，嫌携带麻烦，他们大多会掏钱托店家寄运。张姐家是最早提供快递服务的店铺之一。她嘴甜，会招徕顾客，回头客很多，生意要比其他人好些。招了阿喜之后，张姐将打包和发快递的活交给他。阿喜忙时，一天要打上百个包，客人挑了货，拿纸箱装好，称重，算运费，结账。现金阿喜收了放抽屉，支付宝的就全打张姐那里。阿喜手脚勤快，靠得住，张姐对他很是满意。

这天早上，阿喜神色憔悴地踱步进来，他脸颊贴的胶布还没撕掉，张姐见到他，开玩笑道："阿喜啊，昨天'抠女'去啦？""抠女"是她从港剧学来的。阿喜尴尬地笑笑说："没呢，昨天不太舒服，在家睡觉。"张姐又问："你这脸怎么回事？"阿喜支支吾吾不知道怎么解释，只好说逗别人的猫被抓了。邻铺看店的女孩也来凑热闹，"喜哥这是闹哪一出啊？我看是被女人抠的吧？"相邻铺头的人听见了，都笑起来。阿喜脸红，只好也呵呵跟着笑。

当初阿喜到张姐铺头打工，也是误打误撞。旧年他从广东过来，身上存了些钱。他租了房，宅了几天，闲着没事就去口岸逛，走进"越南街"，逛到张姐铺头，恰好见张姐在忙活。货架很高，张姐站在塑料椅上撅着臀摆货，脚打滑，顺势倒下来。阿喜手快，扶了她一把，人也差些仰躺到地上。张姐吓得脸色发青，手肘撞向阿喜，把他右边的颧骨撞得乌青。两人站稳后，张姐拍着胸脯压惊，又感激又愧疚地向阿喜道歉，还拿出老虎膏给阿喜擦。阿喜摆摆手："不用不用，没事的。"张姐哪里肯听？她给阿喜擦药，弄得阿喜很尴尬。擦完药，她又拉着阿喜问这问那："你不是本地人吧？在附近上班？"阿喜说："我刚来，在、在找工作……"张姐说："多亏你了啊，都不知道怎么感谢你。"

阿喜杵在原地，走也不是不走也不是。

张姐想了想，递了名片说："有事记得找我！"

阿喜道了谢，揣着名片离开"越南街"。

回去后，阿喜晃荡了几天。在港口这边，他一个人也不认识，他上午睡到自然醒，吃完饭就回屋待着。那时还是夏天，天气燥热，房间没有空调，阿喜热得睡不着，便铺了凉席睡在地板上。日子重复，人也变得懒散。从"越南街"回来后，那张名片一直静静地躺在床头柜上。有天阿喜起床，盯着名片看，觉得这张名片像一个神秘的召唤。他想，反正闲着没事，为什么不去张姐铺头当帮手？挣扎了一阵，他鼓起勇气打了电话。

电话那头张姐的嗓门很大，阿喜能感受到她言语间的惊喜和意外。隔天阿喜便到张姐铺头上班了，上了几天班，他却开始后悔了。整栋商业大厦，看铺的不是中年妇女就是年轻女孩，阿喜处在中间，怎么看都像个异类。他无所适从的样子让张姐察觉到了，有天她拉着阿喜，打趣道："阿喜啊，要是有什么困难尽管开口，你是我们的镇店之宝啊。"阿喜知道张姐话里的意思，他叉着手斜靠在货架上，看着张姐那张阔圆的脸，两片厚嘴唇巴拉巴拉讲个不停，脸上露出了微笑。

看铺头不需要什么技术含量，心细点，手脚利索些就好，因此上班的大部分时间，阿喜都是相对闲的。张姐除了麻将没其他爱好，淡季一到，她把店交给阿喜看顾，跑出去打麻将。要是没多少客人光顾，阿喜不是低头玩手机、看视频，就是和对面铺的人说话解闷，这样的生活简单而枯燥，但至少安稳，没有太多烦心事纠缠。阿喜甚至想，哪天自己也开一间半间铺面，就在这里安家，也不失为一个好的选择。

有次他撞见张姐丈夫来巡店。他姓刘，大家都喊他刘哥，话不多，经常阴着脸，阿喜倒有些怕他。他听隔壁铺讲，刘哥以前是做红木家具的，生意做得挺大，后来涉嫌走私，厂子给封了，更不幸的是，他先前砸下的钱也全让人卷走了，进监狱蹲了几个月，出来后整个人就颓掉了，大钱赚不了，小钱又不屑赚，每天的生活无非是打麻将、接孩子上下学，家庭开支基本就靠张姐一人支撑。对于张姐招阿喜这事，他没什么反对意见，巡店见到阿喜，问几句话，便也沉默了。

阿喜被他盯得有些心悸。阿喜知道他这样的人，先前阔过，什么人没见过呢，看人是很准的。他巡店，是想瞧瞧阿喜到底是个什么角色。阿喜战战兢兢的，不敢乱说话，跟他打招呼，他从喉咙深处挤出一个"嗯"。

这天阿喜心神不宁，打包时算错运费，还差点打翻一罐西贡咖啡。还好张姐顾着跟别人说话，没注意到这些。他眼前闪过阿霞那张脸，她像身处一片黑暗中，只有那只红肿的眼睛看着他。阿喜心底被什么给捅开一道口子，风呼呼灌进来，他知道瞒不过自己了，他在"惦记"阿霞。他既盼着她早点走，又隐隐感到，阿霞还在，她不会轻易走的。这些事，他只能揣在怀里，不能讲给别人听，包括张姐。阿喜知道张姐的为人，只要他开口，张姐肯定会替他拿主张，但阿喜不想这样。这是他私人的事，他只想早点下班走人，回去看个究竟。

好不容易等到下班，外边天色已暗。阿喜顺路打包份快餐回去，走到半路，又折回去多打一份。路上他脑海里掠过些杂乱的联想，他希望进屋看到的还是那些熟悉的东西，茶几、沙发，屋里的一切原封不动等着他回去。这些短暂而凌乱的念头给了他些许的慰藉，但推开门的那个瞬间，他被重新拉回到现实。他闻到一股油烟味，接着望见阿霞的背影。她还穿着阿喜的衬衫，半挽起袖子，站在厨房里忙活。

阿喜关好门，将打包的快餐搁在茶几上。意识到阿霞还在这里的这个事实，他一阵不安。

阿霞关掉了电磁炉。厨房没装排气扇，油烟弥漫开来，阿喜看不清锅里煮的是什么。他在心底酝酿开场白，这时两人的视线撞到一起。阿喜知道，什么开场白也不需要了。

　　阿霞说："我给你煮了鸡粉。"接着她从锅里盛了一大碗端出来。阿喜听见她说："我拿了钱，下去买粉和鸡肉，我不会做别的……"她忙着解释的样子让阿喜无所适从。阿喜招呼她说："我也打包了东西，一起吃吧。"阿霞得到了首肯似的，赶忙进厨房拿碗筷和汤勺，搬了张矮凳，在对面坐下来。阿喜还想说什么，但碗里升腾的热气和香味吸引了他，他也确实饿了，趁热呼呼地吃起来。

　　阿霞拿出切好的青柠檬摆到茶几上，阿喜问她："这是什么？"

　　阿霞说："柠檬，滴点进去，好吃！"

　　阿喜半信半疑，捏住柠檬挤了几滴到汤里。果然，原本清淡的汤有了一股酸酸的香味。阿喜从来没吃过这么好吃的鸡粉。来港口这么久，他只下过几次厨，买电磁炉和锅碗瓢盆也是一时兴起，一人做饭太难，又浪费食材，所以他煮过几次，就改吃外卖了。现在吃到阿霞做的鸡粉，他感到久违的暖意，同时又隐约觉得，阿霞这么做是出于回报。他"搭救"了阿霞，阿霞无以为报，就做一餐晚饭给他。

　　阿霞说："我们这儿叫越南鸡粉，我妈跟越南人学的，不过我做的没她做的好吃。"

　　阿喜若有所思。眼前的阿霞明显话多了起来，好像他们两个已经认识了很久。他知道阿霞的老家在里火边境，会做些越南菜很正常。整个广西地区，越南饮食很常见，就像其他边境，总会渗透些异域风情那样。

　　吃完了鸡粉，阿喜打开饭盒吃快餐。他听见阿霞说："昨天，谢谢你。"

道谢的话来得猝不及防。阿喜望着阿霞，她的左眼没那么红肿了，右眼依旧有神。这一脸的真诚让阿喜无从承受。他说："没什么的，真的，不打不相识嘛！"阿霞说："难怪我手臂好疼。"说完，两人相视笑起来。冷清的出租屋第一次有了爽朗的笑声。

　　阿喜心头浮起泡沫一般的欢喜，可很快这泡沫又碎了，沉下来。

　　他恢复了原先的淡然表情，心口堵得慌。

　　他问阿霞："你接下来有什么打算吗？"

　　阿霞摇摇头，沉默了，她压着情绪说："我、我不知道……"

　　她的声音发颤，接着，她鼓起勇气说："我给你做饭，我还能打扫卫生……"说完，她像耗尽了气力，脸涨红了，气喘吁吁的。她充满渴望地看着阿喜，希冀从他身上获得肯定。

　　阿喜反问她："你觉得我应该请一个保姆？"

　　阿霞被这句话给噎住了，她的眼底闪着泪花。

　　阿喜有些不忍，他告诉阿霞："明天带你去看眼睛，等眼睛好了再说。"

　　这是他第二次让步了，他不仅收留了无家可归的阿霞，还踏出了"救济"她的那一步。不知为什么，阿霞让他想到自己，他像阿霞这样大时，也离了家在外。那时他在一家小餐馆打工，每个月拿很低的工资，勉强能过活，但内心归根结底是不安的，整个人犹如一只漏斗，不管装多少的勇气进去，底下还是空的。现在碰到阿霞，那些不堪的过往浮沫般漂至眼前，他对阿霞有了同情，也有了理解，而这才是最致命的，人一旦理解了另一个人，再多的偏见和执拗也很快会被过滤掉，剩余的，便是不断的知悉与靠近了。

隔天，阿喜请了假，带阿霞去人民医院看眼科。阿霞进去做检查，阿喜就坐在走廊外的椅子上等她。外面雨还在下，风吹得树木摇摇晃晃。隔着玻璃，阿喜也能感受到窗外雨水的凄寒。1月中旬了，离春节还不到个把月，阿喜盘算着过年的那几天该怎么过。这些年，每逢春节他都会焦灼不安，不知道去哪里，也不知道该如何消磨时间，有时感觉自己被世界抛弃，怎么也融不进去。现在阿霞的到来，使他原本的计划也乱了。不过说起来他倒也没什么计划，他早就没了家，或者说，他有家回不去。他能做的，就是随便编个借口，混过那几天再说。年一过，正常上班，日子照旧。阿喜想过跟张姐说说自己的事，思来想去，总觉得自身状况如何，他如何痛恨父亲，他为什么来这里找失联的母亲，如此种种，不值得说，他近似"孤儿"的身世更不值一提。张姐没见他给"家人"打电话，偶尔谈起，阿喜就以他们在潮汕老家为由敷衍过去。张姐好奇："广东很好啊，怎么跑来我们这个穷地方。"阿喜说他还年轻，想到处走走，长长见识。他的理由很蹩脚，好在张姐没细究，她估摸着阿喜不像犯事的，相处久了，还挺喜欢他的。周末张姐两个孩子到铺头来，阿喜辅导他俩做作业，这样的伙计再尽职不过了。

　　阿霞做完检查出来，医生说她患的是红眼病，结膜下充血，有化脓的危险。他们用硼酸水给阿霞洗眼，冲洗结膜囊。医生开了药方，吩咐他们到一楼大厅拿药，先擦药膏，有其他情况再来复诊。阿喜问医生，会影响视力吗？医生摇摇头，不碍事的，擦药就好，回去要多注意用眼卫生。

　　阿喜问阿霞："现在感觉好点没？"阿霞说："还有点痒。"阿喜好奇："你眼睛怎么会这样？"阿霞说她也不知道，估计是有天淋了雨，眼睛痒，拿手去揉，结果就发炎了……阿喜觉得奇怪，什么雨这么毒，能把人淋出眼病来。阿霞摇摇头，吐了吐舌头。在一楼大厅排队交了钱，拿好药，出医院大门时雨还在下，他们拿的伞太小，阿喜撑开伞，阿霞把药揣在衣兜，搂紧阿喜的胳膊，两个人跑到公交站台，头发都淋湿了。

他们坐公交车回去，一路上阿霞冷，不禁往阿喜肩膀上靠。阿喜有些不自在，他看着车上其他乘客，有的低头看手机，大多数人望向窗外，脸上皆是安静冷淡的表情。他一手抓住吊环，一手拎着湿漉漉的伞。车厢有股潮湿的霉气。阿霞的头发闻起来有洗发露和雨水的味道。他们在同一个站下，阿喜拿钱给她，起初阿霞不敢拿。阿喜说："反正我下班要吃饭的，你想吃什么先去买。"阿霞这才接过钱。雨渐小，阿霞回出租屋，阿喜打着伞走路去上班。

阿喜真的没想过，有天他会和一个女孩子同居一屋，而她除了做饭，还打扫卫生（一如她开始承诺的那样），里里外外打理得干净熨帖。阿喜午饭在张姐铺头吃，晚上回来，阿霞煲好汤，还做好其他菜等他，几乎每天都换着花样。让阿喜意外的是，阿霞年纪虽小，却有很好的持家能力。阿喜留给她的钱，她精打细算。这样连续几天，阿喜放宽了心，一次性给足她几天的钱，让她留着买菜。

菜市场离出租屋不远，阿霞穿着阿喜新买给她的衣服出门，像个居家女子那样。她的活动范围很窄，但她感到很满足。有天吃饭，阿喜问她："你厨艺这么好，跟谁学的？"阿霞有些自豪地说，她母亲在老家是给饭馆当厨娘的。里火有个边贸区，周边有不少饭馆，吃饭的大多是跑运输的司机，当地人请客吃饭也会下馆子，阿霞母亲在其中一家当厨娘。阿霞还在读书时，放了学就往饭馆跑，帮母亲打下手。母亲煮饭做菜，她在边上看着，母亲忙不过来，就让她帮手。几年下来也学了些厨艺。后来父亲去世，母亲改嫁，她就再也没有去过饭馆了。阿喜本想问她父亲怎么去世的，但阿霞言语闪烁，很避讳谈论父亲的死亡，阿喜也就没问了。他想，到了合适时机，阿霞会说的。

出租屋的租客流动性大，阿喜没认识什么人，所以也几乎没人在意他和阿霞的关系。阿霞的左眼消肿了，没有起初几天那么吓人。她会讲点白话，这样买菜才不会轻易被本地人骗。没几天，阿霞就跟街坊邻居混熟了，街上不管卖电器的，还是摆摊卖水果的，都认识了。她出门买菜，一路打招呼，像在这边住了很久那样。

有天阿喜碰见房东，房东套着问了他几句话。阿喜介绍说阿霞是他表妹，放寒假过来找他玩。这个理由，连他也觉得可笑。还好房东是聪明人，不愿多嘴："那要带她好好玩啊！"阿喜说："放心放心，一定会的。"嘴上这么说，但一转身，阿喜心头便骤然聚起层层的愁云。阿霞不仅介入了他的生活，还扰动了他苦心经营的交际圈。他不愿和这里的人有什么交集，如此一来，他无意间被阿霞拉入了一道旋涡，而这旋涡恰是他拼命想要挣脱的。人心是负累，阿喜深知这点，然而阿霞还是小，她不懂。

阿喜严肃地告诫阿霞："别跟邻居混太熟。"阿霞不解："为什么不行？他们又不是坏人。"阿喜反问："你怎么知道不是坏人？你还嫌自己给人欺负得不够吗？"阿喜不自觉便提高了语调。阿霞一脸委屈。阿喜不愿解释，也知道无论怎么解释，阿霞也不会明白他这么做原因何在。他心中郁结着的话终于脱口而出："等你眼睛好了就走吧，我这里不是慈善机构。"

这句话深深刺痛了阿霞，阿霞像看陌生人那样盯着他看。她赌气进了房间，将自己关起来。这天晚上，她没有出来吃晚饭。阿喜勉强吃饱了，留了些饭菜给阿霞。他落落寡欢地抽起烟来。屋内又冷了，外面传来沙沙的雨声。这个冬季雨水特别多，阿喜想起离开广东前一晚，也是雨天，夏夜的溽热被暴雨冲散，整个城市浸在潮湿的雨水中，无穷无尽的湿气，像要将人的骨头逼出水来。他想起和秋蓝在一起的时日，那时他什么也不在乎，只觉得有个人在身边就好。明知她有别的男人，可他还是扑了上去。现在想来，他觉得那时的他卑贱如野犬。他分不清对秋蓝是动了真情，还只是纯粹因为肉体的依赖过于强烈，分开后，他还时常在梦中见到她。有时她像一道阴影紧贴在脚下，有时又远似天边的幻象。现在再也见不到她了，他们短暂交汇，又长久分离。只要想起她，阿喜平和的心便潮汐起伏。

现在他终于肯向自己坦诚，他是怕重走老路。他在阿霞身上看到了秋蓝的影子，他心里着实一惊，她们两人八竿子打不着，怎么会这么像？阿喜想，秋蓝刚出来时，也遭人骗过，也像阿霞这样跌跌撞撞，把一副年轻的躯体献祭给这个慌乱的世界。后来他遇到秋蓝，在她身上寻获了久违的安全感，然而过不了多久，安全感也好，其他情感也罢，就全都湮灭了。阿喜害怕重复，他生命中空缺的那部分，不能再让另一个人盘踞，那是他的死穴，他拼命护着，不退缩也不妥协。人和人之间的关系，进进退退像舞步。如今阿霞的出现，在他心头撕开了一道缝。他知道，一不小心，她会钻进来，而一旦他自内心深处接纳她，最终只会落得个彼此血淋淋的下场。

他去敲门，阿霞没应声。门锁住了，阿喜推不开。他回头看到沙发那头还搁着一床被子，心想该轮到他睡沙发了。头晚阿霞是客，却睡主人房，现在她要起脾气，再次僭越了宾主秩序。阿喜觉得无奈，他思忖着，明天一定要狠下心让阿霞离开，不管她如何求情，再也不能心软。

晚上阿喜枕着雨声和衣而睡。棉被不够厚，沙发又窄，睡起来不太舒服。阿喜没有听见房间的动静，想必阿霞也睡了。出租屋是水泥地板，到了深夜，寒气像是从地板渗上来。躺了很久，脚底还是冰的。阿喜像蚕蛹那样用被子裹住身体，等到身子稍稍暖和，才迷迷糊糊睡过去。睡到半夜，他感到有什么东西爬上他的脸，湿湿黏黏的，他半睡半醒，以为做梦，挥手驱赶，却摸到一片温热。他吓得睁开眼，昏暗间，他瞥见阿霞的脸贴在眼前，他一个激灵弓起身子，再一看，只见阿霞赤裸着，像条光滑的蛇趴在他身上。阿霞在啜泣，她滚烫的双臂环住了阿喜的脖子。半张被子滑下去，阿喜挣扎着爬起来，却被阿霞死死勾住，她另一只手去脱阿喜衣服，摸到阿喜胸口，张着嘴往他脸上毫无章法地吻着。她像发狂了那般，使劲地死死抱住阿喜。慌乱中，阿喜呵斥了一声："你干吗？"话音刚落，阿霞哭得更厉害了，她苦苦哀求道："我给你好不好，你不要赶我走……"阿喜撑住她的双臂推开她，一使劲，阿霞从他身体上方滚落到地上，"砰"的一声，她磕到了水泥地板上。阿喜爬起来，开了灯，突然的强光照得他晃眼，这时他看见阿霞躺在地上，赤身裸体的，她头发凌乱，双手捂住脸，哭得无法抑制。

阿喜心底的怒气无处发泄，同时又感到无可奈何。他抱起赤裸的阿霞进了房间，拿棉被裹住她。阿霞靠在床头，身子发颤，一个劲地哭。

阿喜像是遭遇了一场噩梦，现在梦还未醒，他看着阿霞这副样子，心中百感交集。他坐下来，不知道该离开，还是陪着她。阿霞恳求道："你要我做什么都好……我不想走。"阿喜叹气："你待在我这里也不是办法，我没能力收留你，明天我给你钱，你走吧，打工也好，怎样都好。"阿霞哽咽："我没地方去了，我求你了。"她捧着脸，把头深深埋起来。阿喜一阵心痛，他从来没被人这样哀求过，他也从来没想过，自己会成为别人的倚靠。阿霞搂住他，胸口贴在阿喜的大腿上。阿喜的身体一阵僵硬，他环起双手，搂住阿霞的背。阿霞太瘦了，脊椎骨突出来，皮肉却是滚烫的。他们以一种扭曲的姿势抱在一起，奇怪的是，阿喜不觉得别扭，也没有任何的欲望，他低头看着阿霞裸着的身子，忽然生出相濡以沫的悲戚来。

　　阿霞哭累了，躺下来，阿喜起身拿了衣服给她穿上。她紧紧搂住阿喜，阿喜只好也顺势躺下来。阿霞勾住他的脖子，头埋在他胸前。阿喜许久没有和一个异性如此亲密过了，他们盖着被子，彼此的呼吸也透着热气。阿喜喘不过气，将头伸到外面。房间没开灯，他凝视着黑黢黢的天花板。窗外透进来淡淡的光。他想到此刻两人的行为无异于情侣，可他分明不想跟阿霞发生什么，他让身体侧开些，和阿霞保持距离。阿霞的情绪平复了不少，阿喜能感受到她的呼吸吹在他的脖颈上，痒痒的。有些无法言说的东西在他们之间传递着，像电流。阿喜的皮肤起了些细微的颗粒。他克制着欲念，此刻躺在他怀中的这具年轻的躯体，藏了素朴而又纯粹的力量。

　　黑暗中，阿霞的声音细若蚊蝇，断断续续的，像在拼接不成样的梦话。

　　阿霞说："我小时候觉得，人长大了就可以很自由，可以想去哪里就去哪里，可是根本不是这样的。我以前打算读完高中就出去，去南宁，或者去广东打工，离得远远的，别回来。我好多同学初中没毕业就出去了，过年回来，他们穿的衣服很时尚，用的手机也好看。我闺密在南宁给人看服装店，卖衣服，过年她给我捎丝袜，还送我指甲油，很多好看好玩的东西。她叫我别读了，跟她出去，但我不敢走，我爸那时腿脚不好，要我照顾……"

阿喜问她："你一直不太愿意谈你爸……"

阿霞说："是啊，也没什么好谈的。"

阿喜感慨地说："毕竟是你爸，再说人都走了……"

阿霞往阿喜身上靠过去，阿喜触碰到她那对小小的乳房。这时的阿霞好像失去了性别特征，变成一头雌雄不辨的小兽。这一切都让阿喜觉得异样，心底有股陌生又久违的舒适感。阿霞向他诉说自己的身世，而他静静听着。说话的声音充盈着房间，她仿佛要把憋了很久的话讲给阿喜听。

阿霞说："我爸以前在工地干活，做水泥工，外头有工程，就出去做。我初一那年，老板欠工资没还，他们去讨钱，没讨成，还被人打得好惨，后来我爸就回来了。他会讲点越南话，村里一个叔叔喊他去干活，他就去了。他带人偷渡到越南，其实也不能算偷渡吧，反正翻个山就过去了，老家的人都这么做。我也是后来才知道，中国人拿护照，在越南待够三个月，就能拿他们那儿的驾照，完了回来换成中国的驾照，不花什么钱，所以很多人就过来找我爸。这个生意有风险，但带一个人能挣两百块钱，比做水泥工强多了。"

阿喜问："你爸干这个多长时间？"

阿霞说："几个月吧。他带人过去，那边有人接应，他们交护照，那边的人给办手续，反正我也不懂。然后我爸带他们回来，等时间差不多，再带过去，中间就不用一直在越南。驾照办好了，就偷渡过去，再过关回来，基本是没问题的。不过那次我爸记错日期，等过去了，越南人伸手就要几千块，不然不让走人。我爸他们不肯给钱，双方吵架，打起来。我爸劝架，结果被越南仔开枪打中了腿。那帮人很凶的，他们有枪，最后没办法，我爸他们掏了钱，才平安回来。"

讲到这里，阿霞叹了口气："如果我爸不去干这个，说不定现在还好好的。"

阿喜说："也许你爸注定要走这条路。"

阿霞"嗯"了一声，继续说道："子弹取出来，他腿瘸了，腿脚不好，其他活做不了，后来他一生气就喝酒，几乎天天喝，醉了就骂人，说我们母女两个拖累他，害他辛苦挣钱养家。我妈跟他吵，他把酒瓶砸到她头上，我也被他打过……"

阿霞拉起阿喜的手，贴到她腰椎靠近臀部的位置。那里有一块凸起的疤，两根手指大小。阿喜摸到，觉得那块疤像贴上去的凹凸不平的橡皮泥。阿霞说："是他拿火钳捅的……还好不在脸上，不然这辈子就成丑八怪了。"阿喜仿佛闻到了火钳戳中皮肉发出的焦味。阿霞很激动，她的肩膀在抖，阿喜抱紧她，轻轻地摸她的头，安慰道："没事了没事了，都过去了。"

阿霞吸了吸鼻子说："去年他喝醉酒，爬上天台撒尿，掉下来，摔死了。"

谈起父亲的死，阿霞的语气倒显得平淡，好像谈论的是一个与她无关的人。对她而言，父亲的离世既是解脱，也是另一种痛苦的开始。

阿喜问:"你恨你爸吗?"

阿霞说:"我也不知道。"

阿喜想起他早已远离的家,想起那个他不知道应该如何定义的父亲。他很久不曾想起他父亲了,他也说不清自己到底恨不恨他。阿霞的话让他回到久远的过去,那时他对未来没有多余的想象,他也跟阿霞一样,只有一个念头,那就是逃。如今他逃得够远了,没人抓得住他,可他内心无法安宁,时刻渴求又时刻厌恶这种无根的漂泊感,像冬日残阳下的枯树,死寂的部分早已死寂,不知来年能否生出新的枝丫。

阿霞的母亲恨她父亲,那种恨谁也比不来,她说自己瞎了眼才会嫁给这个人。她很早就想离婚了,她身上的肉没一块好的。她出去干活,藏了点私房钱,被父亲发现了,就打了起来,阿霞怎么劝也劝不住。久而久之,阿霞也麻木了,只想早早离开,去别的地方,越远越好。阿霞说:"我妈在外面有人,可能是在饭馆打工那段时间吧。送菜过来的,有个男的,年纪跟我爸差不多,经常跟我妈有说有笑,那时他们应该就好上了……我下决心要离开,估计早就跟他商量好了。"

阿喜问:"你妈跟别人走了,你没想过找她吗?"

阿霞苦笑:"我不会找她的,她也早就让我不要拖累她了。走之前她给我谈了门亲事,那家人卖烟酒的,我要是真的嫁了,这辈子估计就窝在那个鬼地方出不来了,但我不甘心,我还没到外面的世界好好看看。亲事没谈,我就跑了……"

阿霞讲起这些很是淡然,可阿喜分明能感受到她语气中的苦涩,他仿佛透过一道缝隙,看见了阿霞一路跟跄跄来的身影,背后是深山老林，炊烟升起。

他跟阿霞说："我们是没的选了才走的这条路。"

阿霞陷入了沉思。

阿喜安慰说："不说了，反正也都过去了，人总要朝前看的，毕竟你还小，还有很长的路要走啊。"

阿霞叹了口气，自我总结似的说："我命不好。"

那晚他们躺在床上说了很多话，阿霞从来没对别人讲过自己家的事，她讲自己小时候怎么胆小怕事；讲自己一路坐车，晕车呕吐；讲父母的苦，她自己内心的向往和渴念。她讲到口干舌燥，累了，阿喜起身给她倒水喝。阿霞说从来没有人对她这么好过，她不知道如何报答。阿喜说："不需要报答，我也是这么过来的，人各有命，有的人生下来嘴里就含了把金钥匙，有的人一辈子活得什么都不是。"

阿霞问："我怎么办呢，我不想这么下去……"

阿喜说："你先好好睡一觉吧，我会帮你想办法，总会有路可以走的。"

夜已经很深，阿喜耳畔还重复着两人谈话的声音，阿霞的话钻进他心底，像探了一口深深的井，阿喜低下头看，看到泉水涌起，他的心也跟着涌动起来。他想着阿霞讲的话，想着给她的安慰如此苍白，他不知道，如果把阿霞赶走，她要去哪里，好像哪里都不是她该去的地方。人是如此奇怪，纠结、反复，归根到底还是心底残留的那点善在作祟，在提醒他，应该为阿霞做点什么，而不是一个劲将她往外推。夜越深，他越清醒，窗外的天灰蒙蒙黑漆漆，直到眼睛睁不开了，他才迷迷糊糊进入到沉睡之中。出租屋安静得只剩下轻微的呼吸，窗外传来一声凄厉的猫叫。

接下来几天，他们仿佛约好了，避而不谈那个晚上的事，装作什么也没发生过。年关渐渐近了，有天吃饭的时候，阿喜想起了什么，他问阿霞："你老家的房子还在吗？"阿霞说："在呢，怎么了？"阿喜说："你想不想回去一趟？"阿霞皱着眉说："回去做什么？我不回。"阿喜说："你听我讲，这样吧，我陪你回去，把房子卖了，钱你存下来，以后工作也好，做什么都用得着啊。"阿霞听了，思索良久，觉得有理，阿喜看到她神色忧虑，便问："有什么好怕的呢？卖了房子，以后你和这个地方也没什么联系了，你安安心心的，想去哪里就去哪里。"

阿霞抿了抿嘴："我家那栋破房子，谁会买呢？"

阿喜说："这个说不好，我带你去找张姐吧，把你的事跟她说说，她会帮我们想办法的。"

这天快到下班时间，阿霞来了，她在铺头林立的"越南街"差点迷了路。那时阿喜正忙着打包货物。阿霞穿件黑色羽绒服，搭着牛仔裤和帆布鞋，头发扎起来，脸冻得红红的，看起来像个急匆匆赶来应聘的打工妹。张姐背一只斜挎包，坐在铺头塑料椅上嗑瓜子。阿喜介绍完阿霞，张姐上上下下打量，露出了招牌式的笑，这笑容缓解了初次见面的尴尬。阿霞捏紧双手立在原地。铺头空间太小，她生怕动一下会撞到货架上的东西。阿喜打包完最后的货物，填了快递单，暂且停下活来。张姐问了阿霞好些个问题，比如家里房子处在镇上什么位置啊，多大，什么时候起的，都有些什么家具。阿霞一一作答。张姐递给阿霞瓜子，阿霞捧在手里，半晌没吃。

张姐说："里火那边我有个朋友，在班车运输中心做事的，我打电话问问。"

张姐打电话时，阿霞看着阿喜，脸上露出迷茫的神色。

张姐用的还是好几年前的诺基亚手机，阿喜盯着她手机的黑色后盖看。张姐挂了电话，对阿霞说："帮你联系了，这两天你回一趟里火。"阿霞喜出望外，"嗯嗯"地点了点头。张姐从斜挎包掏出记账本，拿了笔，说："我给你他的手机号，他叫杨辉，你喊他辉哥就好。"说着张姐猫起腰趴在货架上抄手机号码。阿喜说："谢谢张姐，联系方式给我吧，阿霞她没手机。"张姐撕下纸，对折了递给阿喜。她拍拍阿霞的肩说："你的事阿喜跟我说了，出门在外不容易，阿喜帮过我的忙，他的朋友就是我的朋友。"

阿霞满眼感激，她向张姐鞠躬，道了声"谢谢"。

张姐扶住她肩膀："都是小事啦，别客气，反正就当自己人。"

她转身问阿喜："你会开车吗？"阿喜扬起眉毛，说："会啊，我在修车行待过。"张姐将信将疑："怎么没听你讲过。"阿喜说："正儿八经考过驾照的。"张姐说："那我就放心了。里火那边不晓得有没有车去，要不这样，我跟我老公说说，把车借你，明天你载阿霞去一趟里火，这几天就当放假吧。"阿喜受宠若惊："张姐，太麻烦你了！"张姐说："什么麻烦不麻烦的，孩子放假了，车停着都快长灰了。"阿喜一听，得了诏令似的，向张姐敬了个礼，逗得张姐哈哈大笑。

下了班，阿霞跟着阿喜去找张姐丈夫刘哥。张姐家住口岸附近的小区，前年才买的新房。阿喜给刘哥打了电话，刘哥听明来意，说："过来吧。"去地下停车场取车时，阿霞亦步亦趋跟在阿喜身后。刘哥问阿喜："女朋友？"阿喜赶忙解释："不不不，朋友，朋友。"

刘哥嘴角扬起笑，他叼着烟，将钥匙递给阿喜说："后备厢有矿泉水，明天路上可以喝。"阿喜接过车钥匙，连连道了几声谢谢。刘哥说："路上注意安全，车坏了你赔不起啊。"阿喜拍拍胸脯："刘哥放心，人在车在！"

刘哥的雅阁是去年出的新款，阿喜知道张姐这几年挣了不少钱，但没想到她既买了房，又换了新车。阿霞坐在副驾，车爬上地下车库的斜坡时，阿喜故意踩了踩油门，阿霞贴在车座靠背上，小小地欢呼了起来。阿喜开去加油站加油。他很久没碰过车了，手握方向盘有种久违的熟悉和兴奋感。加完油，他对阿霞说："带你兜兜风吧。"他沿着东兴大道一路开过了跨海大桥。海面渔火闪烁，阿喜摇下车窗让风灌进来，阿霞看着不远处的海岛和灯光，像个孩子那样，不断发出赞美。

阿喜望着向前笔直延伸的路，车稳稳地驰过大桥。想到可以尽一己所能帮助阿霞，他感到由衷地开心。他一直奔忙，为生活所驱赶，活得小心又脆弱，但这一刻，身边的阿霞让他意识到，如此沉重复杂的人世上，原来还有这样简单的快乐，不需要借助外力，就能迅疾而轻快地将他从一片污浊之中托升起来。

口岸距里火边贸区不是很远，走沿边公路，顺利的话一个半钟头就能到。出发前阿喜开了手机导航，语音提示机械地告知他，离目的地还有四十多公里。

阿霞清早起来就忙活开了，做早餐，打扫了卫生，把晾在窗台的衣物收进来叠好。她问阿喜："我们去几天？""到了再看吧。"阿喜说，"顺利的话明天能回，反正这几天也没其他事，就当去玩吧。"

阿霞吐吐舌头："穷山恶水，没有什么好玩的。"

阿喜说："对我来说可不一定，我没到过那么边境的地方，想想就兴奋。"

阿霞调侃道："到了你可别后悔。"

他们准备出发的时候，阿霞假装不经意问起："认识你这么久，都没听你讲过自己。"

阿喜轻描淡写地说："我啊，没什么好讲的，还不是那样，早早出来外面打工，一直混日子呗。"

阿霞说："你怎么看也不像混日子的人，而且，我没见你跟家人打过电话……"

阿喜听了，露出神秘的笑，故意吊胃口说："路上再给你讲故事。"

阿霞一听，"嗯嗯"地点了点头。

车过了东盟大道，路两边都是些新起的楼盘，阿喜听本地人说，到这里买房的都是周边城市和北边来的人，港口一带房价并不高，有的买来做投资，有的当作度假用，所以大楼如雨后春笋般冒出来，真正常住的并不多，到了夜里，并没多少灯亮着，看起来像空城。

天飘起了细雨，阿喜开了音乐，一听到高亢的《月亮之上》，他果断关了，转而听起电台。阿霞哈欠连连。"昨晚没睡好？"阿喜问。阿霞拍拍嘴巴说："是啊，躺了很久都睡不着。"阿喜说："听过一句诗没有？'近乡情更怯，不敢问来人。'小时候学过，印象很深，不过那时读不懂，没什么体会。"阿霞问："什么意思呀？"阿喜说："就像你现在这样，想回去，又怕回去。"阿霞接过话："我哪有想回去呢，我不想回去的。"她转过头望向窗外，淡淡说道："不过现在想想，也没什么好怕的，一个人无牵无挂，也挺好的。"

"是啊，无牵无挂是挺好，自由，但自由是要付出代价的。"
阿喜盯着挡风玻璃滑落的雨水说。

阿霞像是想起了什么，转过头来，看着阿喜说："你还没说你的事呢。"

阿喜不假思索，吓唬道："我说我是杀人犯你信吗？"

阿霞哈哈笑起来："不信！你这个样啊，顶多像强奸犯。"

阿喜说："我脸上又没贴'杀人犯'三个字。"

"你要真是杀人犯，头一个就把我杀了，怎么会留我到现在？"
阿霞做了一个抹脖子的动作。

阿喜手指敲着方向盘："我杀的可不是人。"

阿霞说："那你杀什么？杀猪还是杀狗？"

阿喜否认："都不是，我杀的是看不见摸不着的东西。"

阿霞鄙夷道："你怎么越说越不靠谱了，看不见摸不着的东西怎么杀？"

阿喜扬起嘴角，说："这你就不知道了，记忆，记忆你懂吧，记忆看不见摸不着，我杀的就是它。"

说完这句，阿喜的眉头皱了起来，他没想过他会说出这么玄乎的话来，他静静地等着阿霞的反应，同时心底有什么东西幽幽地爬了出来。

阿霞好像听懂了："这么说来，你想忘了过去。"

阿喜没说话。

阿霞的声音听起来空落落的："你想忘了，我也想忘了……"

车里气氛突然变得诡异，两人都跌进了短暂的沉默。

阿喜眼角余光瞥向阿霞，她的眼完全好了，两只眸子清亮而透彻，再过几年，等她身体长开了，稍事打扮，一定很好看。阿喜试着去想阿霞以后的样子，她会在什么地方，嫁给什么人，他假设了好几种可能，但没有哪种符合当下的意愿。未来太模糊也太遥远了，他只能看顾好眼前。

车拐上了沿边公路，沿着它一直开，就能到里火了。路上有一段坑坑洼洼的，到处都是污泥，有人骑摩托车过来，双脚抬得高高的，以免溅着泥水。阿喜想，这车铁定要脏了，回来得洗一洗才能向刘哥交代。路两边是深山老林，路边堆了些修路用的石块，硕大的水泥管道横放着，来回的车无法同时驰过，阿喜只好避让到一边，等对面的柳州五菱先过去，他才能走。广西有的地方还未通公路，阿喜是知道的，但他没想到情况竟然如此恶劣，遇上下雨，这么走走停停，时间比预计的要久许多。

经过跟北仑河支流平行的路段，阿喜看到浅滩河面露出了大大小小的石块。对岸荒草萋萋，透出深浅不一的绿。公路比河面高出一两米，靠近河面那侧没有护栏，有的只是破旧的水泥墩子。阿喜右手边是陡峭的山壁，这段路凿山而建，弯弯曲曲的，路面破损，开起来颠簸不已。偶见三三两两的房屋矗立，给人冷清肃杀之感。阿喜见每家每户楼顶都插了旗杆，旗杆顶上挂了国旗。他好奇，问阿霞怎么回事。阿霞说："我们家那边也这样，插个国旗保平安吧。"

这个幼稚的答案把阿喜逗乐了，阿喜告诉阿霞："我老家那边，孩子出趟远门，父母都会他给一张符纸，外面用红纸包着，系一根红绳，带在身边辟邪保平安。"

阿霞"噢"了一声："原来你们那里也这么迷信的。"

阿喜说："算不上迷信，就是一个普通的习俗。"

阿霞问："那你呢，你有带在身上吗？"

阿喜说："小时候带过，后来出来打工，就没再见过什么符纸了。"他感叹："有符纸还是没符纸，其实没什么的，我这么大一个人了，能照顾自己，哪里需要什么神明保佑啊。"

阿霞思忖着阿喜的话，终于讲出憋了很久的猜测："你是离家出走的吧。"

阿喜脸上露出欣慰的笑来："这都被你猜中了。"

阿霞说："我没猜错，我先前就想，你肯定是跟家里闹翻了，所以就跑了出来，不过我一直不敢问你。你看你大老远从广东过来，平日又不跟家里人打打电话什么的，开始我还想你可能是个孤儿，可觉得不像啊，你不是孤儿，你怎么可能是孤儿呢，所以我就猜你是离家出走了，跟我一样。"

阿喜说："我跟你不一样……"

阿霞很固执，一再强调："我们一样的，没了家的人，就跟孤儿没两样。"

阿喜听了，觉得有道理："没想到你知道的还挺多的。"

阿霞问："那你说说，你为什么不跟家人联系？"

阿喜忖度了很久，对啊，为什么不回去，为什么不跟家人联系？他很久没有问过自己为什么了。他以为这是板上钉钉的事实，不容更改，他生下来就是为了离开。

想了很久以后，阿喜说："我阿妈是从越南嫁过来的，生了我之后，她受不了我爸，丢下我自己跑了……我长大，有能力了，也跑了。"阿喜刻意隐去一些重要的细节不说，比如他并非父亲所生，而是父亲雇人跟母亲生下的，比如小时候他如何痛恨那个家，有时甚至想过寻死……他觉得这些故事离他很远了，跟他的现在没有什么直接的关联，可当下那一刻，当他平静地说出来，他才意识到，他话里流淌着悲伤。

阿霞恍悟："我明白了，你来广西，是来找你妈妈的。"

阿喜点头。

阿霞说："这边过去就是越南了，你随时都能过去找她。"

阿喜说："上哪里去找呢？再说，我连她长什么样也记不清了，这么多年她肯定也变了，说不定已经有了新的家，有了孩子……"

"那你有她照片吗？可以登个寻人启事啊。"

"登寻人启事？"阿喜的眼神亮了又暗，"你太天真了，不可能的。"

阿霞听了，焦急地反问道："你要去试一试啊，你没试过怎么知道不行？"

阿喜摇摇头，他给了自己一个理由，不容辩驳地说服自己："再退几步说吧，就算真的找到人了，她会认我吗？对她来说我不过是她年轻时候的耻辱，一个她极力想掩盖的伤口。"

阿霞望向阿喜，变得激动起来："你别乱说，哪有做妈妈的不认儿子的！"

阿喜"唉"了一声，他想反驳阿霞，你阿妈不也丢下你不管了吗？但话到嘴边又咽了下去。他觉得心里有什么东西复苏了，有什么在翻涌。那些过去的痛苦回忆又被打捞上来了，他以为可以将它们祛除，消解在时间的岩层之下，现在他不得不放弃了这个念头。童年、父亲、家庭，这些都是他挥不去的阴影，它们会跟他一辈子，它们会扭曲变形，变得膨胀，像一头野兽那样反扑过来，压迫他、虐待他。他悲哀地意识到，或许终其一生，他都要活在这巨大的不自由之中，挣脱不得。

接下来很长一段路，他们都没说过话。越靠近里火，阿霞越紧张，她的手抓着安全带，指甲抠上抠下，不断发出吱吱声。阿喜觉察到了，但他什么也没说。他料到这个时候阿霞会紧张，她早先做好了打算，离开后跟这个地方不再有关联，即使现在短暂地归乡也是为了永久地告别，可她到底没能止住不安和惶恐。从她坐着的姿态和不经意做出的动作，阿喜看出来了，她对这里的感情和态度何其复杂。

雨稍停歇，阿喜将车停到了一栋旧式建筑旁边。建筑的墙体刷着黄漆，外观像极了民国时期的建筑。楼顶朝外的栏杆上的"海关"两个字金光闪闪，楼顶的旗杆意外地没有挂任何旗帜。大门紧闭着，看来应该是没人在办公了。阿喜下车，双脚踏在碎石路面上，长长地伸了个懒腰。阿霞迟迟不愿下来，阿喜绕过去，拉开门做了个"邀请"的动作。阿霞扭捏很久，这才迈出一只脚，身子挪出来，暴露在光照之下。阿霞以为会有人认出她，实际上并没有，街上的人各忙各的，没人在意路边停了辆喷溅了满身泥水的汽车，更没人留意到，站在路边的小姑娘，脸上的怯意与他们生活的地方有关。

他们所在的位置是里火的主街，沙石路坑坑洼洼的，因为长期有大货车经过，路面严重破损。接连几家商铺一字排开，电线杆上张贴着写了中文和越南文对照的宣传语，大多跟禁止走私和贩毒，还有保护环境有关。背着斜挎包、头戴斗笠的女人一窝蜂般拥在路边卖鞋和日用品的摊档前，阿喜听到讨价还价的声音，但听不清是越南人，还是中国人。斜对面就是里火边贸互市区了，大门貌不惊人，日晒雨淋的，连梯形门楼的砖石也发黑了。阿喜没想到所谓的边贸区竟然这般寒碜，一个像样的大门也没有。

沿着主街另一侧，横着排了两排商贩，有的是随地摆下的担子，卖黄澄澄的柑橘、波罗蜜和廉价的防水鞋，有的是固定的肉菜档口。阿霞告诉阿喜，靠里边固定的那排摊档是越南人的，靠外侧的流动摊档则归中国人。阿霞说得没错。阿喜在见识到这个地方的破落和落后之后就像被泼了一盆冷水，此前所有的兴奋和期待全给浇灭了。

他只想赶紧帮阿霞处理卖房的事，完了走人。

阿喜给那个叫辉哥的男人打了电话。打完电话，他们向边贸区大门走了进去。左边有栋蓝色的铁皮屋，"板车运输服务中心"一排字映入眼帘，阿喜正纳闷着，视线一转，就看见右手边浩浩荡荡停了数目众多的板车，都是简易的带护栏的车斗，车斗上铺着木板，双轮胎，扶手和车斗连接的地方下面是一对支撑的脚架。戴着斗笠的男人和女人在忙活，有的板车上面覆了层鼓鼓的遮阳布。男男女女，都沾了细细的雨丝，这让他们看起来模糊不清，阿喜看不清他们的面目，远处山岚罩了雾气，衬着眼前忙碌的场景。阿喜被这浩大的劳动场面震慑了，他看得目不转睛，没想到这个年代还有人用这样传统的方式做搬运。阿霞跟在他身边，沉默地张望着，好像她也成了一个陌生人。直到一个身形高大的男人朝他们呵斥了几句，他们才意识到：边贸区不允许外人随意进出。

还好辉哥及时赶来了。他和那个身形高大的男人远远打过招呼。男人甩甩手，退到门房去了。辉哥跟阿喜握手，阿喜客客气气喊了他一声"辉哥"。辉哥穿着一套卡其色的西装，脚上皮鞋沾了泥水，裤脚有一小块是湿的，他的普通话透着浓重的当地口音，听起来怪别扭的。他开门见山："你们谁卖房啊？"阿喜指了指身边的阿霞，说："她，我陪她过来。"辉哥的目光移向阿霞。他有一顶阔脑门，两片厚嘴唇，说起话来露一口黄黄的牙，"把身份证给我看看。"阿霞从衣兜里掏出身份证，辉哥瞧了瞧，便要阿霞带他去看房子。

　　里火建得好的房子都在主街两侧，两三层的小洋楼，楼下一层是铺面，阿喜见到一排饭馆，家庭式的，有的没挂招牌，只是在玻璃门上贴了"欢迎光临"，红彤彤的，非常抢眼。阿喜想起来，阿霞母亲也许就曾在其中某一家饭馆当过厨娘。地上残留的雨水映照着灰的天，阿喜的心情也是灰的。他和辉哥一前一后，阿霞走在最前头，她跳着脚避开水坑，阿喜看着她的背影，突然觉得她不一样了，她变回了以前的小姑娘，她在这条路上走了无数个来回，直到水坑的平静漾开来，阿喜的目光才从前方收回。阿霞带着他们穿过主街，又拐进路边的小道，爬上斜坡，走了一小段路，阿霞停下来，跟辉哥说："这栋就是了。"

　　辉哥打量眼前的房子，不觉间皱了眉头。阿霞指的这栋，是平房，水泥楼板，红砖砌的墙面，外墙没有任何修整，粗糙不堪，门口搁了只大水缸，水缸裂了，里头是空的。门倒是挺讲究的，两扇木板，门环上挂了只生锈的铁锁，门框上残留着的春联已经褪色了，边上的玻璃窗烂了，门口的水沟里落了些玻璃碎块。

　　辉哥说："你钥匙呢，开门进去看看。"

　　阿霞从裤兜摸出钥匙，上前开锁，拧了很久也没打开。她看着阿喜，一脸窘迫。阿喜示意让他来，费了好大的劲，门锁还是没动静，看来是锈住了。辉哥站在一旁干着急，他"哎呀"一声，走到路边拾起一块石头，推开阿喜，对准铁锁猛地一砸，"砰"的一声，锁头撞击门板，辉哥的手一下子被震到了，他倒抽了口冷气，骂了句脏话。阿喜夺过石块，举起来，用力砸，连续砸了好几下，才把锁砸掉。

邻居有人听到响动，开了门出来看，见是阿霞，打了声招呼，就进去了。

房子里光线暗淡，散发着呛鼻的霉味和尿臊味。阿霞开电灯，灯亮了，四方桌、灶台、椅子和其他的家具都蒙了厚厚一层灰，水泥地板也是，踩过的地方留下了脏兮兮的鞋印。阿喜的鼻子有些过敏，连着打了几个喷嚏。辉哥进里屋巡了一圈，里屋没有家电，木制沙发也是老旧的样式。通往楼顶的开口搭了架竹梯子，一道布帘隔开来，围成了睡觉的地方。阿喜捂着鼻子，站也不是，坐也没地方坐，突然听见老鼠窸窸窣窣的叫声，转头一看，一只硕大的老鼠从灶台冲出来，拖着笨拙的身体爬上门槛，溜了出去。

辉哥从里屋出来，径直到了屋外。阿喜和阿霞也跟着出来。辉哥拍拍衣服上的灰尘，抹了抹嘴巴，慢吞吞地说："你这房子啊，不好处理。"阿霞很诧异："你的意思是说不好卖吗？"辉哥说："你听我分析啊，第一，房子太小了，才一层；第二，位置不好。你看离大街那么远，只能住家，不能开铺，买了也没用啊。"辉哥说完，看了一眼阿喜，补充道："我说实话啊，你别介意，这是生意，做投资，总要讲回报的吧。"

阿喜听得恼火："早先张姐跟你讲了，你没有心要买，干吗要我们大老远跑一趟？"

辉哥说："张姐也没讲清楚啊，所以我要先看看。"

阿喜说："张姐已经说得很清楚了。我在旁边都听见了，你要我们来，不就是想买吗？"

辉哥很是尴尬："要不这样，如果你急用钱，我借你，不过这房子我买不了。"

阿喜握紧了拳头。

辉哥搭住阿喜肩膀："兄弟，大家都是明白人，买卖不成仁义在嘛，走吧，我请吃饭。"

阿霞走过来拉一拉阿喜，低声说："算了，我们不卖了。"

辉哥说："还是姑娘懂事。"

阿喜强压住心头的怒火，装作平静地说："谢谢啊辉哥，不麻烦了。"

辉哥这才心满意足，手插着裤兜，大摇大摆走下斜坡。

阿喜盯着他走路的背影看，觉得他像只瘸了腿的企鹅。辉哥走后，阿霞一脸沮丧地蹲在门槛上，低着头不说话。阿喜不知怎么安慰她。他们抱着那么大的希望来，最后却要空手而归，不管对阿霞还是阿喜，都是挺大的打击。尤其是阿喜，原本他想出这个方法，是想拉阿霞一把，将她从无望的泥淖底拉出来，但结果扑了空。他看着阿霞孤零零地在一旁，心里难受。缠绕着他许久的"失败感"再次袭来，他蹲到阿霞跟前，握住她的手，久久没说话。

他们找了家饭馆吃饭。端菜的小妹认出了阿霞，过来寒暄了几句。她们讲方言，语速快，阿喜半句没听懂，也懒得问，只顾埋头吃。阿霞没胃口，扒了几口饭，不吃了。桌上还剩一大盘青椒炒墨鱼，阿喜开了一上午的车，也确实饿了，见阿霞没吃，便挪过来，就着米饭，狼吞虎咽起来。

阿霞还是一脸忧愁。阿喜说："要不回去吧。"阿霞在发呆，眼神看起来是空洞的。她一发呆就这样，阿喜习惯了。他去柜台结账，回来坐下，倒了杯茶，推到阿霞跟前，阿霞抿了一口，说："我想住一晚再走。"阿喜不明白："住一晚？这里连个像样的宾馆也没有。"阿霞说："去我家吧。"阿喜说："你家？那样子没法住人。"

阿霞想了想说："你帮我把房子打扫打扫，卖不了，也不能荒废了。"

阿喜迟疑一下："也好，就这么办。"

他们到杂货铺买了水桶、扫帚和拖把。回到阿霞家，又翻出几件旧衣物，当抹布用。门口的水龙头坏了，水出不来。阿喜找邻居借水用，敲门后，出来一个中午见过的妇人。阿喜道明了来意，她支支吾吾的，阿喜二话不说，从钱包抽了张二十块的塞给她。她接过钱，阿喜道了声谢谢，便拿了塑料桶装了水，将屋子内外洒过一遍。两人挽起袖子和裤管，忙活起来。地板虽然洒了水，灰尘还是携着浓烈的尿臊味扑鼻而来。阿喜不得不用纸巾塞住鼻孔，给阿霞也卷了纸巾，阿霞塞进鼻子，说起话有鼻音，嗡嗡嗡的。两人相视一眼，笑了起来。他们把里屋打扫了，椅子擦干净，又清理外边的厅、四方桌、灶台，还有堆在角落的杂物，有的留下来，有的当作垃圾清掉。

不知情的邻居都以为阿霞回来了，这个破败的家重新焕发了生机。但只有阿喜他们知道，对一套遗弃的房屋，清理只能短暂挽救它颓败的生命。待人去楼空，这房子又会成为虫鼠的领地。

床还在，扫去床板的灰尘，盖上席子，勉强能睡人。阿霞自衣柜搬出一床被子，有股霉味。"将就一下吧，反正也就一晚。"阿喜说。阿霞摊开被子，用手拍，啪啪的，扬起一小股微尘。里屋的窗户没坏，推开，惨淡的光线照到地板，屋子像沉睡的人自梦中醒转过来。阿喜坐在床边，看着这被清洗一新的屋子，想到阿霞之前就在这里生活，这窄仄的、再普通不过的房子，承载了她短暂的青春、隐秘的痛苦和欢乐。

天色近黄昏时，两人都累坏了。阿喜没连续干过这么久的活，虽然都是些琐碎的事，但一停下来，感觉腰都快断了。阿霞的裤腿湿了一大块，几缕秀发紧贴额头，脸红扑扑的。她叉着双手，靠在门边望着阿喜笑。阿喜问："你笑什么。""笑你啊，你一个大男人，比我还不如。"阿霞鄙夷道。"你做惯了嘛，我可不行。"说着，阿喜将塞进鼻孔的两枚纸团取掉，阿霞也学他，把纸团抠下来，趁阿喜不注意，她朝阿喜瞄准，扔了过去，纸团砸在阿喜脸上，像轻柔的拍打，"啪嗒"一声，掉到还未干的水泥地板上，沾湿了。阿喜看着她，咧开嘴傻笑，张开手，做了个要吃人的狰狞表情。

阿霞说："我饿了，晚上我们吃什么？"

阿喜建议："还是去饭馆吃吧。"

阿霞撇撇嘴："能不能不去啊，我想在家里吃。"

阿喜问："想吃什么？我们去买来做。"

阿霞说："我喜欢打火锅，以前最大的愿望，就是过年能吃一顿火锅。有一年春节，家里打了火锅，结果吃到一半，他们吵起来，我阿爸把勺子往滚汤里扔进去，汤水溅在我妈脸上，烫得起了疱。后来我们家，就再也没吃过火锅了。"

阿喜听了，表情颇不自在："就依你吧，我们买东西去。"

他们趁街上还没收摊，到越南人的猪肉摊买了一个猪肚，在另一个摊买了半只走地鸡，又买了莜麦菜、蘑菇、咸菜和其他几样配菜，火锅底料是现找的。阿喜说他想吃猪肚鸡，问阿霞吃过没有，阿霞没听过，更别说吃过了。阿喜说："猪肚鸡养胃，吃火锅不能太杂，要少而精，东西一杂，汤底就容易变味。"

阿霞吐吐舌头："你也是吃货嘛。"

阿喜说："做猪肚鸡很简单的，教会你，以后你想吃了可以自己弄。"

阿霞家里的厨具还算齐全的，刀没生锈，砧板洗净了能用。没有煤气炉，阿霞建议用炉子煮，灶台旁搁了一袋炭可以烧，这样架一口锅，也能凑合一顿。

阿喜说："猪肚最好用高压锅先压熟的，这样炖了才好吃。"

阿霞面露难色："我们家不用高压锅的……"

"好吧，反正我没这么煮过，不好吃别怪我啊。"

两人说着话，忙开了。阿喜面对一堆食材，脑子里快速掠过什么。猪肚要洗净，刮掉附着的脏东西，抹上盐，浸泡到水里搓洗，没有淀粉，就只能以这种方法除掉异味。清洗完毕，猪肚再放进滚水中余烫几分钟，捞起来，切成块搁在一边。走地鸡呢，要剁成小块，也放滚水中过一遍。阿喜吩咐阿霞再买点胡椒和枸杞回来，没枸杞还说得过去，没胡椒，猪肚鸡就不入味，不正宗了。阿霞好奇："你这些都跟谁学的？"阿喜得意起来："我在广州吃过很多次了，为了学做这个，还找人请教过的。"

阿霞跑去街上买回来胡椒和枸杞。回来时，手里还拎了瓶桂花酒。

阿喜见了，笑着问："你会喝酒？"阿霞说："谁说我不会喝酒的，喝点酒，庆祝庆祝吧。"阿喜纳闷："你这什么鬼借口？庆祝你回来，还是庆祝你离开？"阿霞"哎呀"一声："不管了不管了，我不过想知道，酒是个什么东西，为什么那么多人喜欢，还要把自己喝死。"

说起这些，阿霞的语气明显不对。阿喜听出来了，她准是想起了她那喝醉坠楼死去的父亲。

阿喜拿起那瓶桂花酒，捏住瓶身掂了掂重量，将近一斤。他拧开盖子，凑近闻一闻，有股甜甜的桂花味，不知道酒劲怎样。

装桂花酒的玻璃樽是棕色的，酒因此看起来颜色更深，瓶底沉了些桂花，细小的，一粒粒。酒瓶晃，它们也跟着晃。阿喜盯住那些微小的桂花看，看它们短暂地浮上来，又沉下去。

炉子中空的部分原是用来放煤块的，阿霞找不到煤块，就只好烧木炭了。点炭颇费了些工夫，最后还是向邻居借了点煤油，浇下去，打火机一点，木炭才烧起来。屋内腾腾地亮起了光，阿喜看到两只影子被火光投射到墙上，影影绰绰，摇曳着，心中不禁也泛起了暖意。

入夜，很冷，阿喜和阿霞把火锅配料弄好后，就围坐在炉子边烤火。阿喜问："你们这地方冬天冷成这样，你们都是怎么过的？"阿霞说："冷了就烤火嘛，我们这里夏天还好，冬天都要穿得厚厚的。"

阿喜抬起头，看到他的影子被耀目的焰火托升至天花板。他瞅瞅墙角，灶台上方的砖墙被烟火熏黑了。他仿佛看到阿霞母亲在灶台前忙前忙后的身影。

阿霞的小脸被火光照得通红。和阿喜认识到现在，她有了很大的变化，从起先的讷言，到逐渐恢复了活力，就像蜕掉了一层皮。

这层皮原本携着些尘土、琐屑和卑微的颗粒，但现在，这些统统不见了，呈现在眼前的阿霞焕然一新。阿喜想，人真是神奇啊，换个环境，就像植物移种至别处，不同的土壤滋养它，它便重新冒出簇新的枝叶来。现在令他担心的，是阿霞以后的路怎么走，他原以为能帮她的，但事到如今，他发现什么也做不了。他连自己的生活也过不好，更何谈去摆渡他人。他为自己找了个蹩脚的理由开脱，说到底还是歉疚，但这歉疚终究被盲目的乐观压倒了。他隐隐觉得，阿霞的人生轨迹会和他很不同，他们短暂相逢，像荷叶上两颗露珠滚动，交错，分开，然后各自跌落进水潭中。

至于以后怎么办，他想不到，也懒得再想。

猪肚和鸡肉在锅里上下翻滚，热气腾腾地升上来，在阿喜和阿霞之间隔开一道小小的屏障。阿喜手伸到炉子边烤火，烧红了的炭在炉壁内烧，红蓝色的焰舌蹿出，用来打火锅的铝锅外壁黑黑的。阿喜说，本来应该买些沙参玉竹的，那样味道更好。阿霞没搭腔，她手托下巴，凝视着外面黑压压的一片，门前的山坡也好，野地也罢，都罩在夜幕下，从光亮的这头望出去，外头的世界黑得骇人。

阿喜饿得肚子咕咕叫了，还好猪肚和鸡肉炖得差不多了，加了咸菜和胡椒，空气中飘上来一阵辛辣的香味。阿霞拿来碗筷，用勺子舀了碗递给阿喜，阿喜边吹气边吃。没想到用铝锅煮也可以这么好吃，咬在嘴里有嚼劲，又不至于黏牙，肉渗了些木炭淡淡的焦味，再配上咸菜，即使只添少许盐，那味道尝起来也叫人痴醉。

阿霞咬了一口，烫得吐起舌头。阿喜问她："怎样，味道还行吧？"

阿霞的手在嘴边扇风，烫得眼泪也飙出来："挺好吃的，不过味道还不太习惯。"

阿喜说："以前传统的做法是把鸡去内脏，整只塞进猪肚里，所以也叫'猪肚包鸡'，现在很少人那么做了，现在就像我们这样，先炖熟，再切好来煮。"

阿霞听得认真，对着阿喜说了句："你做事都好细心，你女朋友会很幸福吧。"

阿喜听到这句话，扑哧笑出声来。

"你觉得我像有女朋友的人吗？"

"现在没有，但以前总谈过一两个吧？"

这话戳到了阿喜的软肋，他想一想，点了点头。

阿霞一脸兴奋，揪着他问："快说快说，她什么样的？长得好不好看？"

阿喜喝了一口汤，胃暖了，说话也有了气力，他呷巴着嘴说："这个说起来话就长了，我没她照片，不然还能给你看看她长什么样。"

阿霞失落道："你倒是说说嘛，说不定你描述一下，我能想象她的样子。"

阿喜怎么可能记不起秋蓝长什么样呢？他闭上眼就能清楚地看见她，她穿什么衣服，涂什么样的指甲油和口红，她说话嘴唇的开合，甚至她哭泣和害怕的样子，都清晰如昨。但阿喜无法用语言讲述出来，在阿霞面前，他倒成了个哑巴，想开口，同时又跌入了沉默。

他跟阿霞说："我们先喝酒吧，说不定喝了酒，我就能想起来了。"

阿喜拿了洗好的两只玻璃杯，给他自己和阿霞分别倒了半杯。

阿霞接过来，放在嘴边抿了一口，酒落肚，她的表情起了变化，眉头皱了，又舒缓，唇轻咬着，接着张大嘴巴哈了一口。阿喜问她："怎么样，好喝吗？"阿霞眼珠子转了转，点点头："原来是这个味道。"

阿喜说："你以前没喝过吗？"阿霞说："我阿爸喝成那样子，人也喝死了，我那时就赌誓，以后不能沾酒。"

阿霞握着酒杯，跟阿喜碰了碰。杯口撞到一起，发出一声脆响。

"酒杯是阿爸用的，他那时天天喝，后来就算没东西可以配，也照样喝，他喝高度的白酒，就是那种点着了会烧起来的酒。我阿妈跟他吵了很多次，还把他的酒樽砸了，可是今天砸了，他明天又买新的酒喝。这个家就是被他喝垮掉的。我们村里也不是没有过喝死的人，我见他这样，有时就怕，怕他醉了，趴在桌子上再也起不来……"

阿霞嗓子微微发颤，也不知道是酒精起了作用，还是回忆不经意敲了她一把。她的瞳孔发出光亮，和炉子里的焰火交相辉映。

阿喜知道安慰对阿霞来说没有任何意义。他从锅里夹了块猪肚给阿霞，阿霞低头凑在碗边吃起来。她吃东西会发出细小的咂巴声，以前阿喜觉得这样的吃相很不好，但现在他不这么想了，他觉得这也自有可爱之处。他喝了几口酒，甜中带着些许的辣，那是桂花渗进酒精，发酵之后的味道。除了啤酒，阿喜很少喝其他酒，几口桂花酒落肚，脸颊微微发烫。

酒真是个好东西啊，让你沉迷，暂时飘离，又不至于飘得太远，就像做梦，模模糊糊的，一半清醒，一半迷离。

阿喜说话了："我和你讲吧，我是跟她分手了，才来的广西。她比我大好多岁，姐弟恋吧，也许能这么算。不过和她在一起，我不觉得她多大多老，遇到她之前，我没谈过女朋友，不知道女人是什么滋味，遇到她之后，很多事情也没有想象的那么难了。"

阿霞问："听你说，她应该是很好的人吧，怎么没谈下去呢……"

阿喜说："一开始我就知道，她有一天会走，我也会走，我们都会走。感情这东西就是这么奇怪，可能明明不爱她，明明就想走，但就是离不开，跟烟瘾一样，不抽吧，心慌，抽多了，又会下决心，一定要戒，戒了最好。"

"那你还爱她吗？"

这个问题阿喜无法回答，他点点头，又摇了摇头。

他无法定义和秋蓝的那段相遇究竟算什么，一如他无法定义和阿霞的关系。

阿霞撇撇嘴："你不说，我就不问了。反正我一直觉得你挺神秘的，你也不说你的经历。你和我认识的人不一样。我们里火这边，年轻人都跑外地去打工，男的女的，一个个都想走，越远越好。但是那些越南佬，又想跑过来，这里再落后再凄惨，也比他们那边强。你说这个世界是不是太不公平了。"

阿喜说："本来就不公平啊，哪有公平这么好的事呢，你不记得我讲过吗？有的人生来嘴里就含了把金钥匙，我们比不来的。"

阿霞撞见阿喜目光的冷，眸子里那簇星火暗了下来。

这顿火锅，从天色擦黑一直吃到深夜，周遭阒寂，好像宇宙也消匿了踪影。阿喜和阿霞有一搭没一搭地吃着，说着话。阿霞喝了两杯桂花酒，两颊红得不像样。阿喜也喝得差不多了，看什么都迷蒙一片，倒酒的手不自觉地偏移，要稳一稳，才能把酒满上。他很是享受这种酒上头的感觉，胸腔憋了股气，想吐出来，又吐不出，想笑，嘴张开，却只能发出苦涩的声音。

他把最后一口酒灌进喉咙，脖子仰起，看到火光将他的身形放大，冷风从窗户吹进来，他站起身来，拉起阿霞。阿霞不知阿喜要做什么，阿喜什么也没说，他拉着阿霞的手，走进里屋。墙边的竹梯还在，阿喜搬起它，搭住楼顶的窗口。他先爬上去，竹梯发出吱呀的声音，同时摇晃了一下，阿霞站在下面，焦急地喊了句小心。

　　阿喜稳住脚步，双手搭着竹梯边缘，一步步朝上攀爬。爬到顶端，伸手够着窗口，拉开插销，将铁皮盖子用力顶上去，铁皮盖掀开，冷风同时呼呼灌进来。阿喜的脸像被什么给刮了一下，瞬间清醒了。他将盖子固定好，爬下来，向阿霞伸出手。阿霞抱住双臂，冷得缩起脖子。阿喜向她发出邀请："上来吧，上来看一看。"阿霞僵着不动。阿喜看不见她脸上的表情，他沉浸在自我营造的幻觉和兴奋中，干脆爬下来，贸然抱住阿霞，将她送上梯子，阿霞扭动着身子，踩到了竹梯上。阿喜托住她，生怕她跌下来，身体绷紧了，慢慢将她往上送。阿霞冷得发抖，竹梯好似也感受到了人的惧怕，有一刹那，阿喜觉得梯子要断了，他们就要跌落，摔到地上，然而什么也没有发生。阿霞的头冒出去，双手勾住楼板，身子跨到了楼顶。阿喜随后跟上。这样，他们就站在了楼顶。

　　视野开阔了，黑漆漆的夜笼过来。抬头可见辽阔的穹顶，星星点点的光缀在上面。大山于身后耸立，风吹过，能听见树叶在婆娑低吟。散发出来的酒精遇到冷风，像是重新发酵过一遍。那种感觉如此酣畅，阿喜的身体和皮肤亢奋起来。他对着远处高喊一嗓，风把他的喊叫刮得破碎，然后吹送至很远很远的地方。

　　阿霞站在他身后，她搂住自己，始终没有挪过步。阿喜走到楼顶边缘，朝下凝视，他的鞋子已经踏在了最边上，只要抬起脚，身体往前倾，就会跌落下去摔死。他享受这种摇摇欲坠悬在生死边界的充满恐惧的快感。就在这时，阿霞像被什么给刺激到了，猛地跑过来抱住阿喜，将他往后拉，阿喜冷不防一个趔趄，险些躺倒下来。他惊魂未定，晃过神来的那刻，他撞见阿霞满脸泪水。阿喜诧异，伸手想去擦拭她脸上的泪，却被阿霞的手挡住。阿霞坐到地上，哭出声来，狠狠推了阿喜一把，"你疯了啊，要死也不能死在这里！"阿喜慌了，他不知道阿霞为什么会这样。这般美好的夜，并不属于痛哭的人。阿喜声音颤抖着："阿霞你怎么了。"阿霞抬起头，直愣愣地凝视不远处。朦胧中，阿喜撞见她眼底那簇闪闪烁烁的光，他恍然间就明白过来了。阿霞刚才一系列反常的表现，都是因为她想起了父亲，她害怕阿喜失足掉下去，重蹈父亲的覆辙。

　　阿喜的胸口缩了一下，又一下。此刻他离阿霞那么近，又隔得那么远。他知道，直到眼下，直到爬到这个楼顶，阿霞才重新又清楚地忆起她破碎的人生。他轻轻搂过阿霞，将她靠在自己胸前。她的身体那么小，阿喜抱着她，悲戚溢满了他的身心。他想到了什么，他终于想起来了。阿霞的父亲或许就是从自家楼顶坠落的。在这片不大的空间，也是在这样漆黑的夜，阿霞醉醺醺的父亲拖着一条瘸腿艰难爬上竹梯，来到楼顶。他迈开步子，身体摇晃着，跌跌撞撞走过去。没人知道那个瞬间他想到了什么，也许他什么也都来不及想。他只是朝前走着，觉得眼前这片黑那么虚无又那么真实。楼并不高，他该是头朝下坠下去的，就像一截朽坏的树桩撞到地上，发出暗哑的闷响。他体内的酒精还未散尽，便化作黏稠的血液渗出来。他以扭曲的姿势躺在地上，挣扎着死去。

第四部　　伤　逝

起初，天阴且浊，信德老人在一片晨光中醒来。他的背佝偻着，头顶的发脱落了不少。因为眼花，他对外部事物的感知退化了，两只眼看起来如残破的灯泡。很少人知道他是如何度过这晚年的剩余光景的。阿喜离家出走很多年了，老母亲还在世时，他从未觉得衰老和他有关，等到老人家一合眼，他终于悲哀地意识到，衰老不可抵抗地降临了。再往后，干儿子阿川上吊死去，他的心境更是凄凉了。孤单单一个人，无甚依靠，日子徒然增添了重量，压得他的背更加佝偻。

　　清早，信德老人到街对面铺头打了三两米酒，配花生喝。喝到蒙眼了，他站到家门口的大水缸前撒尿，尿液滴落到水缸，水缸没有水，污浊的液体顺着水缸内壁流下去，刷出一道道水迹。他周身通畅，觉得比在厕所解手还舒爽。巷口无人经过，也就无人注意到他，即便有人看到，也不过掩鼻而走，将他当作一个憨人。

　　在镇上，在四邻八里看来，信德老人就是一个憨人。他三十几岁才成家，让人意外的是，娶的还是个越南老婆。信德没有生育能力，生不了孩子，四处寻医问药无所得，最后花钱雇了个男人跟他老婆睡。乡里人都说，信德想续香火想疯了，这种亏本生意，只有他这样的憨人才做得出来。小孩降生，信德欣喜若狂，好像那是他真正的血肉。可惜好景不长，几年后，越南老婆跑了，信德气得发疯，站在大街上咒天骂地，说是厝边头尾教唆他姿娘跑的。好心的邻居劝他说："人跑了就去找啊，骂有什么用呢。"信德不知道到哪里去找。找不到的！他涨红了脸，觉得老天和他开了个玩笑，好不容易娶了个老婆，现在人跑了，就像铺头丢了货物一样，他心疼不已。

　　母亲当时还在世，对于媳妇跑了这件事，她气得浑身发抖，但气归气，冷静下来，她还是提出了自己的看法。她早和信德讲过，外乡姿娘靠不住，外国姿娘就更不用说了。她起初的阻挠并没有什么用，到了信德决定娶越南新娘时，她只好睁只眼闭只眼了。

如今好好的一个大活人跑了，老人家跟信德讲："我早看出来了，别人笼里的鸟，迟早要飞的！"

信德咽不下这口气，他坐在椅子上，气得脸发绿眼发红。

母亲怂恿信德去找钱先生讨个公道，当初是他做媒促成这门亲事的，还收了一个大红包。现在媳妇跑了，不找他找谁呢？"阿德啊，你放胆去，你不敢，我替你去，我一把老骨头，无人敢动我。"信德看看母亲，又看看一脸无辜的儿子——他蹲在门口玩沙子。信德给他取的名字带个"喜"字，信德没什么文化，觉得中年得子，是件大喜事，理应把这个好兆头附着到儿子身上。想到这里，信德强压住心头的痛楚，红着眼对母亲说："我去吧，怎么说也要讨个说法。"

母亲的话让信德确信，新娘跑了，须得找钱先生理论才是。

母亲目送信德出门。信德走后，她压不住心头那口气，见着孙子那瘦小的背影，就仿佛找到了泄愤的出口。孙子长得像他越南母亲，眉目和唇形像，尤其那双眼，单眼皮，眉角微翘，简直是一个模子刻出来的。当初信德找男人跟他媳妇睡，老人家气个半死，她觉得这是耻辱，可一想到这也是没办法中的办法，她就自我欺骗，毕竟生一个，总比抱一个强吧。老人家没想到的是纸包不住火，这事很快败露了，在乡里传开来，等到媳妇临盆，老人家都羞于请接生婆来。现在倒好了，孩子的母亲跑掉了，留下一个烂摊子给她收拾。想到这点，她就一肚子气，她走到孙子身后，揪起他的耳朵，把他拖进家门。

信德离开家，气呼呼地朝钱先生家走去。

他站在钱老门口，全然不顾什么礼节，叉起双手，张口就喊钱先生出来。钱先生不在家，他老伴远远看见信德，知道来者不善，惊呼着跑回家把门闩好。信德的越南老婆一跑，人人都说，老钱这次要遭殃了，信德会来找他算账的。信德虽然生得一副"姿娘相"，可是"憨人有恶相"，发起狠来，也是叫人害怕的。

钱先生的老伴堵住门，大气不敢出一声。信德隔着门尖声喊道："出来呀，出来啊！"

他的声音尖细，娘声娘气的，加上在家中排行最小，乡里人都戏称他"姿娘细"。信德的刘海垂下来，遮住半只额头，胡楂倒是有的，就是说话拿腔拿调的，还时常伴着些娇媚的姿态。他喜欢听潮剧，会跟着收音机哼，老生武生他唱不来，花旦青衣倒是一唱一个准。

他的话弹珠那样掷出去，砸到钱先生家厚实的大门，又弹了回来。信德骂了几句，觉得无趣，便走到路边，捡起石头来砸门。门锁哐当哐当响。钱先生老伴哆嗦着回骂道："别敲了别敲了，你老婆跑了，你找我们做什么！"信德"哼"了一声："不找你们我找谁，当初是你们硬塞给我的！"钱先生的老伴气得声音都颤了起来："娶了老婆，孩子都生了，没的反悔！"周边看热闹的人拉退信德，劝说他算了。信德气呼呼地说："怎么能算了呢！"后来，围观的人越来越多，信德看到别人指指点点，忽然发现自己像个女人那样在骂街。他一阵羞赧，扔掉砖头，气急败坏地对钱先生的老伴说："我还来，你等着！"说完，他踩着步子，摇摇摆摆回了家。

母亲焦急地问："讨回说法没有？"

信德摇摇头。

母亲指着他鼻子骂："真没用！这点小事也办不好！"

信德气鼓鼓的，一屁股坐到椅子上，不吭声。

老婆跑了，原本好端端一个家散掉大半。信德又难过又庆幸。他难过人跑了，这些年花在她身上的钱覆水难收；他庆幸的是，孩子没被老婆带走。阿喜虽算不得是信德亲生的，但只要人在，香火在，在信德看来，就总是好的。阿喜生在信德家，长在信德家，信德给他吃的给他喝的，他们跟亲生父子没什么差别。长大了也一样，信德这样安慰自己。

阿喜长到三岁，已经记事了。信德从钱先生家回来，见着孩子，他的胸口一阵疼。他不知道阿喜刚刚受了祖母一番教训，阿喜那对浑圆的眼珠子噙着泪，眼神里分明都是母亲的身影。信德忧虑极了，他寻思着往后要怎么给阿喜一个交代。他不是个心狠的人，他知道阿喜和母亲相处，比和他这个父亲还要亲密。现如今，一切都变了。原本架在他与儿子之间的那座桥梁轰然一声断掉了。信德控制不了要将那股子气迁移到儿子身上，他被这个可怕的念头击中了。看到儿子，他感到脑袋像被什么给塞满了，肿胀起来。

他没想到这个女人，竟然处心积虑骗了他！

他后悔不迭，为什么当初要找男人和她睡呢？如果不是他生不了，一切不会是现在这样。也许她能安安心心地待下去。他不明白，她来了这么长时间，学会了讲这边的话，和厝边头尾相处得也很和睦，为什么偏偏还要跑呢？信德越想头越疼，儿子在他眼中，不再是纯粹的家族香火了，现在想来，这把炙热的香火，早已烧到了他的眉梢。

信德想起他新婚那阵子。

那时厝边头尾都夸他老婆生得好——皮肤虽然黑了点，身材也瘦小，可怎么看都像块色泽偏暗的璞玉，教人看不厌。这条街上的人，没见过什么外国人，他们只在电视上、在新闻上看见过——那些金黄头发高鼻梁的外国人。现如今，乡里也有外国人了——尽管只是来自和中国相交界的一个国家。起初，乡里人听说信德娶了越南新娘，都很好奇。

钱先生领着新娘来的那天，老老少少闻风而动，他们围在信德家门口，想一睹新娘芳容。

信德呢，颇为这门亲事自豪。他觉得自己完成了一件人生大事。娶不到老婆，他苦恼了很久，也自卑了很久。他深知自己身上那股洗不掉的姿娘气，他想改，想和别的男人一样，变得雄壮些、阳刚些。他试着走路抬头挺胸，说话压低嗓音。一时半会儿还行，时间一长，就通身不舒服。见到女人，他有天生的亲切感，他觉得女人那么美，水一样，他顶喜欢，可怪的是，女人不喜欢他。女人青睐的，是那些说话粗声粗气，做事雷厉风行的男人。像信德这种心比针细，还会钩花的男人，她们只觉得是个怪胎。信德钩起花来，动作是那么娴熟优雅，一双纤纤手，指头尖尖的，比女人还好看。然而一谈到要嫁给他，女人就全都跳着脚躲开了。信德想结婚这件事，想得脑壳疼。他长成这副怪相，并不是他的罪过啊。从小他窝在姿娘堆长大，三个姐姐扎辫子，也给他扎，她们玩过家家，也拉他玩，她们跳舞、唱歌，信德好奇，也跟着学，甚至她们蹲着解手，他也瞎去凑热闹！等到他有了性别意识时，一切都太晚了。他浸泡在缸里太久，连骨头也酥了。他想，若是能换个身，要么做个如假包换的男子汉，要么干脆做女人，该有多好啊！偏偏他生来就是这副扮相。

三十岁以后，他收起心，不再做白日梦，老老实实挣钱养家。倒是母亲和家族里的其他长辈，替他着急得很，他们三天两头跑来给信德动员思想。这些年他相过很多次亲，每次均以失败告终。信德不开口说话还好，老老实实坐在那里，低眉顺目，别人不会觉得他异样，及至开口，就糟了，原形毕露，好似一只光鲜的包子露了馅。

信德觉得耻辱，像被人剥光了衣物站街示众。后来他一气之下，拒绝了所有相亲活动，他想，打一辈子光棍也没什么不好，就是苦了老母亲，她时常默默垂泪，家族香火断了，她对不住死去的丈夫。

钱先生长得白白胖胖，身体纤长，戴副老花镜，看人时老花镜吊在鼻梁，眼珠由下往上翻。他是乡里那一辈人中少有的知识分子，祖上做商行起家，到了他这一辈，阴差阳错成了个教书匠。他在马来西亚槟城、印尼雅加达、越南和泰国有一堆华侨亲戚。钱先生每年都要去东南亚"旋"一圈。他的职业是教书，但内在更像个生意人。介绍越南新娘，便是他去东南亚探亲，"顺道"做起来的。

信德平时跟钱先生虽是师生，但除了平日见面喊句"老师"，并无其他交集。

信德觉得自己和钱先生不是一路人。钱先生满肚子墨汁，既有读书人的儒雅，又有商人的精明——毕竟祖上的营生，他多少有些耳濡目染。而在钱先生眼中，信德也绝不是他家的座上客。钱先生从学校退休后，侍弄花木，养养鸟雀，日子过得有滋有味，家门口几株海棠，时节到了，开起花来煞是好看。

那时中越边境生活着很多越南人，有的移民过来，有的只是过来打工，还有的是偷渡过来的。

钱先生见过那些越南女人，她们有的神情紧张，有的一脸哀怨，有的脸上尽是逃离了苦日子无限向往新生的好奇和兴奋。钱先生乡里有条件也有需求想娶个越南新娘的男人并不多，除非不得已，鲜少有人愿意和越南人结亲。钱先生心下明白，乡里人的保守和排他由来已久，他们祖上也是这样：乡里几乎都是同姓成婚，也少有女人嫁给外地人。异姓通婚在他们乡里很罕见，异国通婚更不用说了。

钱先生高瞻远瞩，想到了这条门道。他将自己比作去西方天竺国拜佛求经的唐僧，回来时手无佛经，但好歹捎着个大活人啊。穷地方的人一个个恨不得赶紧逃到别处去。

钱先生想：我这是佛心啊，搭救他人脱苦海。

但他怎么也没想到，有天会和信德打交道。

那天，钱先生戴一顶新式的巴拿马帽，穿件亮白的短袖衬衫，衣角塞到西裤里，腰上系一条铮亮的皮带，脚上穿的是棕色的皮凉鞋，走起路来，腰板挺直，手里还握着把扇子。见到熟识的人，他客客气气打招呼，面带微笑。他在路上碰到信德，信德跟他打了招呼，钱先生点头微笑。

走过几步，钱先生突然喊住信德。信德回转身，钱先生招招手，信德走到到跟前。

钱先生问："信德啊，有事忙？"

信德摆摆手："无事无事。"

钱先生说："既然无事，不如到我家食杯茶？"

信德诧异极了，他没想到钱先生会邀请他到家里喝茶。

信德小学时的数学是钱先生教的，钱先生有个绝活：画线不用直尺，手一挥，粉笔在黑板上"刺啦"一声，一条笔直的线就出来了。信德只有小学文凭，初中只读了一年就辍学了。他读书成绩差，数学是唯一有兴趣的。出来以后，信德当过糖厂工人，又学修了一阵自行车，转来转去，没有几样工作做长久。现在他零碎地给人打工，从东家的塑料厂到西家的纺织厂，做的都是没什么技术含量的活。好在信德天生对数字敏感，会精打细算，别人想从他工资里抽一点油水，都逃不过他的眼。

信德小学毕业后，跟钱先生几乎没有往来，现在突然被他喊住，他心里就多了些活动，钱先生还要请他到家里食茶，他更是受宠若惊了。

他愣着没动。钱先生说："怎么，不赏脸？"

信德摇摇头："不敢不敢，老师先请。"

他跟在钱先生身后走。信德的身量不高，看起来像个古代的书童。

进了钱先生家，钱先生拎了把椅子，叫信德坐。信德坐下来，双手搁在膝盖上，双眼不住打量着钱先生的家。钱先生的家宽敞明亮，有红木沙发，有吃饭的圆桌，电视柜上摆一台彩电，用块粉色的绒布盖住。钱先生家的凤凰牌自行车靠在进门右手边的墙上，车铃擦得鲜亮。日头由天井照下来，洒在红色地砖上。钱先生摆出功夫茶具，开了一罐茶叶，闻一闻，掏出一撮轻轻地放在茶杯里，茶叶清脆，发出窸窣的声响。钱先生慢悠悠地，拎一壶烧开的水过来，把茶叶泡开了，先倒进茶杯，一一洗净，接着"关公巡城"，注满三杯。

这泡茶才算正式开始。

信德拇指和食指捏住一杯茶，跷起兰花指，细细啜着茶。

钱先生其实早就习惯了信德的娘里娘气，看着信德喝茶，他倒觉得有趣。

"凤凰山乌崈顶的，不错吧？"

信德竖起大拇指："好喝，好喝！"

钱先生又给信德递上一杯。信德懂规矩，让长辈端茶，这可失了礼仪。他赶忙起身，弓着腰，顺势接过茶，摆在了茶几上。

"啊老师，怎么好意思？这杯你喝。"

钱先生喝完茶，慢条斯理地冲了一巡。他不着急把话摊开来说，倒是信德有些焦躁，他好奇钱先生拉他进家门，究竟为了什么事。

这时，钱先生开口了："信德啊，你今年多大？"

信德说："三……三十四了。"

钱先生"哦"了一声，抿着嘴，皱眉说："年纪不小了啊，要考虑成家咯。"

信德一脸尴尬。

钱先生苦口婆心："信德啊，男大当婚，女大当嫁，你老母亲年纪也大了，再拖下去，就不好喽。"

信德当然明白，这些话他听了无数次，听得肚内满是怨气，但当着钱先生的面，他不好发作出来。

钱先生又劝道："信德啊，老实说，老师看你人很实在，你的情况我是了解的，今天找你，是想给你介绍一个……"

钱先生的话没说完，信德涨红了脸，他又想起那些伤他自尊令他丢尽了脸的相亲，他对钱先生说："老师，相亲，还是免了吧……"

钱先生摆出一副了然于胸的样子："我知哪，你先听我讲，我这次给你介绍的，保证你会满意！"

说完，钱先生拎出一只黑色公文包，小心翼翼地找出一张相片，递给信德看。

钱先生说："越南姿娘哇，你看看。"

信德接过来。相片上的女人梳两根粗辫子，端坐在一把椅子上。相片是彩色的，边角有磨损，她的双手放在膝盖上，背后是块红布，看样子是在照相馆拍的。看不出具体的年龄，但信德觉得，她应该在二十岁上下。信德看着相片上的陌生女人，她的一双眼，眼角微翘，皮肤偏暗。大概越南女人都长这样？说不上来长得好不好，只是看着喜欢。

钱先生摸了摸下巴，对信德说："怎么样，不错吧？"

信德"嗯嗯"点了点头。

平日在乡里看到女人，他只觉得亲切，并不像今天，心跳得那么快。

他从小就对女人有亲近感，打心底疼惜女人，那种感情夹杂着模模糊糊的爱。信德也说不上来，他到底是不是真的喜欢"女人"。见到男人呢，他觉得他们猥琐、粗鄙，不像女人水一般地柔美。他忽视了一点，他自己也是男人中的一员。他生活的小镇，不准许人有什么越轨的行为。乡里人只当信德性格软弱些、姿娘相，并不敢往其他坏的方面想。在他们看来，男人爱女人，女人嫁男人，天经地义，至于其他的搭配，都是违法的、犯忌的。

这一天信德也不知到底怎么了，低垂眼睑，凝视着相片，觉得相片上越南女人的目光，越过山长水远，直直地看进了他的心底，他晦暗的心顿时澄明一片。

信德将相片递回去，没有说什么。钱先生说："你喜欢，就留着。"

信德捏住相片的手悬在半空，见到钱先生满眼的默许和期待，他点了点头，收下照片。

"老师啊，伊叫什么名？"

钱先生笑起来，吩咐信德把相片反过来。

信德翻过相片，看到照片背面龙飞凤舞地写着"陈江琴"三个字。

钱先生说："越南人起名字跟我们一样的，姓什么的都有。"

信德默念着"陈江琴"三个字，觉得这个名字很好听，还带有那么一点文化味。

钱先生讲，她自小在边境长大，父母是越南人，不过都有中国国籍，算起来，她也是半个中国人。讲到这里，钱先生补充道："信德啊，娶老婆呢，是人生大事，应该先和你老母亲参详吧？"

信德抬起头："对对，要和伊老人家讲。"

钱先生颔首点头说："我呢，跑一趟越南也不容易啊，车马费、住宿费，不便宜。"

信德听得一愣一愣的，他说道："老师啊，旅费我来出吧，只要她肯嫁过来。这旅费要多少啊？"

信德说完，满眼疑惑看着钱先生。

钱先生呷口茶，慢吞吞说起来："你我师生一场，给你打个折吧。"

信德一听，喉结滑动了一下，又一下，他在心底估摸着，到底要给钱先生多少辛苦费。

他还想问钱先生其他问题，未等开口，钱先生伸了三根手指头，在他眼前晃了晃。

信德问："三百？"

钱先生摇头。

信德张大了嘴巴:"三……三千?"

钱先生点头,收回了手指。

信德的眼珠转了转,手里相片捏得更紧了。钱先生要的,相当于他三四个月的工钱。

他以商量的语气说:"老师啊,你看这样可以吗,我先拿一千……"

钱先生皱皱眉,他想了想,觉得要信德现在拿出这么多钱来,有些过了。反正人他是满意的,至于钱,早到晚到,总不会短斤缺两的。

信德和钱先生谈妥了,不承想回到家,在母亲那里碰了一鼻子灰。

母亲的态度相对保守,对于从来没听过的事,她觉得不可靠。信德说要娶个越南新娘回家,她气得指着他骂:"你双目青瞑(瞎)啊!怎么要娶个越南姿娘?越南姿娘不会讲潮汕话,怎么可以娶来当老婆!要是来了不听话,跑掉怎么办?"

信德被母亲训得脸红耳赤,低着头说:"她也不是真的越南人,会说普通话的。"

母亲脸色难看得很。

信德忍住,没敢发脾气,只好说:"我这几年的情况你也知道,相亲这么多个,没一个成功,现在我想娶个老婆回来,你又不答应……"

讲到这里,信德反问母亲:"难道你老人家不想抱孙子吗?"

信德了解母亲的心思,在这个节点,他必须摆出传宗接代那套说辞才能说服母亲。他细细的嗓音并无多大力度,但一字一句,重重地敲落在母亲心头。

母亲眼底湿湿的，她说："你把相片给我看看吧。"

信德于是拿出来照片，递了过去。

母亲老花眼，她拿着相片，举起来，偏着脑袋看了半天，眉目逐渐舒展开来。

"我看啊，越南姿娘生得还可以，不过，你要想清楚，开弓就无回头箭！"

信德听完，点了点头。

母亲问他："你和钱老师讲的那个价钱，伊没诓你吧？"

信德沉吟了一下，说："我粗粗算一下，如果娶个本地姿娘，结婚摆酒，一桌五六百，摆十几二十桌，起码要一两万，我没那么多钱……"

母亲听信德这么一算，觉得有道理。与其花一两万块钱置办酒席，明显娶个越南新娘更划算。她这么想也是有道理的，一来对越南新娘，不用下聘礼；二来可以免去摆酒这些琐事，样样节省，存下的钱，留给信德往后过日子。

这么想着，母亲放宽了心。

"那你和钱老师讲吧，催一催他。"

信德松了口气，母亲这一关总算是过了。

以前都是别人来做信德的思想工作，现在反过来，他也会做别人的思想工作了。

想到这里，他感到心头那块大石终于落下了。

信德是家里唯一的男丁，父亲死得早，他们四个孩子，都是母亲一手拉扯大的。母亲年纪轻轻守了寡，按理说，她可以带着孩子再嫁。但在当时的她看来，改嫁到底是不贞洁的。五六十年前，乡下人观念保守，信德的母亲坚守了认定的妇道。亡了丈夫，无非是自己撑起家，日子辛苦些罢了。后来孩子一个个长大了，开销多起来，她不得不硬着头皮揽更多的活来做，给别人打点零工，甚至到生产队帮忙做饭。家里四个孩子像乞食的，穿得破破烂烂，没有活活饿死，算是命大。

信德至今还记得，父亲在世时被关在祠堂的情景。

那阵子他父亲不知因为什么缘由，政治上受了点牵连，和其他人一起被关在祠堂。祠堂门口有人把守，看管并不严，因此家人还能到祠堂送送饭，说说话。毕竟乡里人，抬头低头，要么是熟人，要么是有亲戚关系的，上面没人施降强压，大家也就摆摆样子应付过去了。

信德当时六七岁，个头不比祠堂门槛高多少，他踮脚趴在门槛上朝里望过去。祠堂的天井四四方方，阳光洒下来，水泥地上都是耀目的光斑。信德看到很多大人，年纪大的和年纪不大的，有的在晒太阳，有的坐在一起说话。信德提着一只铁饭盒来给父亲送饭。至于为什么是年纪最小的他，而不是姐姐们来送饭，很多年后想起这个问题，信德还是不解。难道是那时候他自告奋勇，还是母亲基于其他考虑，觉着派最小的孩子去送盒饭，应该没人会为难他？

信德不会想到，隔着祠堂门槛探望父亲，会成为他今后思悼父亲时印象最深的一幕。

几年后，大水冲垮了海堤，海水冲到乡里来，水沟被淹，地势低矮的人家差点连屋瓦都要被没掉。乡里身强有力的男人都去扛沙包堵堤坝了，信德父亲就是其中一个。信德嚷着要跟父亲去，被父亲斥退，只得乖乖待在家。海水没有冲到他们家门口，他们的小破房得以保住。信德母亲给丈夫煮了一锅番薯粥，他就着蒸熟的番薯配粥吃，三两下呼哧呼哧吃完，披着布条就跟乡里抗洪大队到海堤去了。谁承想，父亲这一去，就再也没有回来。信德听到消息时，以为是个玩笑话。直到见母亲哭红眼，而姐姐们都垂头默不作声，他才知道，父亲被洪水冲走了，再也不会回来了。

信德失去了父亲，不得不在家里女人的羽翼遮护下长大。

这么多年他从未在人生问题上自行拿过主意，从来都是别人说什么就是什么。

三个姐姐一个个长得比他快，一个个抢着成熟。她们识几个字，觉得够了，就出来工作。进厂的进厂，嫁人的嫁人，很快，原本热热闹闹的家，就冷清了。父亲去得早，家里就靠母亲一人撑起来。三个姐姐一个个恨不得早些独立成家，好摆脱以往沉重的生活。唯有信德，好像不管岁月怎么流逝，他都停滞不动。嫁一个姐姐，他就做一回舅舅。他做了三回，只有一回，拿到了亲戚家包给他的红包。后来他年纪大了，一头撞到了现实的墙，他才知道，喜事不一定都叫人高兴，喜事也会夹着悲伤。厝边头尾跟他年纪相仿的都结婚了。有对比，信德更觉得自己凄凉。以前他不觉得结婚是什么稀奇事，成家，无非多了个累赘。然而这些年他受够了别人的白眼，心底愤懑，觉得自己生来这个世上，明显是个错误。可是错误归错误，他还是想要活出个正常的人样。这次他好说歹说，成功劝了母亲，便觉人生这盘棋，他总算扳回了一局，往后娶老婆，生小孩，他还要扳回很多很多局。

这天吃过晚饭，信德拿着越南女人的照片痴痴地看。他以前可不敢这样"明目张胆"地盯着女人看。在乡里见到女人，他会刻意躲开，直到错过身，才又回过头来。有时他觉得女人，她们的脸，一张张重叠在一起，变成了同一张脸。他凝视着陈江琴那张陌生的脸，照片上的她表情平静，一双眼却是活泛的，叫人看得入迷。

信德不敢和母亲道出他心底最隐秘的苦衷。这么多年来，他一直有一个愿望：必须找个女人，一个肯嫁他而且不嫌弃他的女人，和他一起过日子。他丢失的那些尊严，无法依赖一个本地女人帮他拾回来，他想来想去，只有越南女人，只有陈江琴才能把他从深海里捞出来。

陈江琴，他默念着，越念越欢喜。

"陈江琴"三个字就这样生了根，幽幽地长在他心底。他想象陈江琴从相片里走出来的样子，想象她走路的姿势和说话的口吻。她听不懂这边的话，没关系的，可以学，他可以教她，他教不会，还有厝边头尾，还有那么多张嘴，她再笨，也能很快就学会的。

信德意识到，钱先生对他而言到底有多重要了，钱先生在他心目中的形象变得高大起来。信德想起母亲磕拜神明，求香拜佛，以前他不信这些，现在，他有了触动，觉得钱先生就是一尊活菩萨。现在活菩萨出发帮他找新娘去了，他不知道钱先生是坐什么交通工具去的，他应该要先绕道广州，再过广西吧？信德掐指算了很久，也没想出个所以然来。他活了大半辈子，没出过一趟远门，他无法想象这段旅途，会耗掉一个人多少的时间和精力。

自钱先生出门那天起，信德每天都会踱到钱先生家门口。他也不进门，就在路口转悠。有时刚好碰到钱先生的老伴在门口择菜或者刷锅，他就上前套套近乎。每次问的都是同一句："婶啊，老师什么时候回来？"

钱先生老伴边忙活边调侃："信德啊，你耐心等哩，心急食不着热豆腐，你放心，老师一定把你老婆平平安安领回来！"

信德心里很急，表面却还是装出乐呵呵的样子："阿婶说得是，不……不能急。"

这样等过了半个月，钱先生终于回来了。

钱先生的老伴兴奋地一路小跑到信德家通知喜讯。

信德那天不用干活，待在家无事做。见到钱先生的老伴矮胖的身影走来，他知道，好事近了。听到钱先生回来了，母亲的脸上也绽开了笑容。信德有些手忙脚乱，他换上一件簇新的外套，穿好凉鞋，把头发梳得齐齐整整，就这样跟着钱先生的老伴出门去接新娘了。

母亲不想跟着信德出门，虽说那是个越南人，但入了他们的乡，就要随俗。信德母亲想，她以后是家婆，就得有家婆的样子，她要摆足架子，等着未来儿媳妇上门来。

信德进门时险些被钱先生家的门槛绊倒。

他恭恭敬敬地喊了句"老师，来了啊"。

钱先生乐呵呵地点头。

钱先生家还是那么宽敞，那么明亮。信德甚至觉得，他家比上次见到的还要漂亮还要宽敞。很快，信德的目光落在了钱先生对面，落在那个他日思夜盼的陈江琴身上。

她坐在塑料椅上，睁大一双眼看着信德。她穿着一件麦绿色的薄衬衫，眼神透着一股陌生的惶惑，像是注满了半透明的水，看不清外界的一切。

信德想好好打量她，目光却怎么也对不上。他的双眼有些模糊，他揉了揉眼，好使激动不安的心平复些。叫陈江琴的越南女人身量不太高，和照片出入不大。信德看着她，喉头滑了一下，恨不得把眼光钉死在她身上。

钱先生开口了，换上满腔歪歪扭扭的普通话："阿琴啊，他就叫信德。"

信德听着钱先生的普通话，感到新奇，又感到诧异。

钱先生转而换成本地话："信德啊，你行了大运，伊在边境生活，会讲几句中国话！"

钱先生口中的"中国话"，对信德而言却相当陌生。他长到这把年纪，除了在学校里，一年到头也没讲过几句普通话。他感到喉咙有点发紧，不知道该拣哪些话来回应。他想和陈江琴打个招呼，说句"你好"，但是就连这最简单的两个字也黏住了，堵在嘴边，怎么也吐不出来。

憋了半天，信德只好傻傻笑起来。他一笑，脸上的皱纹扭到一起，薄薄的两片唇抿着，比女人还要羞涩。

陈江琴看着他，目光带着些生疏和淡漠。

钱先生亲切地握住信德的手，嘱托他以后要好好对待陈江琴。

钱先生此刻的身心是何等畅快啊，一路的风尘仆仆也一下子消散了。他看看怯生生的陈江琴，她皱着眉，憋红了脸。信德呢，一副恭恭敬敬的样子，既不显得过分亲密，也不显得太疏远。

钱先生大笑起来，安慰道："以后会好的，这才刚开始，有些生分是难免的。"

钱先生将陈江琴交给信德。他脸上笑眯眯的，像做了大善事那样，充满了慈悲、祥和的神情。

信德告辞了钱先生，领着陈江琴回家。

钱先生坐在茶几上，手里握着一个厚厚的红包，不由得咧嘴笑起来。

他觉着自己就是那牵红线的月老。他在镇上活了一辈子，秉着教书匠的气骨，乡里老老少少男男女女都认识他，他想做些好事，他觉得给信德讨到老婆，这本身就是好事。

信德走后，钱先生想起了他的父亲，他和信德的父亲是平辈人，平时虽然没什么交情，但见了面总会点头致意，可惜他父亲走得比谁都早，没机会享清福。想到这里，钱先生自然又想到了信德的母亲。那个细细碎碎话特别多的女人，她那张瘦脸浮现出来，好像也没有平日那么难看了。

这些都是发生在二十几年前的事了。现在往事纷纷扬扬飘落下来，枯叶一般，堆积在记忆的庭院里。自从这个家只剩下信德一个人，他就日复一日，拿着扫帚清扫满庭落叶，他将它们堆起来，点火，依靠燃烧记忆的枯叶来取暖。后来他喝酒上了瘾，每回喝大了，行动就不像正常人，神志给酒精夺去了，稀里糊涂的，总会跌进些乱糟糟的回忆中。

他时而想起阿喜，时而想起干儿子阿川，他们两个人从未见过面，但都在他的生命中占据了重要的位置。他们两个，一个离家出走，生死未卜；一个却死于非命。

信德见不着他们，心里就像被什么给凿开了一个洞。他活到这把年纪，什么也没有做成，老婆不归他，儿子也不归他。他们像是忽然掉进他苦心编织的蛛网中挣扎的蚊虫，他原本张牙舞爪，想将他们一一虏获，后来却发现，脚底下的那张网脆弱不堪，很快，老婆掉下去不见了，孩子们，也扇着翅膀飞走了。于是他真的成了一只蜘蛛，年老衰退，对着一张破网，不知如何了却余生。

那年阿喜离家出走，信德红着眼找遍了整个镇，他到学校找，到阿喜的同学家找，甚至跑到莲花寺去找（他以前带过阿喜去拜佛，有个老和尚看阿喜聪颖，摸着他的头念了一段经）。然而找遍了所有地方，也不见阿喜的影子。

信德母亲蹲坐在门槛上哀号，咒天骂地的，把阿喜连同跑了好多年的越南媳妇一起骂过无数遍，她把所有能想到的恶毒话都骂出来，恨不得把阿喜咒死在路上永不回来。谁也没有料到，平时看着乖巧的阿喜，也中了他那越南母亲的蛊，追随她的步伐，踏着她的影子，跑了。信德挠破头皮，也想不明白阿喜为什么要跑，他给阿喜吃的和穿的，将他养大成人，可是阿喜，一直打着小算盘，眼眨也不眨一下，就这么斩断了父子关系，跑了。信德四处找不到阿喜，狂躁不安，像头得了失心疯的水牛那样急得团团转。

阿喜离家出走的消息传开了，就像多年以前他的越南母亲逃走那样，乡里人觉得甚是荒唐。父亲和祖母养大了阿喜，他没有道理跑，他跑了，就是不孝。但是话说回来，信德对孩子怎样，厝边头尾又不是不清楚，他们私下都说，阿喜跑了，是对信德的报应。他本来就不应该娶个越南老婆的，老老实实打一辈子光棍，也不至于生出这么多事端来。可是谁愿意打一辈子光棍？信德尚有老母要赡养，以后他老了，也想有个孩子送终，谁都不想独自过。

陈江琴逃走之后，信德染上了赌瘾，一开始他只拿赌钱做消遣，排遣排遣心头的烦闷，没想到后来越赌越沉迷。三天两头输钱，回到家，就把气撒出来。阿喜因此，没少挨过打骂。阿喜年纪小，但内心比谁都要敏感。父亲越胡闹，他越是想念离家不归的母亲。

母亲出走那阵子，阿喜每天坐在家门口，盯着大路边来来回回的人，想寻找母亲的身影。后来有一次，阿喜看到一个女人经过家门口，背影像极了他的母亲。他一路小跑跟在她身后，也不知道走了多久，女人拐进一条巷子不见了。阿喜陷进了迷宫，转来转去走不出，等他绕出巷子，已经不知身在何方，他眼前模模糊糊的，像有金星飞绕，他看到烈日下泛着白光的北帝庙，黑漆漆的墙，红彤彤的屋顶。他急得红了眼，哇哇哭起来。

路过的一个阿婶看到了，问他家住哪里，父亲叫什么。

阿喜哽咽着说出父亲的名字，好心的阿婶几番打听，这才将阿喜安全送回了家。

这事在阿喜心底投下一片浓得化不开的阴影。往后很多次，遭了父亲骂或者祖母虐待后，他就一口气跑出门，跑到很远很远的地方。他不敢真的离家出走，他还小，没有生存能力。母亲跑后，祖母怕他走丢，每次打麻将就用布条把他拴在桌腿上，祖母恐吓他说如果走丢了，会叫坏人抓住，砍断手筋和脚筋，扔到路边做乞丐。阿喜怕，比起被祖母责骂，他更怕疼痛和死亡。从小他就有个念头，长大后他要去找母亲，只有长得高高大大，才有力气去很远的地方。

阿喜不知道母亲去了哪里。

在学校里，他偷偷跟关系要好的同学讲他的母亲，同学不相信。他母亲真的回越南去了。越南那么穷，回去干吗呢？不知道是谁教他这样讲，阿喜听了很苦恼，同时也困惑不已。如果母亲不回越南，会去哪里呢？同学问他，你阿妈叫什么名字？这一问，把阿喜问倒了。阿喜发现，原来他连自己母亲叫什么也不知道！他回家问父亲和祖母，他们缄口不言。在家里，父亲从来不喊母亲姓名，他喊她"喂"或者其他称呼。自从母亲跑了，她的名字也在家中消失了。

父亲将所有和她有关的东西，烧的烧，扔的扔，就当她真的死了，不存于人世。

阿喜问厝边头尾的长辈们，问了好多人，大家都摇摇头——原来，邻居也不知道阿喜母亲叫什么。他们平时喊她"越南"或者"越南姐"——嫁过来一年后，陈江琴终于学会了说这边的话。邻居们开心，这下，他们彼此沟通就无障碍了。可笑的是，他们谁也不去留意这个越南新娘究竟叫什么。他们都以为，她嫁过来，会在他们乡里待一辈子，她姓什么叫什么名字，一点也不重要。

阿喜只知道他有个从越南来的母亲，却不知晓她的姓名，这让他痛苦不堪。

长到十六岁，阿喜办了身份证。这张身份证，是他存在于这个世界上的证明。

阿喜跑后，信德后悔不迭，他后悔给阿喜办了身份证，有了身份证，他就能乘车坐船，逃到很远很远的地方。他拍着大腿哭丧道："我为什么这么憨啊！"

他整晚睡不着，心口堵得慌，脑子焦灼，乱转个不停。阿喜到底去了哪里呢？他一个人跑出去，要是遇到骗子，被坏人逼去做坏事，给警察关起来，判了刑……他脑子里走马灯似的闪过一连串坏念头，越想越可怕，越想越清醒。眼看着天快亮了，他眼睛肿胀又酸涩。

好不容易熬到大清早，他决定到派出所报案。

派出所只有守门的在，没人上班，信德就等着。待到民警上班，信德上去报案。民警问他："你儿子什么时候走失的？"信德说："昨天。""昨天什么时候？"信德说："傍晚，天快黑那阵。"民警皱着眉，敲敲笔杆："不到二十四小时呢，按规矩，还不能立案。"信德母亲跟在旁边，她缠着民警："怎么不能立案啊？人跑了，你们要给我们追回来！"

民警耐心地说："这样吧，我先给你们登记，说不定小孩子只是跑出去玩，你们再找一找看，说不定他就在家等你们呢。"

信德和母亲登记了信息，便悻悻然离开了。

好不容易挨到天黑，信德连饭也顾不上吃，又匆匆跑到派出所去了。

民警看到信德，露出笑来。他们登记了阿喜的相关信息："走失"时穿的什么衣服、什么鞋子，理的什么样的发型，身体有无任何突出特征。信德详细将阿喜描述了一遍，描述完，他的身体止不住颤抖。他分明清楚地看到阿喜站在他面前，咧着嘴朝他冷冷在笑，他伸手一抓，抓到的却是一把空气。

从派出所出来，他垂着头，像被抽走了浑身的能量。

第三天一大早，他去张贴寻人启事，上面有阿喜的相片，那是他办身份证的时候拍的。隔一根电线杆，他贴一张，乡里几乎所有的电线杆都被他霸占了。信德贴寻人启事时丝毫不马虎，他一手握着一罐糨糊，胳膊底下夹着厚厚一沓纸。他抽出一张寻人启事，找块干净的地面，反过来，放上去，往上面涂糨糊，再贴到电线杆上。

打印一张寻人启事要五角钱，信德好说歹说，打印店的人怎么也不肯给他降价。信德花了三百多块钱，印了厚厚几沓寻人启事。陈江琴跑的时候，他也没这么疯狂过。他以为亲情的厚薄，是由时日长短决定的，陈江琴跟他的时间短，痛过一阵就好了，但阿喜不同，阿喜跟了他十几年，这痛，不是一年两年就能痊愈的。母亲帮他贴，他们在乡里忙活完，又到邻镇去。风吹日晒，那些打印的寻人启事很快剥落了。信德每次经过贴满寻人启事的地方，就像叫人狠狠扎了一针，密密麻麻的针眼，将他的心扎成了蜂窝。

没几天，下了场暴雨，寻人启事全让雨水给毁了。雨水把寻人的纸张冲下来，泡在水洼里，皱巴巴的。阿喜那张小脸泡在泥水中，成了一团黏糊糊的泥浆。

贴寻人启事的路走不通，信德琢磨找市里的电视台帮忙找儿子。电视台收费贵，信德咬咬牙，把登寻人广告的钱给付了。电视台的人依照信德给的信息，播了寻人启事。这一下，信德儿子"走失"的消息扩散到其他乡镇了，但凡那个时间段收看当地电视台的人都知道了，有个叫林信德的人的孩子走失了。信德在启事的下方留了名字和家里的电话号码，还写上了"必有重酬"。每次打开电视机，看到花钱登的启事，他的心里就难过一次。他盯着电视上儿子的照片，电视荧幕的颗粒跳动着，他看了很久，发觉儿子的名字也模糊起来，连同他的照片，也摇晃不定。

信德被阿喜的事折腾得茶饭不思，他胡子拉碴的，人也瘦了一圈，眼眶深陷，眼底布满了血丝。母亲哭肿了眼，劝他找不到就算了，何苦把身体搞坏。

信德不肯罢休，他供阿喜吃穿，供他读书，原本指望他传宗接代赡养老人的，现在阿喜一走了之，他砸下的心血和钱财，全都泡汤了。一想到这些，他就来气。他反复回想阿喜离家的那个傍晚，天边布满火烧云，公路那边的泡沫厂失了火，半个镇上的人，救火的救火，围观的围观。

信德没想到，阿喜选择在这样一个傍晚出走，出走时他只收拾了几件衣物，还偷了一笔钱，连同身份证，也一并带走了。

日子过去一天又一天。信德每天都盼着，盼着有人见到阿喜，给他来电话。家里电话机一响，他比谁都警觉，他的心跳得飞快，拿起话筒的手颤抖不止。可是，打来电话的人，要么提供的是无用的信息，要么就说些无关紧要的话。他的三个姐姐连同她们的家人，来家里给他出主意。他红着眼，看着所有人七嘴八舌，张口闭口，说话的声音乱糟糟地在他耳畔飞过。他心底一片凉。这么多年过去了，他还是一个遭人可怜和同情的对象。

他愣愣地看着门口停放的老凤凰，车把上的车铃生锈了，日头照下来，闪着暗淡的光。老凤凰是他娶陈江琴时买的，横杠的，车座很高，有个弹簧支撑的皮座，坐上去会发出吱呀吱呀好听的声音。他骑这辆老凤凰载过陈江琴，后来陈江琴跑了，他用它来载阿喜。他载阿喜去读书，阿喜喜欢坐在横杠上，用他小小的手指拨弄车铃。车铃叮当叮当响起，他跟着乐呵呵傻笑。阿喜长大后，车杠容不下他了。信德还记得，他学骑车时，双手抓住车把，身子弯曲藏在横杠和斜杠构成的三角区内，一只脚踩脚踏板，另一只脚跨过去，整个人弓成虾米状。信德推着车帮阿喜保持平衡，阿喜憋足劲，身板高高低低，一双小手握紧车把，脖子抻长，圆圆的脑袋只比横杆高那么一点点。信德没想到，六七岁的阿喜这么快就掌握了诀窍，练习过几次，摔过几跤，他终于驯服了比他高大也比他粗笨得多的老凤凰。

信德看着老凤凰，仿佛也见着了阿喜。他以为阿喜只是出去玩一趟，很快就骑车归家了。

大姐劝信德："人走了，花多少钱也要找，死了也要找。"二姐冷言冷语地说："早就劝过你了，别人家的孩子不值得养。"三姐握着信德的手安慰说："不用担心太多，阿喜钱花完了自然会回来的。"三个姐姐各自的丈夫、儿女，他们站的站，坐的坐，每个人的表情都不相同，有的愁着脸，有的一脸平静，事不关己。信德母亲，这个家族中辈分最高的老人，此刻正愁眉苦脸。她看着重聚到家中的儿女子孙们，感到说不出地凄恻。她的三个女儿嫁得一般，但是至少，她们的家庭都是完整的。相比之下，信德这个人，连同他的婚姻和儿子，都是残缺的、不完满的。老人家想着想着，泪不自觉地流下来。她苦了一辈子，好不容易有了个"孙子"，拉扯他长大，他却一声不吭跑了。她心底憋屈，像遭人剜掉心头肉一样。她对陈江琴真是又恨又恼，对阿喜也是。她觉得他们是老天派来折磨她的，她没了丈夫，接着又没了儿媳妇和孙子，他们一个个，存心要剥掉她仅剩的皮肉。

寻儿子无果，信德也无心上工，每天晃晃悠悠，钱没挣几个，加上欠了些债，他就再也不敢去赌了。

乡里几个赌友碰到信德，招呼他玩几把，信德悻悻然，摆摆手，"不玩了，不玩了。"

有一天，信德走到巷口，听到路边修车铺的人七嘴八舌在说话。他上前听，听见有人说老钱过身了。他不知道他们说的哪个老钱，仔细听下去，才知道，他们口中的老钱就是钱先生。他听人说，老钱半夜心脏病发，一口气喘不过来，送到医院，已经没救了。

信德心中咯噔一下，他没想到钱先生走得这样快。印象中，年老的钱先生头发花白，脸颊和脖子的地方布满老年斑。他身上那份教书匠的气质还在。信德想到他，心底五味杂陈。他和钱先生断交很久了，陈江琴刚跑了的那阵子，信德到钱先生家"讨公道"，险些把老人家活活气死。信德不知道，那时他就有心脏病了。他每次过东南亚探亲，都会带些治心脏病的药回来。在乡里，对着厝边头尾，他和老伴从来都缄口，好像患心脏病，是见不得人的丑事。

信德记得，钱先生膝下有一儿一女，儿子大学毕业后考到市里的检察院当公务员；女儿嫁了个揭阳人，去了深圳那边做珠宝生意。按道理，钱先生是没有那份闲心给信德介绍越南新娘的，乡里人对此并不太理解。后来，大家听了些碎言碎语，才恍悟，原来钱先生的儿女，对父母并不孝顺，一年难得回次家探望二老。女儿在深圳，生意忙，少回来探亲还说得过去，但他在市里检察院任职的儿子，如此不孝顺就说不过去了。2000 年前后，他有了车，回乡载父母到市里小住，厝边头尾交口称赞，说钱先生可以享清福了，谁知道没几天，二老就回来了。

别人问起钱先生，他倒也不忌讳了，只是叹气道，男怕入错行，更怕娶错了老婆。

这一说，大家就都明白了。

回忆起这些，信德弄懂了些什么。他想起来，那时钱先生乐此不疲给他介绍越南新娘，究竟是出于什么样的心理。老人家把牵红线当作消遣，也当作行善做好事。那阵子他到钱先生家理论过几次，索不到赔偿的钱，只好悻悻然打道回府。

信德从此与钱先生断了交，一旦断交，就拉不下面子去和解。

现在，他想当面跟钱先生道歉，但是，钱先生走了，他再也没有机会了。

信德还记得，当时他指望钱先生帮他回边境上去找陈江琴。

他好说歹说，钱先生铁着脸推托掉了。钱先生说："你知道她跑哪里去了？说不定她跑去越南了！"

信德脸红脖子粗的。钱先生说："当初我和你讲要好好对她！你呢，做到没有？"

信德自知理亏，却还是犟着脾气，把一双眼睁得浑圆。

陈江琴嫁过来头半年，他没少打她。到了夜里，他要行房，陈江琴穿着牛仔裤，把腰带绑紧，躺在床上像条死鱼。信德爬上床，脱她衣服，她推开。信德恼火，扇了她一巴掌，两人动手扭起来。信德边剥她衣服，边骂骂咧咧，他骂潮汕话，陈江琴听不懂，他就改口，骂"他 × 的"，颠来倒去，只会这句最简单的骂人话。

陈江琴被他弄疼了，用越南话骂他。

争闹到最后，往往以陈江琴的哭号告终。

头几个月，信德和陈江琴几乎天天都吵得不可开交。信德没辙，只能动粗。信德母亲没眼看他们这么吵下去，觉得丢脸，他们在隔壁房间吵架，她就用被子蒙上头。听着儿媳哭一阵停一阵，她心烦，怎么也睡不着。隔天起床，她到隔壁卧房，见陈江琴搂着被子，头发散乱，身上牛仔裤还穿着，皮带也系着。老人家叹着气，退出来。她问信德，这样下去还怎么生孩子？信德不说话，他没想到陈江琴脾气会这么倔强。软的硬的他都试过了，陈江琴就是不肯从他。那段时日，有人见到信德，看他脸上瘀青，故意调侃说，又"打越战"了？信德脸涨得通红，回了一句："打你 × 的越战！"

后来，信德终于把陈江琴给驯服了。信德原以为，如此一来，陈江琴很快就会怀孕。他越想越兴奋，行房的次数也越发多了起来。

谁知道几个月过去了，陈江琴的肚子，一点怀孕的迹象也没有。

母亲看陈江琴的肚子还是扁的，心生疑窦，问信德，越南姿娘是不是不会生育。

信德恼羞成怒，呵斥一声："你管那么多做什么！"

母亲指着信德骂道："你这个没良心的，娶只不下蛋的鸡，有什么用！"

他们没想到，没有生育能力的并非陈江琴，而是信德。在母亲催促下，他们夫妻两个到医院做检查。检查结果叫所有人大吃一惊。信德拿着检查结果，蹲在医院走廊上抱着头，恨不得把头发都揪下来。母亲缠着医生问是不是查错了，医生严肃地和她说："老人家啊，这种事你觉得能开玩笑吗？"母亲听完，讶异得半天说不出话来，医生的话如晴天霹雳，让她觉得是她自己遭了罪判了刑。

陈江琴，从他们的对谈和表情中得知了真相。她预感到了什么，站在医院的走廊上，她冷冷地看着信德和他母亲。

信德其实早知道，陈江琴从未把这里当成她的家。她没法在心底认同信德和他母亲。她不当信德是丈夫，也不拿家婆当家婆。

现在折腾到了这步田地，她好像松了口气。终于可以名正言顺地拒绝跟信德同床了。她怕了，身体是她自己的，坏掉了，没有谁能够赔偿她。

陈江琴远嫁到这个中国南方的小镇，目的其实很简单，无非是跟信德生个孩子延续他家香火。如果不是因为家里穷，她本不该沦落到这里，也许留在边境，或者去越南，嫁给农民，或者做小生意的商贩。她听不懂信德他们讲的话，在这个鬼地方，她没有什么相识的人。

镇子小是小，却怎么看都像个大监狱。

刚来时，她每天都哭，吃不下东西，咽不下饭。那时中国对她来说还很遥远，不承想，有天她自己会以这种方式，和这个陌生的地方发生关系。

那天在医院里，陈江琴的眼始终是冷的，她看着痛苦不堪的信德，忽然陷进了恐慌。信德跟他的母亲，他们的所作所为，仿佛在宣告，他们不会就此罢休的，不管是谁的身体有毛病，生儿育女的债，最终要由陈江琴来偿还。

让陈江琴更加痛苦的是，她无法和这里的人交流，包括信德和他母亲。陈江琴陷入一片寂静与黑暗的包围之中，呼救不得，出走不得。信德连普通话都讲不好，有时话说急了，只好磕磕巴巴，打起手势来，陈江琴故意装作看不懂的样子。信德气急败坏，他和母亲，把陈江琴当成学舌的孩童，试图用各种方法让陈江琴快速掌握这里的方言。他们必须把她改造成一个地道的潮汕媳妇。他们没想过，陈江琴生下来是越南人，到死了，她骨子里流淌的，也还是越南人的血。

陈江琴想过死。在得知信德打算找个男人跟她睡之后，她羞愤得差点自杀，但她并没有迈出那一步。她想跑，这个念头从她踏入信德家的那一刻起，就再也挥之不去。可是，在这个陌生的小镇，人生地不熟的，她想跑也没处去。如果给抓回来，免不了遭一顿毒打。

挣扎很久，她说服自己，只有完成生儿育女的责任，才能攒到逃跑的筹码。

那天，当那个粗壮男人爬上她的床时，她的身体颤个不停，泪止不住淌下来。她闻到他身上的体味，不敢看他的脸。自始至终，她的双眼紧闭，任凭那条贪婪的野狗在她身上蹭上蹭下。

她哭着让他做完该做的事，像头献祭的羔羊。

那个男人走后，她下身赤裸着，抱紧一床被子，蜷缩在一角，连哭都没有声响。

信德迟迟不敢走进来看她。经过这件事，作为一家之主的他，彻底失去了掌控自己人生的资格。男人走进房间，爬上陈江琴的床时，信德待在门外，觉得周遭忽地冷下来，他被泡在冰凉的水缸中。他想起在医院的情景，越想越难受，只好蹲坐下来，默默地掉泪。

现在几年过去了，陈江琴挣脱了那根束缚她的缰绳，跑开了。

信德的脑子里乱糟糟一片，他耳边响起钱先生的老伴的质问："你把我们当作什么啊，我们又不是她的娘家！丢了人，你自己找回来。"

信德从那个久远而沉痛的梦中醒了过来。

钱先生殁了，信德觉得，天"轰"的一声，塌了，他和陈江琴最后的一丝联系也因此断了。阿喜离家出走后，信德晚上做噩梦，看到阿喜只身乘坐一艘轮船，轮船沿着黑黢黢的大河开过去。阿喜站在甲板上呼喊着什么，风呼呼吹过来，信德模模糊糊听见他喊的是陈江琴的名字。梦里信德的意识还很清醒，他明白阿喜并不知道他母亲叫什么。"陈江琴"，连同她的人，在逃走的那天就已经死去。阿喜呼唤的只是一个魂灵，一个看不见也摸不着的魂灵。信德试图将阿喜从甲板上拖下来，倏忽间，他听到轰隆的巨响，两岸山石滚落下来，他的身体随之剧烈晃动。大河起了风浪，高高的，势不可当。轮船身上的铁片和零部件给浪花掀翻了，很快，更大的浪花打过来，船倾覆了，沉到水底，阿喜的身影在眼前晃了晃，不见了。

钱先生出殡那天下了细雨，乡里亲戚朋友来送行。信德没脸到钱先生家，只得远远跟在送葬队伍后头。钱先生的老伴一边哭一边走，儿子和女儿、孙子外孙也在哭。信德看到他们穿着孝衣，抬棺木的人脚步迟缓。他们一路往公路那边走过去，过了公路，就是山上了。镇上的人，男女老少，死了都葬在同一个地方。公路上过往的车，停下来给送葬的让路。信德立定了，不敢朝前走，他伫立在路边，看着他们越走越远，雨飘落下来，打湿了信德的头发，他的眼睛也湿了。他看着弯弯曲曲的队伍在山上走，斜过去，然后没入一片草丛中。他想到了自己，他老了之后也要葬到山上，可是，那个时候谁来送终呢？

那天信德受了风寒，回到家身子发抖，嘴唇哆嗦不止。母亲看他脸色不好，就给他煮了一碗姜汤，他喝完，浑身内外发热，额头冒汗。可是姜汤再暖，也抵挡不住风寒。他发烧了，烧得迷迷糊糊，躺在床上四肢乏力。此时正是暮春时节，雨过天晴，窗外铺满了明晃晃的日照，信德待在屋里如坠冰窟。母亲拿来一床厚厚的棉被给他盖上。他口干，喉咙烧，喝过一杯又一杯的热水，不由得膀胱发胀，爬起来解手，脚也站不稳了。他的身体向来没什么大毛病，不信小小的风寒能拿他怎么办。

然而重新躺回床上时，他感到盖在身上的不是棉被，而是坟堆上那又厚又湿的土。

眼看着烧不退，母亲请了医师过来，医生把过脉，打了针，让老人家和他回药铺去开了药。这样熬过一晚，信德才渐渐从昏睡中缓过神来。

信德老人现在还能想起来，阿喜出走后，他是怎样一步步被生活逼到了墙角。中间有几年的时间，有人劝他再找一个，凑合着过日子。母亲也劝他说，要不就随便找一个吧。可是信德哪里肯听呢，他没有生育能力，再找一个女人，只怕又重蹈覆辙，他耗不起，也被折腾怕了。这之后，他熬过了一段苦日子，阿喜出走留下的后遗症，也逐渐被日常的琐碎给压下去。只要不去想，信德就不会感到那阵切肤的痛。人都是自欺欺人的动物啊，信德找过很多地方，也花了不少钱，但无济于事，阿喜像坠入海底的石子，再也寻不着踪迹。有时他做梦，梦见阿喜站在床边，咧着嘴对他笑。信德辨不清阿喜为什么要笑，再睁开眼看，阿喜的笑透着一丝冷意。信德害怕这种带着冷的笑，像浸了毒药的箭，直直插进胸口，扎在了心脏。等他从梦中醒来，额头汗涔涔的，他条件反射地去摸胸口，摸到了一阵扑通狂乱的心跳。

他隐隐觉得，有朝一日，阿喜会回来报复他。阿喜不应该来到这个世上遭受这些罪的，他是无辜的，信德想，这一切都是他的错，他不单把阿喜带到了世上，还害得他离家出走。他不知道阿喜去了什么地方，遭遇了什么事，有没有被人欺负。这些担忧一天天地，压迫着他的神经，使他每回想起阿喜来，都像揭开了旧伤疤，血淋淋的，怪吓人。

母亲越发老迈了，而信德自己，虽然才五十岁出头，但是头发脱落不少。皱纹，也是一大把，加之常年喝茶，他的牙齿发黄，看起来要比实际年龄老上好几岁。

信德慌了。他从未感到岁月的爪牙如此尖利，他琢磨着怎样才能补好心口那个凿开的洞。

有天，他在厂里和工友聊起来，工友建议他，干脆认个干儿子吧，或者过继一个来养。工友的建议正中信德下怀，他一直有这个念头。他动心了，又不知上哪里去认个儿子。再说了，他一把年纪了，无钱无势的，谁心甘情愿送个孩子给他养？

信德回到家，忍不住把这些想法和母亲说了。

母亲揉一揉混浊的眼说："你要想清楚啊，要是再出个什么事，我……"

信德说："你老人家别想太多，我就随口讲一讲，你别往心里去。"

母亲知道信德心底苦。老婆孩子都走了，剩下他们母子二人相依为命。嫁出去的三个女儿，还有她们生下的孩子，和老人家并不亲近。一年到头，家中总是冷冷清清的，老人家看着也难受。阿喜在家时还好，家里有人气，算热闹。阿喜这个孩子没其他缺点，就是内向，不大爱说话。阿喜不是信德生的，但时日长久，老人家再怎么不喜欢，也渐渐地将阿喜当作亲孙子看待。龙眼荔枝上市，再贵也舍得买给阿喜吃；阿喜想要什么玩具，老人家出私房钱给他买。家里的经济并不宽裕，除开这些，阿喜的生活不比其他人差。他没有兄弟姐妹，所有的好处都归他。老人家原以为，这样就足够了。有一点，她始终看不透，阿喜的心是空的，往里头倾倒再多的情感，也会漏掉。她老人家拉扯阿喜长大的这十几年间，把屎把尿，当爹又当妈，虽然难免发脾气，对阿喜打打骂骂，可毕竟是为了他好啊！

后来，真的如她那时候说的，别人家的鸟，迟早要飞的。阿喜重蹈了他母亲的覆辙，六亲不认，甩甩手，跑得连个影子也无处寻。

"要不，去算个命吧，人无法决断的，就由老天来定。"

信德点了点头："很晚了，明天再去吧。"

隔天，他骑着那辆老凤凰，载母亲去找乡里的龟伯算命。

龟伯之所以叫龟伯，是因为他驼背，背部鼓起一个锥形的驼峰。他七十几岁，自年轻起就喜好翻看卜卦算命之类的书，钻研久了，偶有心得，就给厝边头尾算，合时日，择吉辰，拿捏得很准。后来名声渐渐传开，十里八乡的人，也来找他。他常年下地耕种，并不以占卦算命为生。儿女成家立业后，他年纪大，不种田了，闲下来就给人算命，也算老有所托。

信德和母亲到龟伯家时，龟伯正托着一只大碗在喝粥。看到客人来，他抬眼点了点头，不徐不疾，慢悠悠地把粥喝完，抽了张纸巾擦干净嘴，再叼一根牙签，这才坐下来，招呼信德母子俩。

龟伯开口道："这次问个什么啊？"

信德母亲于是把事情的来龙去脉细细讲了一遍。

龟伯对信德家的事早有耳闻，他没想到，跑了老婆，又不见了儿子，信德不死心，还想再认个儿子。

信德母亲客客气气地讲："先生啊，你来算一算，看看有什么指示。"

龟伯眯缝着眼，问信德要了生辰八字。

信德报完，龟伯嘴里小声念叨着什么，手搁在膝盖上，手指头有节奏地敲起来。

信德和母亲对视了一眼。厝内的白炽灯偏暗，信德环视过去，家里摆的红木家具有些年头了，漆面色泽暗淡。客厅北面墙挂了幅猛虎下山图，东边墙角摆了只陶瓷花瓶，插一株假桃花。龟伯坐在红木太师椅，背往后靠，头微微前倾。片刻之后，他睁开了眼，气定神闲地说："后生人啊，命里轻薄，要找一个八字重一点的，才合得来。"

信德听了，皱了皱眉。龟伯这番话，到底是鼓励他，还是奉劝他？

倒是母亲更明白，她问龟伯："先生啊，这个干儿子，要上哪里去找？"

龟伯摇头晃脑的，沉吟片刻说："不好讲，要耐心等。"

信德的眉头皱得更紧了，他觉得龟伯这句话，讲了等于白讲。他也不再问什么，只想着快些算完，回家算了。

离开前，母亲恭敬地递个红包给龟伯，龟伯收下，揣在衣袋里，露出浅浅的笑，送母子俩出门。临走前，龟伯拉住信德的手，他个子比信德矮不少，手劲倒是很大。

龟伯说："听阿伯一句话，万事要细心啊。"

信德诧异极了，他没想到龟伯会对他说这些，他两片薄薄的嘴唇张了张，挤出一句："嗯，我知。"

回家路上，信德耿耿于怀，龟伯那句话到底什么意思呢，万事细心？他神神道道的，故意不点破，要信德自己去参悟。信德问母亲："龟伯是要我找个儿子，还是劝我不要找？"母亲说："依我看啊，找是要找，就是应该谨慎。"信德没再说什么。龟伯的话可信也可不信，再说茫茫人海，到哪里去找个儿子？恐怕这比把阿喜找回家还要难。

信德也没太把龟伯的话放心上，日子照旧，他每日都到厂里上班，搬货,打扫卫生,到月拿了工资,抽四五百块给母亲做生活费,其他的,归他自己花销。他闲来无事,渐渐染上了喝酒的习惯,起初只是小酌,配点花生米,饭后当消遣。后来他有了一个酒友,不用再一个人喝闷酒了。

酒友是街上开游戏厅的阿城。有了酒友,信德喝的量也逐渐大起来。他们喝啤酒,也喝白酒。信德不抽烟,不过每个月花在酒上的钱,日积月累,也不少了。"酒终归不是什么好东西啊。"母亲没少劝诫他。信德说:"你老人家管好你自己就好。"每次喝多,信德都会打开录音机,听潮剧唱段,一边听一边扯开嗓子跟唱,咿咿呀呀,荒腔走板的。阿城酒量比信德好,信德唱潮剧,他也跟着哼。信德哼着哼着,就哼成了哭腔,稀里糊涂,开始大吐苦水:"城啊,我真羡慕你,有老婆有孥仔,日子过得潇潇洒洒,不像我,我命苦啊,老父走得早,到死了我也没见伊一面,现在我半只脚踏入棺材,没个老婆也没个孩子……"

阿城其实最怕信德跟他发牢骚,颠来倒去,讲的那些陈芝麻烂谷子,他都能背下来了。阿城斟满酒,呷一小口,接着仰脖干掉,极为享受地咂巴着厚厚的嘴唇。"信德兄啊,你千万莫这么想,你看你现在多自由啊,无牵无挂。老婆孩子嘛,走了就走了,你年纪也不大,要不然就再认个干儿子?以后老了啊,也有人善后。"

阿城的话戳了信德的软肋。信德想起他庸庸碌碌活了这么长时间,该抓住的都丢了,现在无处拾掇。心啊,就像破开了洞的布匹,风一吹,呼啦呼啦响个不停。他抬手抹了抹眼角,也倒满一杯,三两口喝完,叹气道:"我也想啊,你说怎么办,你给我找一个,啊?"信德满脸的悲戚。阿城拍拍他肩头:"你不要难过啊,总有办法的,我帮你打听打听，有什么情况告诉你。"

阿城和信德做了几十年邻居，他看着信德一步步走到了今天，信德遭遇的变故，他看在眼里，很是同情。跟厝边头尾的态度不同，他并不排斥跟信德做朋友。阿喜出走那阵子，他还帮忙找过，他清楚得很，信德的苦，跟中年丧子没什么区别，甚至比中年丧子还要惨痛。

这件事过后不久，有一天，阿城拎着一瓶竹叶青上门来。

一进门，他对信德说："我给你说件好事。"

信德和他母亲正在吃晚饭，见到阿城一脸欣喜的样子，忙问："什么好事？"

阿城放下那瓶竹叶青，笑着说："我给你物色了一个干儿子！"

他们母子俩以为阿城在开玩笑，但看阿城的样子，他说话的口吻，一点也不像开玩笑。

阿城拧开竹叶青的瓶盖，倒了杯酒，慢悠悠地说起来。

他讲饶平龙眼城乡下有他一户远房亲戚，家里很穷，生了三个儿子两个女儿。大儿子结婚了，大女儿高中没读完，出来打工，二女儿和二儿子还在读初中，最小的儿子才七岁。阿城要喊这个亲戚表哥，两人年轻时有过交往，感情不错。表哥年纪和信德相近，今年热月去收龙眼，他从龙眼树上一脚踩空，头磕到石块，脑浆溢出来，送到医院，救不活，死了。家里失去了最主要的劳动力，天都塌了。他老婆本来身体不好，丈夫一死，她把双目哭肿了，身体也哭坏了。阿城表哥平时最疼他的小儿子，原指望他好好读书，以后读大学。父亲一死，小儿子就跟叛变了一般，哭啊闹啊，死活不肯再去读书。家人好话说了一箩筐，他怎么也不听劝，有一次还差点跑丢了，母亲吓得晕死过去。这事传到阿城老母亲耳朵里。老母亲和阿城说了，两人合计，想把孩子接来暂住一段时日。阿城跟表嫂讲了，表嫂没什么主见，她问小儿子，小儿子点点头。这事阿城需得请示老婆，她死活不答应，两公婆为此吵起来。阿城这头已答应过表嫂，现在夹在母亲跟老婆中间，进不是退也不是，万般无奈，他想到信德，心想，或许孩子来，可以先住信德家。这样，既能调和自家矛盾，也能帮表嫂一个忙，照顾侄子。

信德听完，问母亲怎么看。

老人家边收拾碗筷，边招呼阿城先坐。"这个事啊，要慢慢参详。"阿城说："婶啊，我看可以这么做，你们和我侄子要是相处得好，干脆就让信德认他当干儿子。"老人家听了，甩甩湿漉漉的手，拿抹布擦了擦，说："你们先喝酒哩，我出去买点东西。"母亲一走，阿城压低声音问信德："阿婶是什么意思，答应还是不答应？"信德把之前找龟伯算命那一节讲给阿城听。阿城听了，眉头微皱，很快又舒展开来，他给信德倒酒，边倒边说："阿德啊，你听我讲，我考虑了很久，以我们的交情，这个忙你应该帮，龟伯是叫你谨慎，但没阻止你做好事啊，这是好事，你说对不对？"

信德有所触动，便问阿城侄子叫什么。阿城说，伊家人姓杨，我侄子叫杨川，小名阿川。信德问他多高，性格怎样。阿城细细描述一番。信德听完，满意地点点头。阿城说，我侄子说起来和阿喜还有几分像！信德很久没听别人提阿喜的名字了，一听阿城讲起来，他就止不住红了眼眶。阿城怕他老调重弹，又把那些陈芝麻烂谷子拿出来讲，便倒了竹叶青，劝信德喝酒。信德喝高了，眼神飘忽，搁下酒杯，忽地又扯开嗓子唱起来。这次他唱的是《玉堂春》："王金龙命中不幸，长街求乞凄惨重重……"信德声细细的，唱得像猫哭，唱完了"重重"，又倒回唱"命中不幸"。阿城怕他再唱下去真的要哭起来，便劝慰信德说："我看就这么定了吧，明早我开摩托车载你去龙眼城，接我侄子来。"

很多年过去了，直到阿川吊死在破庙，信德还是能清楚地记起来，当时接阿川来家里的情景。第一次见阿川时，他穿了双人字拖，校裤洗得发白，膝盖的地方破了个小洞。他倚在门槛上，头发短得紧贴着头皮，双眼圆圆的，直愣愣地看着来到家里的两个客人。几年前，阿川还很小的时候，父母带他到阿城家做客。阿川隐约记得，阿城家开了游戏厅，那时阿城家盖的是石棉瓦屋顶，很简陋，他们一家人吃住都在那里。阿城抱起阿川，放他到高凳上。阿川盯着发光闪烁的电子屏幕，嘻嘻笑起来。一晃几年过去，阿川长高了些，却没了往日的纯真可爱。

龙眼城是饶平黄冈镇下辖的一个村，有段路破烂不堪，信德坐在摩托车上，颠得屁股痛。阿城好多年没来过龙眼城，半路停下来问人，才寻到阿川家。见阿川第一眼，信德就觉得这个孩子不太一样，他看人的眼神，脸上的表情，都叫人心疼。他们两个和阿川母亲寒暄，阿川母亲留他们吃饭。到了饭点，上学的二女儿和二儿子回来了，家里的饭桌围坐了六个人。阿川捧起碗，夹了几筷子竹笋和猪肉，到里间去吃。阿川母亲面露尴尬说："自从伊阿爸出事，伊就这样，不爱坐一桌吃饭。"阿城扒了口饭，鼓着腮帮子说："这样不好啊，不礼貌。"信德安慰说："没什么，孥仔还小，有点情绪也正常。"

阿川母亲说："你看伊阿兄阿姐，哪里像伊？都老老实实，该吃饭吃饭，该读书读书……"说完她回过头看看阿川，他捧着碗，故意把脸别过去对着墙壁，发出很大的哑巴声。

信德看到阿川，想起父亲被大水冲走的那年，他跟阿川约莫一样大。父亲的尸首冲到大海，乡里修堤坝的人打捞不到，想派渔船下海，但风浪太大，渔船根本开不出去。撒了渔网，也捞不到。因为修堤坝，乡里的男人没少受伤，但被大水冲走的，却只有信德父亲一个。他成了修堤补坝的烈士。政府给信德家送来一面锦旗和象征性的一点慰问金。那时信德还小，他对"死亡"并没有什么概念，他只知道，父亲没了，家里再也没有他的身影。好多次从梦中醒来，信德会习惯性看一看屋子，他产生幻听，听见父亲还在家里，起身穿衣服，踩着拖鞋，啪嗒啪嗒，走来走去。后来信德渐渐长大了，就再也没有过这种幻听了。那面锦旗在客厅挂了很久，直到布满了灰尘，才被母亲收起来。他们家只拿到一年的慰问金，政府没有任何交代，把后续的补偿费停掉了。信德母亲三番五次找领导反映，领导推来推过去，闹过几次，无果，也就不了了之了。

出事后，风浪稍停歇了，海边的人帮忙搜寻信德父亲的尸体。然而什么也没有找到，他的尸体也许沉到海底，也许被鱼啃光。总之，现在后山上信德父亲那口坟墓是空的，族人帮忙购了一副棺材，信德母亲拿了些丈夫生前穿的衣物，做了一座简陋的衣冠冢。现在每到清明节，信德一家除了到山上扫墓，也会到父亲当年出事的海堤边烧纸钱。三个姐姐出嫁，有了各自的家庭，母亲年迈，走不动，扫墓的责任自然归到信德身上。他骑着那辆老凤凰，装满祭祀用品的春盛用绳子固定在车后座，要骑个把钟头才能到。经过那年的抗洪抢险，堤坝筑得很高，海水再也不可能冲过来了。信德从小到大，看着同一片海，海是老样子，他自己却一年年地老去。海风大，吹得他双目酸涩流泪。他把祭拜用的水果、馒头和卤鹅盛在盘子里，摆好，往地上插了蜡烛和香。纸钱烧到一半，大风吹来，信德抬头看着那些在半空飘旋的灰烬。日头毒辣，照得他不得不眯缝起眼。他也不知道这几十年来，父亲有没有收到家人烧的香烛纸钱，要是收到了，在茫茫海底，他应该会宽心吧。

吃过饭，阿川母亲冲茶招待客人。阿川坐在椅子上，不说话，偶尔抬起头来，迅速看信德和阿城一眼，就自顾自玩了。阿城说："川啊，叔跟你参详件事，你到我们那边耍几天，包你吃住，还有电子游戏打，去不去？"阿川聋了似的，也不回应。母亲看不下去，揪住阿川的耳朵，他疼得呀呀叫起来，甩手拍掉。母亲呵斥他："大人跟你讲话，你耳朵塞啦？"信德怕他们吵起来，就走过来，摸摸阿川的头，说："川啊，你听话，莫整日气你妈，你到时先住我家，有吃有穿，要什么都有。"信德这番话吸引了阿川的注意，他眨着一双大眼，问："可以买四驱车吗？"信德点点头："可以啊，你喜欢，我就买。"

他们半哄半劝，成功说动了阿川。阿川不知道这一去，将面临怎样的命运。哥哥姐姐上学去了，没能等到跟阿川告别。阿川母亲帮他收拾了几件衣物，塞进手提袋。出门时阿川显然很开心，一下子恢复了往日的活泼。母亲捧住他的脸，吩咐他到了那边要好好听话，莫惹大人生气。阿川点点头，他看到停在门外的铃木摩托车，日头照在它的油箱那里，闪着红色的灼目的光。母亲哽咽着，她实在是不得已啊，家族没人肯相帮扶。阿城出的主意，无疑缓了她的燃眉之急。她哽咽着说："阿川就托给你们了，等家里事料理完，我过去看伊。"信德露出一个浅浅的笑。阿城接过手提袋，拍了拍说："嫂啊，你放心哪，我们保证照顾好阿川！"

阿川母亲送他们出了村口。摩托车骑出很远，她还立在村口，日头那么大，她越来越小。阿川骑在油箱上，手抓住车把，腰猫得低低的，没有回过头，哪怕看一眼。信德坐在最后，手抓住车后座的钢条，手提袋搁在大腿上。一路扬起灰尘。信德听见阿川问这个问那个，叽叽喳喳说个不停，阿城和他的说话声被风卷走。信德想，长在这个穷地方，真的应该换个环境。他想着阿川到他家，母亲也会欢喜的。到了这个地步，有总比没有好，更何况，阿川看起来很机灵，今后好好教育，肯定会有出息的。

阿川到信德家，看什么都觉得心适。信德家房子虽不大，但比起阿川家，要好很多。阿川家是平房，楼上盖了一间阁间，一楼分里间和外间。进门右手边是间小小的厕所，厕所挨着砖头砌的灶台，墙面熏得黑黑的。大哥成家之前，阿川和二哥，他们三兄弟睡在里间。父亲独自睡外间，一扇木板铺下来，垫在隔开里外间的门槛上，就是他的睡床。而姐姐们和母亲，则睡在楼上阁间。夏天热得受不了，才搬至一楼，布帘隔开，铺上席子，和三个兄弟划清界限。大哥后来结婚了（入赘邻镇一户人家），大姐外出打工，屋子空间才稍宽起来。

现在阿川有了一间卧房。信德母亲买来新枕头，看他穿得那么旧，又带他到市场买新衣服。阿城看到阿川很喜欢这个"新家"，大大放宽了心。三天两头，便过来看阿川。阿川开始时不怎么外出，后来和厝边头尾的人混熟了，就四处窜。他最喜欢去的，是阿城家。那里每天热闹，过来打游戏机的人，走了一拨，又来一拨。阿川看别人打游戏，无师自通，阿城拿游戏币给他，他一个币就可以打通关。

在信德家住得舒坦，有吃有穿，阿川早就将龙眼城忘得一干二净了。

收养阿川这件事，起初信德对三个姐姐守口如瓶。她们三个虽然出嫁了，却并不闲着，一听说信德认了个干儿子，就都约好了，一齐回娘家来看他。

信德教阿川叫三位姑姑，阿川一一叫过。三个姑姑都夸阿川长得精神，又聪明，吃过一顿饭，临走前，她们给阿川包红包，叮嘱他要好好听话。阿川从没收过这么大的红包，捏在手里，高兴得眼都眯了起来。

这样过了大半个月，阿川渐渐熟悉了这边的生活。有一天，阿川母亲坐大巴来看阿川，见了面，母亲问阿川想不想家，阿川摇摇头说："我不回家了，我以后住这里。"

信德母亲过来握住她的手说："嫂啊，你放心把阿川交给我们，你看伊过来这边，食得肥肥白白的，信德认他做契仔，是缘分啊。"

阿川母亲看着儿子，一脸的酸楚。情况和她想象的如此不同，她对信德母亲说："我也是无办法啊，家里经济困难……"说着，她就唉声叹气起来。信德母亲听懂了她的弦外之音，她请阿川母亲先坐，转身进到房间包了个红包，拿出来塞到阿川母亲手中。阿川母亲推辞道："阿姆啊，我怎么好意思收这个？"信德母亲说："我们母子的一点心意，你就收下吧，家里有困难，尽管开口，免客气！"

阿川母亲推托了几次，才收下红包，小心地放进裤袋。

中午，信德母子、阿川母子，还有阿城一家吃了顿饭。

饭是在阿城家吃的，三个女人合力做了一桌菜，满满当当的，汤是茶树菇炖乌鸡，菜呢，有荷兰豆炒鱿鱼、酸菜猪肝和鸡蛋饺包肉。阿川母亲带了早上刚挖的竹笋来，特地做了盘香菇竹笋焖鸭肉。孩子们早就饿坏了，看到丰盛的一桌菜，口水都要馋出来。阿川和母亲坐一起，对面是阿城夫妻和他的一对儿女，信德和他母亲挨着阿川坐。热热闹闹，小孩子喝饮料，大人喝啤酒。阿川扒了几口饭，就钻到桌子底下了，撞得饭桌晃了晃。阿川母亲弯下腰把他揪出来，瞪了他一眼，他这才老实了。

阿川母亲几杯酒落肚，眼眶红红的，看着阿川，忍不住哭了。阿城老婆递纸巾给她，说："嫂啊，莫哭莫哭，要开心啦。"信德母亲顺一顺她的背，也安慰道："在孥仔面前，莫这样哭。"两个男人搁下酒杯，看着她们。信德摸一摸阿川的头，他理解阿川母亲这种感受，谁不想孩子留在身边呢！他说："嫂啊，反正离得不远，你有时间就来看阿川。"阿川母亲抹了抹眼角，勉强挤出一个笑来："不好意思，我敬你们一杯。"说着，她给自己倒满，站起来，其他人也跟着站起来，酒杯碰到一起，声音脆亮。阿川说："我也要喝。"母亲说："孥仔人莫食酒哪。"没想到阿川一把抢过来，咕噜咕噜喝完，学着大人的样子把酒杯倒扣到餐桌。大家看他这样，都笑起来。

秋天的时候，阿川到乡里小学读书了。这一年的春节，信德买了些特产，带阿川搭车到龙眼城给他的家人拜年。大半年没回来，阿川并没有表现得多兴奋，他俨然和兄弟姐妹们有了些区别。他穿了件新的连帽衣，脚上蹬了运动鞋，怀里抱着四驱车。信德给阿川母亲送了茶、一袋猪肉脯和猪肉粽，阿川母亲给他换了对大柑。

吃过饭，阿川母亲问他："川啊，耍几天再走吧？"阿川摇摇头。信德说："难得回来，听你妈的，住几日，我再过来接你。"阿川撇撇嘴说："我想回去。"阿川母亲于是好言劝几句。阿川低下头，憋红了脸，嚷着要走。母亲一下子来气了，质问道："你还认不认这个家，啊？"阿川没见过母亲这么凶，他瞪圆双眼，和母亲对视着，"我就不喜欢这个家，我以后也不来了！"阿川母亲气得身子发抖，她抬手，甩给阿川一记耳光。"啪"的一声，阿川那张小脸上出现了红红的手印。他的泪掉下来，却始终没有哭出声。信德吓坏了，赶忙拉住阿川母亲，说："嫂啊，不要跟孪仔计较，阿川想回去，就让伊跟我回吧……"阿川母亲气得胸脯起伏不定，叹气说："唉，伊真奇怪，在家我说什么都反着来，现在到你那边就这么听话。"信德把阿川搂在怀里，摸着他被母亲扇了巴掌的脸。信德说："阿嫂你不知，毕竟环境不同，我肯定好好教育伊，叫伊读好书，以后孝敬你。"

阿川小小的身体像是蓄满了仇恨，快要炸裂开，他捏紧了手中的四驱车，泪珠大颗大颗地，落到信德手臂上。

春节过后不久，阿川母亲来看阿川。自阿川过来，她隔不久就会来看阿川。每次她来，信德母亲都会拿点特产给她，开始时她还推来推去的，后来就自然地接受了。信德和他母亲打好了算盘，他们知道，阿川家里经济困难，他母亲一个人，要操持这个家并不容易。信德喜欢阿川，他母亲也喜欢阿川，他们都极力想把阿川留在身边。虽说他们家经济不怎么宽裕，但好歹这些年，信德打工，多多少少也攒下一些钱来。舍不得孩子套不着狼，他明白这个道理。阿川母亲后来又陆陆续续来过很多次，信德像放长线钓大鱼，每次给她一点好处一点甜头。说到底，不过就是一场交易。一些话也不需要捅破，阿川母亲得了好处，也知道，信德他们确实对阿川不错，一来二去，也就放心把孩子留在信德家了。

自此，阿川住在信德家了，名义上成了信德的干儿子。

厝边头尾知道信德有了个干儿子，替他感到高兴。后来相处久了，他们才知道，信德认的这个干儿子，并不是什么好货。

阿川好动，经常四处串门，见别人家有好吃的，就赖着不走，直到吃到了东西，满足了，才大摇大摆走回家。厝边头尾有不少跟他年纪相仿的孩子，阿川和他们耍玻璃珠。他们在地上用粉笔画个圈，每个人派出相同数目的玻璃珠，拉开两三步的距离，扔自己手中的玻璃珠，比赛看谁能把粉笔圈里的珠子砸出来，砸得多的人获胜。

阿川赢了，得意扬扬，输了呢，不肯让人走，一定要玩下去，直到他赢为止。

他爱耍小聪明，还作弊，和他一起耍的人不乐意了，就吵起来。阿川力气大，跑得也快，经常把对方撂倒就拔腿一溜烟跑了。被阿川欺负的孩子回去告状，家长上信德家来投诉。

信德老母亲偏袒阿川，拒不接受别人的投诉，她认定阿川不会打人，肯定是别人家孩子动手在先，恶人先告状。老人家的盲目护短，气得邻居怨声载道。有时是信德在家，接到别人投诉，他找阿川当面来对质，阿川狡猾，会装可怜。信德好言和上门的邻居讲："孥仔在一处耍，有点冲突矛盾很正常，我和阿川讲一讲，他以后不敢的。"

邻居说："孥仔莫太纵容，长大了不得了！"

信德点点头，客客气气送他们出门。

后来，邻居孩子都不愿意跟阿川玩了，没人陪他，他就偷拿信德的钱，买零食和玩具"贿赂"别人，甚至"请"他们到阿城的游戏厅打游戏。有些孩子贪小便宜，知道和阿川交朋友有好处拿，便乐意围在他身边。阿川自此，当起了头领。每天背个书包晃到学校，不好好听讲，成绩一落千丈，作业也不好好做，要么抄别人的，要么威逼利诱别人帮他完成。

　　三天两头，阿川就会遭老师批评，几乎所有的任课老师都拿阿川没办法。信德因此没少往学校跑。阿川情况特殊，母亲不在这边，偶尔阿城接到消息，作为半个"监护人"，就得负起责任来。他没想到，阿川竟然出落成这副样子。信德在厂里不能请假，阿城就要替他跑一趟，到学校低声下气跟班主任道歉，说他作为表叔，会好好教育阿川。

　　学校的同学都听说了，阿川是个"姿娘相"的干儿子。他们认定信德这样的人是怪人，阿川也是，他们对怪人敬而远之。信德到学校代阿川接受批评，他一把年纪了，说话声音细，还拿腔拿调的，气急了手叉起腰，伸出手指头骂阿川，孩子们看到他这样，忍不住咯咯笑起来。

　　阿川恶狠狠地瞪着那些耻笑信德的人，他仿佛受了侮辱，回家闹脾气，命令信德以后再也不准到学校去丢他的脸。

　　信德愣在那里，气得心肝颤痛。他没想到阿川和阿喜一个样。从前阿喜在家，也会因为这些事而觉得丢脸。他刚懂事那阵子，知道什么是羞耻了，阿川更是如此，恨不得和信德这个怪胎父亲划清界限。想到这里，信德无力再说什么，他的心被阿川捅出了一个洞。

　　在学校里，同学们越是疏远阿川，阿川越要显示他的蛮横和特立独行。大家对他，又讨厌，又敢怒不敢言。阿川眼里只有他自己，他的喜恶，他从不想着去讨好别人，别人怎么对他，他就变本加厉怎么对别人。在家里，他利用信德宠溺他这点而得寸进尺。反正也不会挨打，顶多遭顿臭骂。闹了事，信德批评阿川，阿川顶回去，威胁着要收拾东西，回龙眼城。

"你也不是我爸，我想走就走，想去哪里就去哪里，你管不着。"

"好啊，那你走，你看回去龙眼城，有这种好日子过吗？"

信德老母亲向来都护着阿川。看到他们吵起来，老人家就碎碎念不停。她怕阿川重蹈覆辙，信德也怕，怕阿川像多年前的阿喜那样，一走了之。于是，他只好放低语气哄阿川，阿川要什么，都尽量满足他。如此恶性循环，阿川的脾气越来越臭，也越来越好吃懒做了。

阿川读五年级，有次为了教训班上他看不惯的同学，用打火机烧红了钢笔盖，去戳这位同学的手臂。钢笔盖烧得通红，戳着白白嫩嫩的肉，硬生生烙出一道疤。校方认定这是起恶性的欺凌事件。阿川被处分，并记了大过。

信德和阿城都吓坏了。他们赔了医药费，向被欺负的那个同学家人赔礼道歉。

回到家，信德发飙了，拿起藤条，把阿川打得鬼哭狼嚎。

挨了打骂，阿川跑去阿城家躲起来。他在阿城家躲着不出来，有吃有穿，懒得回去。信德搁不下面子来劝阿川回家，阿川不回家，也不去上学。最后，信德老母亲过来找阿川。老人家年纪大了，走路颤颤巍巍的，她到阿城家时，看到阿川跷着二郎腿，坐在办公桌后面帮阿城收钱。阿川大声打招呼："阿嫲，来了啊？"

老人家挨过去，劝他回家。

阿川摇摇头："我不回。"阿城被阿川折腾怕了，阿川在他家里吃住了几天，受尽了阿城老婆的冷眼。阿城又不敢堂而皇之地撵阿川走。见到老人家上门来，他便劝说道："川啊，听你阿嬷的话，快回去吧。"

阿川嘻嘻笑起来，眉头一挑："好啊，那你给我钱。"说着，他伸出手来，阿城没想到，这个阿川动了歪脑筋，把他当成了钱庄。阿城为了赶紧把瘟神请走，免得和老婆闹脾气，只得打开抽屉，抽了张一百块的塞给阿川。

阿川得了钱，眉飞色舞，也不等老人家，甩着手大踏步离开了。

那些钱，无非被他用来买烟抽。

阿城和信德都对管教不好的阿川苦恼不已。他们喝酒时，信德向他哭诉："你说阿川这么聪明的人，要是愿意放点心思来读书，不比别人差啊。"阿城说："无人生来就会做坏事，老鼠也不是出娘胎就会偷东西啊。"信德说："那要怎么办，送他去龙眼城？"

阿城叹气说："阿川来这么久了，不会走的。"

阿城想起来，他把阿川的事告知他母亲，原指望她能发挥母亲的权威教育一下阿川。谁知道，不过几年的工夫，阿川母亲变了个人似的，不仅推脱掉，还抱怨阿城没能尽到责任。"当初你们硬把阿川接过去，我去看伊，你们还劝我今后莫再来，现在他惹了麻烦，你们只会抱怨，怎么了，想反悔啊？"

阿城气得骂起来，愤怒地挂断电话。经过这次冲突，两家人渐行渐远。阿城后悔了，他隐隐觉得，阿川这个孩子，是抛到他们中间的一枚定时炸弹，指不定哪一天爆炸了，伤及无辜。他在乡里开游戏厅这么多年，没少见到打架斗殴的。他怕阿川今后也走上那条不归路。然而他平时这么纵容阿川，不也得对他的"变坏"负起责任吗？

阿城把这些事一五一十地讲给信德听。几杯酒落肚，阿城喝得脸红红的，吐着酒气对信德说："信德兄，不是我多嘴，我觉得我害了你，也害了自己，老话讲江山易改本性难移，我看阿川这个孥仔，改不了咯，只会越来越坏。"信德听得脸都绿了，说："你乱讲，我们要慢慢教育，不能来硬的，我养伊长大，我知道怎么让伊变好！"

阿城的眼底布满血丝，恨不得添上一句，我是为你好，怕阿川最后跟阿喜一样！然而话到喉头，还是硬生生咽下去了。说到底，阿川和阿喜毕竟不一样，一个离家出走，一个指不定会干出些杀人放火的事来。

现在，信德老人想起阿川来，总会想起他那些劣迹。他不明白，一个孩子，到底是怎么一步步"变坏"的？他费尽心思想把阿川调教好，可不管怎么努力怎么好言相劝，阿川就是不听。"坏"的种子落在他心里，一天天结出了果子。

读到初中的时候，阿川结交了隔壁乡的一群歹仔。他们成了学校领导和老师的眼中钉。这帮人不爱读书，蓄长发，刘海遮住半只眼。有的头发染了乱七八糟的颜色。学校的教导主任拿起剪刀，剪掉其中一个学生的头发。谁知当晚，他家的窗玻璃就被打破了，摩托车胎也给人扎漏了气。由于没有证据，他不能把这群学生怎样，只好把这口恶气咽下去，对他们的所作所为，睁只眼闭只眼。只要不扰乱课堂秩序，他们来不来学校，也不管了。

信德想起来，他们当中，年纪最大的十七岁，最小的也不过十四五岁，一个个天生反骨，无视法纪，连校裤也要改成窄脚的。信德问过阿川，为什么要这么穿。阿川斜着嘴角说，这样更帅啊。

信德没想到，阿川成了他们的头领。

才几年的时间，阿川的个子就蹿得老高。信德和他说话，也要仰起头来。阿川打架狠，手段凶残，渐渐就有了威名，在学校站住了脚跟，学校内外的人都不敢招惹他。那时候，他们白天在学校闹，到了晚上，就成群结队骑摩托车在乡里四处窜。哪里都有他们的身影，他们无处不在。吃烧烤喝啤酒，乡里有什么新鲜游乐场所，都少不了他们。冰室、烧烤摊、桌球室……公路对面开了家KTV，他们也去凑热闹。信德严格控制给阿川的钱，他搞不懂，这帮孩子花销的钱是从哪里来的。他们有的人家里本身有钱，几个经济跟不上的，趁着寒暑假去打工，挣来的钱，买手机，到处玩，挥霍一空。阿川是他们当中的老大，他从来不去打工，他的手机是兄弟们孝敬他的。

那年，阿川做了件大事，他睡了隔壁乡一个女孩子。女孩子怀孕了，到医院打胎，谁知道让家人发现了，家人追到医院，逼问她，她供出了阿川。他们于是寻到信德这里，向他索赔。医疗费、精神损失费，一开口就要好几万。信德出不起这个钱，他们赖在家里不走。信德见他们来势汹汹，也不敢抵抗。老母亲吓坏了，躲在房间不敢出来。这伙人扬言，要是不赔钱，就把房子卖了。信德又急又恼，说尽了好话，他们不肯听，也不愿宽限几天。那些年阿川在外惹是生非，信德身心俱疲，无心管教，没想到他死不悔改，又闯下大祸。那帮人寻上门来的时候，信德只觉得天轰的一声，塌陷下来。

后来信德和那帮人说，他可以找阿城借钱，这是没办法中的办法了。他们跟着信德到阿城家，这下子把阿城给吓坏了，阿城知道，这伙人有些来历，如果不答应赔钱，他的生意也要砸了，他们不是好惹的，他们像苍蝇一样，叮紧破壳的蛋不肯飞走。

阿城咬一咬牙，把经营游戏厅辛苦赚的钱，悉数赔给他们。

他们得到了赔偿，这才满意地走人了。

阿川在外躲了几日，直到风波过去，才像只丧家犬那样回来。

阿城找到他，上来甩了他一记耳光。阿川向来看不起信德，但对阿城这个表叔，他多少有些敬重。阿城骂道："你倒好啊，把人家姿娘仔睡了，然后要我们赔钱，你知道我赔了这笔钱，要赚几年才能回本！"

阿川捂住脸，鼻头蹿着气，大声吼道："我会把钱还你的，我说到做到。"

阿城冷笑一声："你到哪里找这么多钱，去偷去抢啊？"

阿川说："你给我等着，欠你的我会还！"

后来那几天，阿川决定铤而走险。他伙同几个兄弟，策划一番，寻找个目标下手。最后他们选中了信德所在的那家工厂，连夜潜进去，撬走了保险柜的钱。阿川把偷来的钱，装进一个黑色塑料袋里，甩到阿城面前。阿城打开塑料袋，看到厚厚几摞钱，惊得两眼发直，他抬头看着阿川，觉得站在眼前的，是个陌生人。

他想不通，阿川怎么会变成这样？

阿川撂下钱，转身就走。

阿城追过去，缠问他："你哪里弄来钱的？这袋邪秽物，你给我拎走！"

阿川哼了一声，怒眼圆睁说："叔啊，你不要也得要呀，收了这袋钱，以后我们各走各的，我的事不用你管。"

信德已经管不住阿川了，他长大了，就像一匹脱缰的野马，到处惹事。信德每天下了班回到家，看到老母亲一个人面对着空空的四壁，他的心就一阵痛。这种感觉，和他多年前"失去"阿喜一样，甚至有增无减。阿喜那时也闹过事，但毕竟底子不坏，不像阿川这么猖獗。阿川惹出事端，把信德这张老脸都丢尽了。后来，学校勒令阿川退学。这事对信德来说，无疑是晴天霹雳，他在乡里抬不起头来做人，从前别人笑他"姿娘相"，笑他半男不女，像个太监，他都没有这般羞愧过。

信德活生生被阿川气出病来，他在床上躺了几天，饭吃不下，憔悴不堪。

年迈的老母亲，强撑起精神照顾他。

信德躺在床上哭，泪水顺着满脸皱纹滑落到枕头。

老母亲握住他的手，叫他想开点，老天爷不给他们好过啊，老人家说："你把身体气坏了，不值得。"信德抬起眼皮，从喉咙深处挤出一句："你命苦，我也命苦，大家都命苦。"

信德看着老母亲那张皱巴巴的脸，想起她这大半辈子走过来，吃了那么多的苦，他后悔极了，也羞愧不已，如果不是他的固执，母亲不会到了耄耋之年，还过得如此凄凉。他们相依为命了几十年，被生活磨怕了。

床榻散发着腐朽的气息，信德看着母亲，他们相对无言，默默垂泪。

信德的病好了，老母亲却在那一年的冬天去世了。

那天老人家在厕所洗澡，地上肥皂水没抹净，脚底踩滑，后脑勺磕在蹲厕的瓷砖上，死了。因为厂里要加班，那天信德很晚才回来。回到家，他见厕所门紧锁着，喊了几句，没人答应。他绕到门口，通过窗户看，这一看，他差点吓出心脏病来。厕所里头雾气蒙蒙的，只见老人家躺在地上，衣服都没穿，地上流了黑黑的一摊血。信德找了把椅子把厕所的门砸开了，给老人家裹了床被子，喊来阿城，帮忙送母亲到卫生院。

半路上，老人家的心跳已经停了，信德的双手沾满了母亲流出来的血，他在卫生院里，看着母亲的尸体，痛哭起来。

老母亲出殡前夜，灵柩停放在乡里的公厅。

信德的三个姐姐都来了，那时她们都已是头发花白的老人家了，在家人的陪同下，她们赶来送老母亲最后一程。阿川也回来了，他把平时打摩丝的头发洗了，头发垂下来，黑黑密密，看起来像个乖学生，可他已经不是学生了，他从学校出来一年，俨然成了个社会人士。信德看着一家人，想起上次人这么齐，还是阿川刚来家里那一年。一转眼，这么多年过去了。信德悲哀地想，人啊，怎么都是逢着变故，才会聚拢一起。阿川和他的姑姑们，还有家人并不相熟。表哥表姐们比阿川大了好多岁，他们早就听说过阿川的种种劣迹，见了面，也不怎么搭理阿川。

那一夜守灵时，阿川犯困，靠坐着椅子，不断打哈欠，流鼻涕。

信德问他是不是感冒了，他摇摇头。

公厅祭台上烛火摇曳，将阿川的影子照得摇摇晃晃。到了后半夜，阿川的兄弟过来找他。阿川借机出去了一下，信德抬起困倦的眼，看了看他，摆摆手，让他走了。天快亮的时候，阿川回来了，看起来很精神，烟抽了一根又一根，熬过下半夜，守完了灵。

现如今，回想起给老母亲守灵的那个夜里，信德老人都会不寒而栗。那时候他并不知道，阿川已经染上了毒瘾。从学校出来后，阿川并不找事做（但凡听闻他大名的工厂，也没一个敢招他），他和一帮兄弟，过着游手好闲的日子。后来，他们干起了给赌坊做保镖的营生，他们给赌坊追债，打架闹事，甚至到高速公路口抢劫，见到外地牌的车，堵下来，抢掠财物。凡是能捞到钱的勾当，都被阿川他们做尽了。信德睁只眼闭只眼，他只希望阿川早点被关起来，不要再出来祸害乡邻。阿川那帮人当中，也有被派出所拘留过的，出来了，并不悔改。他们好像供奉着某个神秘的宗教，他们文身、抽烟、喝酒、打游戏、看黄片、泡妞，好像只有做这些，才能塑造起他们共同的神灵。阿川把抢来的钱拿去换白粉，有时手头紧，买不起白粉，就喝联邦止咳水缓一缓毒瘾。这种止咳水不贵，劲头不大，不过喝多了照样会上瘾。

信德想起来，那时他曾在阿川的房间见过一个止咳水的瓶子，他没去注意，以为是药店买的，普通的止咳水。

直到阿川出事，信德才知道，那些止咳水，就是致使他断送了性命的祸根。

信德这辈子都不会忘记，阿川的死，是阿城发现的。

上了年纪之后，阿城也学乡里其他人，晨起爬山，锻炼身体。

那天，阿城来到了半山的破庙。破庙原是当地政府和一些富商捐建的，后来查出贪腐，庙封起来了，渐渐地，无人打理，也就荒废了。庙里庙外，杂草丛生，供奉的佛像也蒙了厚厚的灰尘。庙门前有一块空地，乡里喜好爬山的人，会来活动活动筋骨，把它当作休憩地。清早六点多，天刚亮，阿城提了一只鸟笼慢悠悠地上了山，来到破庙前。平日里这座破庙无人问津，阿城不觉得有什么异常。他把鸟笼搁在庙门口，到空地上舒展筋骨，活动了一圈，天刮起了大风，树叶哗啦啦在响动，笼内的鹩哥忽地开口乱叫起来。阿城觉得有蹊跷，就走过去看。他一时好奇，跨进庙门，背着手巡视一周，走到侧厢房，有个黑影晃过，他抬起头，撞见了吊在横梁上的一个人影，光线暗淡，人影摆动着，他吓得连滚带爬，逃下了山。

阿城没想到，那个吊死在破庙的人，竟然是阿川。被发现时，他已经这样吊了一个昼夜。警察接到阿城的报案后，到事发地点勘察，并拍下不少照片。侧厢房里有把歪倒在地上的凳子，阿川的脖子出现了红色勒痕，头往后仰，眼翻白，双手下垂。法医经过初步鉴定，认为阿川是自杀的。他们把这个结果告知信德，信德红着眼，他怎么也不相信，阿川会自杀。他堵在庙门口，死活不让别人抬走阿川的尸体。阿川怎么可能想不开自杀呢，背后肯定有其他原因。

阿川吊死的事传开了，轰动了乡里。警察搬尸体这天，庙门口围满了密密麻麻的乡民。阿城拉开信德，劝他说："人死了，你阻挠也没有用啊，不如让阿川入土为安。"

信德一把鼻涕一把泪，哭着反驳他："死的又不是你儿子，你瞎嚷什么！"

事情结果如众人预料的那样，法医再怎么鉴定，阿川就是这么死的。这件事本身，没什么好讲的。可是信德认定，阿川的死没那么简单。那时，坊间都讲，事情的原委，是因为阿川偷了别人一批白粉拿去卖钱，被人发现，给活活打死了。凶手伪造阿川上吊自杀的现场，成功诱骗到了法医和办案人员……一时众说纷纭，理也理不清。

信德独自喝酒时，眼前反复浮现的，是阿城那张失了血色的脸。他上气不接下气地跑来告诉信德，阿川死了。那一幕，像照相一样定格住。自那以后，他的生命被劈成了两截，前一截体肤完好，后一截血肉模糊。那天是个阴天，信德从床铺上爬下来，感到头昏脑涨，双目混浊。接着，他听见了一阵急促的敲门声。他穿上拖鞋去开门，迎面撞上了阿城。阿城大口喘气，眼眶塌陷。逆着光，信德看不清他脸上的表情，他只看见，阿城两片嘴唇翕动着说："阿川死了。"信德无法相信，阿川好好的，怎么就死了呢。前几天他还回了一趟家，信德煮了面，他吃了几口就不吃了。信德听完阿城的话，像根木桩立在了原地。直到阿城拽住他的手，反复和他说阿川死了，他才确信了这件事。他的记忆出现了断层，他觉得有人高高举着一根石杵，将他的脑浆捣碎。

去往半山破庙的路上，他四肢僵硬，脚步不听使唤，好几次踩空，险些跌倒。阿城在前头带路，信德踩着拖鞋，每踏一步，他的身体就要空掉一些。他跌跌撞撞地来到庙门前，那里黑压压地挤满了人。平日见不到的乡亲邻里，都在这时见到了。信德看到人流分开，让出一条道。阿城扶着他，他们一前一后，从围观的人群中走过。信德看到破庙的大门，油漆斑驳，他抬起脚跨过门槛，觉得世界裂开了，身体也裂开了。

那间侧厢房，成了阿川最后的归宿，信德看到平躺在地上的，他的干儿子，他的眼珠凸出，脸是绛紫色的，他说不出话了，已经死了。

信德脚底一软，跪了下来。

这个死亡的场景从此钉在了信德颓败的记忆中。阿川走在了他前头，不是他来给信德送终，而是反过来，信德送走了他。阿川落葬后，信德就变得神经兮兮的。他带着一瓶白酒，走到派出所大门口静坐。他一边喝酒，一边拉长了声音，命令派出所要彻查凶手。"一定有人害我阿川啊，他年纪那么小，那么小就死了，好惨啊，你们有良心吗，为什么不查案……"信德哭号着，眼泪鼻涕流得满脸都是。他的手颤抖着，酒瓶拎在手里，被日头一照，反着光。

开始那阵子，派出所的民警还耐心地和信德解释，说警察秉公执法，一切照法律办事，要尊重客观事实。信德他哪里肯听这些话，只当他们放屁。他逮住一个民警，痛陈一番，絮絮叨叨说阿川是冤死的，有人要害他。派出所的人拿信德没辙，拘留他吧，并不能解决问题，万一死在拘留所，这个烂摊子不好收拾；不拘留他吧，他每天例行公事，吃喝拉撒都在派出所门口，严重破坏了派出所的形象。

阿城和信德的亲戚朋友都来劝他回家。在他们看来，阿川这样一个歹仔，死了也好，日后若是再做出些杀人放火的事，那才可怕。信德不听劝，他觉得阿川坏归坏，可是不能冤死，杀人就是杀人，不能黑白不分。他拼了这条老命，也要把真相揪出来。亲友们劝不动他，后来就放任不管了。他想起多年前阿喜出走，派出所的人并没有帮忙找人。现在阿川，他们也不管。那时还是热月，日头那么大，他晒得中暑，靠在派出所大门上喘着气。他瘦得只剩一把骨头了，口唇和喉咙烧得厉害。

派出所有个民警走来劝他："老伯啊，回去吧，天气这么热，有事以后再参详。"

信德在派出所熬了这么久，没人正眼看过他，这个好心的民警就像一根救命稻草。他握住民警的手，颤抖着说："后生兄啊，我这辈子过得好凄惨啊，我父亲走得早，我娶了个越南老婆，跑了，我好不容易有个孳仔，长大也走了。现在我契仔死得这么冤枉，你们好心，帮帮我吧……"说着说着，信德老泪纵横。他孤零零来到这个世界上，又将孤零零地离开。他强撑着爬起身来，朝民警重重地磕了个头。民警扶他起身，摇着头，走开了。信德背挨着墙，喘着粗气。他把酒瓶砸到地上，酒瓶碎了，玻璃碴子碎了一地，白酒流出来，在地上蜿蜒出一道水渍。他颤巍巍捡起一块玻璃片，对准手腕，用力地割下去。有那么一瞬间，他看到血流出来，流到地上，和白酒混在一起。他的眼前一黑，撞见阿川吊死在横梁上的影子，那道影子那么瘦弱，风一吹，散开来，成了齑粉。再睁开眼时，信德恍惚看见，白晃晃的日照下，几个人影朝他走来。他定睛望过去，看到走来的，是他逃了很多年的越南老婆陈江琴，她那么年轻，还是第一次见面时的模样，而她身边的阿喜，早已出落成一个大人。他们母子二人手挽手，并排走着，信德喊他们，但是谁也没有搭理他。陈江琴和阿喜，他们从信德眼前缓缓走过，像要走去某个地方。信德揉了揉眼睛，又看到他的老母亲牵了阿川，远远地走来。阿川还是那么小，他手中拿着辆四驱车。他们四个人，老的老，少的少，手牵着手，肩并着肩，眉目带笑，走在日光下。

代后记

关　　于
长篇小说
以父之名

的　三个
自问自答

问： *你上一部长篇小说《南方旅店》是2012年出版的，时隔四年，是什么原因使你再次动了创作长篇的念头？这四年里，有什么值得和读者分享的故事吗？*

答：算起来，《以父之名》是我个人第五部长篇小说了。小说的篇幅和之前的四部长篇《薄暮》《锦葵》《欢喜城》《南方旅店》差不多，完稿时 Word 文档将近十四万字。

我第一部长篇《薄暮》是我十九岁那年写的，从高三的暑假到大一的军训结束，完稿时全书有十八万字，当时我还在深圳大学读书，记得写完那晚是平安夜，外面热闹得很，而我却窝在宿舍，沉浸在完稿的兴奋中激动不已。那段时间没日没夜，下了课就闷着头写，不懂章法，也不知天高地厚，就这么凭着一股年少的傲气和冲动写下去。如今想来，那种不顾一切地和小说与文字耳鬓厮磨的感觉，竟然美好得叫人心醉。

2008 年我参加第十届全国新概念作文大赛，拿了大学组一等奖，加上 2007 年高三时拿的第九届一等奖，我算是不折不扣的"蝉联冠军"了。然而，这个头衔并没有为我第一部小说的出版铺平道路。小说写完后，我一股脑地把小说书稿寄送给很多家文学刊物，却没有得到半点回应。2009 年《薄暮》出版时我大篇幅增删，最后只剩下十三万字。我没有想到，这样一部作品会把我推向了后来的写作道路。时至今日，我再也没有勇气去重读当年的文字。毕竟那时年轻，文字还是稚嫩了些。可是如果没有踏出这第一步，也就没有后来其他的长篇和中短篇小说了。

到了写《南方旅店》，我给自己设了一个机关，用了嵌套结构。那时距离我写《薄暮》，又过去了四年。我喜欢跟自己较劲，所以写得挺艰难。记得当时编辑还问我，你把小说结构弄得这么复杂，有必要吗？那是 2011 年或是 2012 年，我还在广州，在暨大读研。想起来，因为这件事，我险些和编辑吵起来。最终编辑被我说服了，这部小说最后也顺利出版了。回头去检视这部小说，"双重嵌套""书中书"这样的技巧虽然带些实验性，但毕竟不是我原创，这点叙事的伎俩，我做得比博尔赫斯、卡尔维诺等前辈大师们差远了。

《南方旅店》出版之后，我就知道，我必须做出一些改变，因为我深刻地意识到，我遇到了创作的一个坎，遇到了所谓的"瓶颈期"。要如何解决自身写作的问题？我反问自己。最后得出的结论是，我应该老老实实地回归基本的小说训练，踏踏实实训练自己在小说叙事、描写、结构、语言和人物刻画等方面的基本功。没有这些，再写下去，只会将才华盲目耗尽。我不谙诸如青春、校园、爱情这样的题材，又不想重复他人，也不想踩着自己的脚印孑然前行，所以，只能改变行走的路径，也许过程很艰难，但唯其如此，才能找到那条属于自己的路径。挤过一扇窄门，才能豁然开朗。

所以，大概是在 2012 年年底，我中断了长篇的写作，重新投身到短篇小说的创作上来：从最开始的《小镇生活指南》（刊《文艺风赏》2013/07）、《他杀死了鲤鱼》（刊《文艺风赏》2013/09）、《躺下去就好》（刊《西湖》2013/11），到《一个青年小说家的肖像》《邮差》（刊《花城》2015/09），再到《青梅》（刊《青年作家》2014/03）、《奥黛》（刊《山花》2014/04）。这四年间，我断断续续写了二十多个短篇小说。这些作品的水准参差不齐，但我心里清楚得很，我在进步。我做了很多不一样的尝试：实验性的、先锋的、传统的、现实主义的。每一则短篇都是一种可能性，我喜欢挑战自己，绞尽脑汁去写，慢慢地，就找到了适合自己的调子，像一种乐器，吹奏出独属于你的曲子。

这四年是我短篇小说的集中创作期，也是一个自我规训的过程。其中《躺下去就好》《邮差》和《他杀死了鲤鱼》都译成英文了，而我最喜欢的《白鸦》也译成了英文。因为这批短篇，才有 2013 年和 2014 年的小说集《第三条河岸》以及《钻石与灰烬》。《第三条河岸》收录的作品可以算作"系列"小说，它们大部分被我归入一个叫"清平镇"的虚构的地方，故事的背景，当然还是我熟悉的潮汕老家；到了《钻石与灰烬》，各个篇目又有了拓展，不再局限于"清平镇"，它们生长开来，有了彼此异样的舒展的眉目。我敝帚自珍地爱着这些短篇小说，不管是叙述技巧，还是对故事结构的掌控，抑或是对小说这门艺术的理解都有进步。我在创作它们的过程中，渐渐有了更深刻的体悟。接下来，我的野心又勃发了，我谋划着，我应该重新进军长篇小说的疆域了。

问：《以父之名》是怎么写出来的？每个作家写作的习惯和特点都不一样。那么，写小说的时候你有什么特殊的习惯吗？

答：2014 年 6 月底，我硕士毕业，7 月伊始，从台湾旅行回来之后，我投身到考博的"二战"，到 2015 年 4 月，这中间我只写了一则短篇《濒死之夜》（刊《文艺风赏》2015/11）。我没想到的是，它会被深圳的"山顶剧团"改编成一部实验性的舞台剧。2015 年 4 月，

《濒死之夜》（更名《水猴》）还没发表出来，就在深圳的蛇口影剧院做了首场试演。首演那晚，蛇口影剧院坐满了人，我在深圳的一些朋友和同学，也都赶来捧场了。我和导演，还有制作团队坐在观众席前排，看着精心制作的舞美、灯光，三位演员惟妙惟肖的表演，一股激动的心情充盈了我的身体，我仿佛又回到了写《濒死之夜》的状态。我没想到，"山顶剧团"能将这篇晦涩的小说改编得如此到位。导演兼编剧写了好几稿剧本，反复修改，最后给我的定稿，我是在飞北京的航班上，一口气读完的。读完的那瞬间，我心中的大石头落地了，因为我知道，导演理解了这个故事，他抓住了我写这篇小说的初衷。

后来，《水猴》因为其他原因，没能进行商演，但我并不觉得遗憾，我相信，有朝一日，它会再次登场。

2015 年 4 月，考博告一段落，我重新拾笔，花了三个月，完成新长篇《以父之名》的第一部《阴翳年纪事》，题目套用了笛福的《瘟疫年纪事》（但是善良的读者，请相信我，我至今都没有读过笛福这部小说）；接下来的 7 月份至 8 月份，我忙其他事，其间给广州图书馆做了两场读书活动。第二部《宋河》，直到我入学清华后才开始动笔写，从 9 月写到 11 月。那是我课业最忙也最身心俱疲的时候。11 月，有次我扁桃体发炎了，痛苦不堪，到医院看医生，打点滴，苦苦熬了几天，才缓了过来，所幸这部分最后顺利完成了；第三部《边境行走》，是今年 1 月份我到广西防城港 "采风" 后才写的。寒假我在家时间充裕，《边境行走》的三万字，花了一个多月就写完了。过完寒假，我收拾行装返回北京，开学不久后，接着写最后也最重要的部分《伤逝》。我个人非常喜欢《伤逝》，它是整部长篇不可或缺的章节，同时也可当作独立的中篇来读。在《伤逝》中，我用了全知叙事（也就是所谓的"上帝视角"），将《以父之名》主人公阿喜的"逃亡"经历和家族背景重述一遍，所以，《伤逝》是"重讲一遍的故事"。

　　说到写小说的过程，我想了一下，似乎没有什么特殊的习惯。这些年我喜欢喝咖啡（当然，作为一个潮汕人，茶是何时何地都不会放下的），有时我干脆就带着笔记本电脑到咖啡馆去写。喝咖啡让人精神亢奋，写的时候我听后摇，没有唱词的那种。现在除非必要，否则我不会熬夜写小说，我现在已经训练到白天也能写小说了。

　　我记得有一年作家余华到暨大做讲座，他说，作为一个成熟的作家，他有召唤自己情感的能力。这句话给了我很大的启发，我的理解是，写小说的人没必要熬夜，只要精力充沛，环境适宜，就能安静下来进入"写"的状态。写作者应该反复训练自己进入文本的能力，也就是调整自己，像潜水员那样潜进文本的深海。每个人的精力都是有限的，一个人不可能长时间不间断地写。我写《以父之名》，有时枯坐两到三个小时，只能写六七百个字，有时多一点，一千多字，写到这个字数，一天的量就够了，不能再多，再多，状态就不对了，写下的文字，怎么看怎么不顺眼。

　　《以父之名》完稿那天，是 4 月 18 日。敲定《伤逝》的最后一个句子，我还是控制不住失眠了。身体疲惫，精神却无比亢奋。接下来的十天，我几乎昼夜不停地对它做修改。我有文字洁癖，改动最大的部分是《阴翳年纪事》和《宋河》。这两章写得早，尤其前者，句子和修辞有些冗赘，都被我做了修饰，尽量让前后章节的文体风格相一致和协调。

《边境行走》基本没有大的改动，然后就是最后一部分的《伤逝》了，为了让它更有"结尾"的感觉，这部分既不能太流畅，又不能进行得太迟滞，它需要一个渐渐收束的感觉，所以叙事的节奏感很重要。整部长篇，我都保持着相对克制、舒缓的叙述节奏，倘若你读完《以父之名》，应该能体会到字里行间那种水一样流动的感觉。我要追求的，就是这种叙事的流动性。

问：那么，这部长篇讲的是怎样一个故事？书名为什么叫《以父之名》呢？有什么深刻的内涵吗？

答：先说一下书名的问题吧。

原本想叫《到异乡去》，因为小说写的是"异乡人"的群像，但是请注意，我无意致敬加缪的《局外人》（英文 Outsider，大陆有译本作《异乡人》）。后来我和朋友，还有编辑商量了，觉得"到异乡去"这个动宾结构的名字不太恰当，遂作罢。又有朋友建议，干脆就叫《异乡》，但是总觉得不好，究竟哪里不好，又说不出来。

后来有天夜里，我和一帮朋友喝酒，隔天醒来时，有个名字从我脑海里蹦了出来，"以父之名"，四个字，也是大家耳熟能详的。之所以取这个名字，一来是因为它契合我小说人物的身世（如果你仔细读完小说，会发现小说里的人物，都是父亲"缺席"了的人）；二来是因为"以父之名"有着较强的隐喻和象征的意味，这里的"父"，是地理上的，或者精神上的故乡。

我在《以父之名》里着重处理的便是一个人和他的故乡的关系。小说中的"异乡人"不仅包括主人公阿喜、秋蓝和阿霞，也包括阿喜那个从越南远嫁到潮汕的母亲。同时，阿喜那个不是亲生父亲的父亲，也是他生活的潮汕小镇的格格不入的"异乡人"。他们漂泊、无根，找不到身份的归属和认同感，他们既孤独，又痛苦。但我想表达的，又不仅仅是这样一种感情倾向和思考。内在的，《以父之名》和我自身的生活与精神状态休戚相关。

从另一个层面来看，我要处理的是一个相对隐藏起来的主题：个体与"父辈"或"父权"的关系。我写过的不少中短篇小说，如上述的《躺下去就好》《一个青年小说家的肖像》其实也涉及了"父"与"子"之间复杂而微妙的关系。我甚至写过一则短篇小说，名字就叫《消失的父亲》（刊《青年文学》2014/01）。

《以父之名》的阿喜，他想追寻他那个逃离了家庭的母亲的足迹，但是他永远也追寻不到。而留在身后的那个家，像一个巨大的黑洞，他不可能回去，也永远回不去。那个巨大的黑洞吞噬了阿喜的青春、存在和归属感，吞没了他生下来便断了的"根"，而《伤逝》中留在故乡的凄苦的父亲信德，就在这个黑洞中活着，既承受失去的痛，也试图去反抗命运的啃噬，并弥补因失去而落下的空白。

这就是小说的主线，具体的情节走向或者人物的命运，或许当你读完了你会有自己独到的体会。

我一直处在和"故乡"的紧张关系中，特别是每次返乡，这种"格格不入"的感觉更加强烈。有时我觉得自己和我那熟悉又陌生的小镇如此"不融洽"。毕竟写作的人敏感些，因此也就容易掉入自我圈设的精神陷阱中，但写小说的时候，我尽量保持抽离和超脱，警惕过度将自身沉浸在这样一种预设的价值泥淖里。所以写《以父之名》，我努力将自己的生活经历过滤掉，换了别人的视角，藏匿起自己的情感，就像福楼拜说的，作者应该像上帝一样，隐藏在作品背后。

一个写作者，写完小说就应该退出文本了，不该再喋喋不休讲述创作的初衷。我想，在这点上我犯了大忌，就像一个不称职的魔术师揭了魔术的秘密。

"自问自答"就到这里吧，我们下一部作品，再相遇。

2016 年 05 月 11 日
于北京·莎翁咖啡馆

出品／上海最世文化发展有限公司

官方网站／www.zuibook.com

平台支持／ 最小说　ZUI Factor

以父之名

ZUI Book
CAST

作　者　林培源

出 品 人　郭敬明

项目总监　痕　痕

监 制 与 其　刘　霁

特约策划　卡 卡　董 鑫

特约编辑　小 河　邱培娟

※
装帧设计　ZUI Factor（zui@zuifactor.com）

设 计 师　付诗意

图书在版编目（CIP）数据

以父之名 / 林培源著 . — 长沙 : 湖南文艺出版社 , 2016.12
ISBN 978-7-5404-7788-2

Ⅰ.①以… Ⅱ.①林… Ⅲ.①长篇小说—中国—当代 Ⅳ.① I247.5

中国版本图书馆 CIP 数据核字（2016）第 218461 号

上架建议：青春文学

YI FU ZHI MING

以父之名

作　　者：林培源
出 版 人：曾赛丰
出 品 人：郭敬明
项目总监：痕　痕
责任编辑：薛　健　刘诗哲
监　　制：与　其　刘霁
特约策划：卡　卡　董　鑫
特约编辑：小　河　邱培娟
营销编辑：杨　帆　周怡文
装帧设计：ZUI Factor（zui@zuifactor.com）
设 计 师：付诗意

出版发行：湖南文艺出版社
　　　　　（长沙市雨花区东二环一段 508 号　邮编：410014）
网　　址：www.hnwy.net
印　　刷：三河市百盛印装有限公司
经　　销：新华书店
开　　本：875mm×1230mm 1/32
字　　数：178 千字
印　　张：8
版　　次：2016 年 12 月第 1 版
印　　次：2016 年 12 月第 1 次印刷
书　　号：ISBN 978-7-5404-7788-2
定　　价：32.80 元

质量监督电话：010-59096394
团购电话：010-59320018